O MEL DAS MINHAS LÁGRIMAS

UMA VIDA REGADA A DOCES E RESIGNADAS LÁGRIMAS
EXTRAÍDAS DO AMOR E TRADUZIDAS EM POESIA

Editora Appris Ltda.
1.ª Edição - Copyright© 2022 do autor
Direitos de Edição Reservados à Editora Appris Ltda.

Nenhuma parte desta obra poderá ser utilizada indevidamente, sem estar de acordo com a Lei nº 9.610/98. Se incorreções forem encontradas, serão de exclusiva responsabilidade de seus organizadores. Foi realizado o Depósito Legal na Fundação Biblioteca Nacional, de acordo com as Leis n.os 10.994, de 14/12/2004, e 12.192, de 14/01/2010.

Catalogação na Fonte
Elaborado por: Josefina A. S. Guedes
Bibliotecária CRB 9/870

M539m
2022
	Mendonça, Claudio Joaquim de
	    O mel das minhas lágrimas : uma vida regada a doces e resignadas lágrimas extraídas do amor e traduzidas em poesia / Claudio Joaquim de Mendonça. - 1. ed. - Curitiba : Appris, 2022.
	    451 p. ; 23 cm.
	
	    ISBN 978-65-250-2629-9
	
	    1. Poesia brasileira. 2. Amor. 3. Sonhos. I. Título.
	
	                                                            CDD – 869.1

Livro de acordo com a normalização técnica da ABNT

Appris
editora

Editora e Livraria Appris Ltda.
Av. Manoel Ribas, 2265 – Mercês
Curitiba/PR – CEP: 80810-002
Tel. (41) 3156 - 4731
www.editoraappris.com.br

Printed in Brazil
Impresso no Brasil

Claudio Joaquim de Mendonça

O MEL DAS MINHAS LÁGRIMAS
UMA VIDA REGADA A DOCES E RESIGNADAS LÁGRIMAS EXTRAÍDAS DO AMOR E TRADUZIDAS EM POESIA

FICHA TÉCNICA

EDITORIAL	Augusto V. de A. Coelho
	Marli Caetano
	Sara C. de Andrade Coelho
COMITÊ EDITORIAL	Andréa Barbosa Gouveia - UFPR
	Edmeire C. Pereira - UFPR
	Iraneide da Silva - UFC
	Jacques de Lima Ferreira - UP
ASSESSORIA EDITORIAL	Lucas Casarini
REVISÃO	Ana Paula Luccisano
PRODUÇÃO EDITORIAL	Priscila Oliveira
DIAGRAMAÇÃO	Bruno Ferreira Nascimento
CAPA	Sheila Alves
COMUNICAÇÃO	Carlos Eduardo Pereira
	Débora Nazário
	Karla Pipolo Olegário
LIVRARIAS E EVENTOS	Estevão Misael
GERÊNCIA DE FINANÇAS	Selma Maria Fernandes do Valle

DEDICATÓRIA

A todos que acreditam que o amor salva vidas e que a poesia pode transformar os corações!

AGRADECIMENTOS

Agradeço primeiramente a Deus, que me deu o dom de transformar inspiração em poesia.

Agradeço a todos de minha família, pois sempre me incentivaram com palavras gentis.

À minha mãe que sempre teve muito orgulho dos meus escritos e, desde sempre, acreditou que um dia eles virariam um livro.

Em especial à minha esposa, Marlene Mendonça, que foi muitas e muitas vezes acordada de madrugada para ouvir o poema que acabara de escrever, já que eu tinha de dividir a emoção que sentia, porque naquele instante não cabia em meu peito.

Às minhas filhas, Helena e Raquel Mendonça, que não medem esforços e incentivos para que minha arte seja reconhecida.

À minha irmã Ni e suas filhas, Shirley e Bia Mendonça, que me elogiam sempre e me dizem se sentirem felizes ao lerem meus poemas.

Agradeço a todos os amigos e conhecidos que me seguem, curtem e comentam meus poemas nas redes sociais.

E um agradecimento especial à Bia Mendonça, que levada pela emoção gerada por ler meus escritos, fez o possível e o impossível para que esta obra se tornasse uma realidade em minha vida.

MEIA DÚZIA DE PARÁGRAFOS

A poesia é feita...
Da linda rosa do jardim...
E do dedicado jardineiro que a plantou
Da menina que brinca de boneca...
E do tempo que numa moçoila a transformou
Do amor proibido...
E daquele que partiu e de quem ficou e chorou
Da felicidade...
E de quem por solidão as suas janelas fechou
Da esperança...
E do ancião, que dos seus sonhos nunca desacreditou
Dos percalços da vida...
E da lama de onde tudo começou
Da eternidade...
E da estrela que virou poesia quando a chama se apagou
De todas as criações do Criador...
E da inspiração lúdica, de quem com meia dúzia de parágrafos a tudo recriou...

GOTAS COR DE PRATA

O que seria da vida sem os dias de chuva?
O jantar à luz de velas perderia o charme
O vinho não teria o mesmo sabor
Os amantes ficariam sem inspiração
E um lindo dia de verão não teria o mesmo valor
O que seria da vida sem os dias de chuva?
As flores perderiam a graça...
Sem a dança com o vento
A moça bonita não desfilaria com a sua sombrinha colorida
A criança perderia uma das mais doces lembranças da infância...
A de sentir as gotas cor de prata batendo em seu rosto
E brincar com os pés sujos de lama
O dia e a noite perderiam os seus mistérios...
Sem os raios, sem os trovões
Estes que, por obra do acaso,
Anunciam que não estamos sozinhos
Que existe algo além das multidões...
O que seria da vida sem os dias de chuva?
Não sentiríamos sede
Pois antes de nossa garganta secar, nos faltaria o ar
Não existiria a bonança...
Muito menos a esperança
Pois não adiantaria o solo arar
A terra seria um deserto...
O mar, de destino incerto
E a vida... não teria vida!

O MEL DAS MINHAS LÁGRIMAS

Amargo é o gosto que sinto na boca...
Pela falta do seu beijo
Amargo é o nó na garganta...
Que explode dentro de mim, pela sua ausência
Amargo é o vazio que se apossa do meu coração...
Porque não tenho o seu amor
Amargo é o meu olhar
Que ao te procurar... Tenta me iludir...
E, quando me deito em nossa cama, não consegue mais fingir
Amargo não é o sal...
E sim... O mel das minhas lágrimas
Extraído da doçura, da razão deste chorar
Amargo é o meu viver
Amargo é o escuro dos meus dias
Amargo é o frio das minhas noites
Amargo é o tempo em que carrego esta dor...
Amargo são os sonhos cravados na minha alma...
Que, apesar de lindos, ferem como os espinhos...
Nascidos em uma flor!

UM CORAÇÃO

Olhando a cara do tempo...
Me vi criança com meus irmãos e ao lado de meus pais, que gozavam de saúde, beleza e juventude
Vi amigos da escola
Colegas do futebol nos fins de semana
Carros charmosos que circulavam naquela época
Vi casamentos e nascimentos...
Mais recentemente, vi minha amada, ainda com carinha de menina
E como num passe de mágica, vi minhas filhas brincando de fazer castelos de areia
Vi que tivemos perdas irreparáveis
E conquistas que nos enchem de orgulho
Olhando a cara do tempo...
Vi que lágrimas caíam dos seus olhos...
Então, entendi que o tempo, além de ter essa cara sisuda cheia de esperanças e rugas, também sente emoções...
Com isso, descobri que o tempo, mesmo tendo esse jeitão sério de seguir em frente e demonstrar que não se importa com nada e ninguém... Ele também possui um coração!

UM LINDO SONHO

Sonhei...
Sonhei um sonho por muito tempo
E agora ele deixou de ser sonho
E virou realidade
Estou repleto de vaidade...
E ao mesmo tempo assustado
Pois já havia me acostumado
A ser feliz com ele sendo um lindo sonho...

CANTA POETA

Canta poeta...
Pra a garrafa se fechar
Pra a cabeça não rodar
Pra meu irmão não viver na ilusão
E a mágoa, a cachaça não afogar, não.
Canta poeta...
Pra a floresta viver
Pra o galho crescer
Pra que o sabiá não pouse na ilusão
E não morra no cimento, não.
Canta poeta...
Pra o cais salvar
Pra ninguém lá vagar
Pra Maria não ancorar na ilusão
E não naufragar na lama, não.
Canta poeta...

Pra a lua ninar
Pra a criança não chorar
Pra o orfanato não acolher a ilusão
E não abandonarem os pequeninos, não.
Canta poeta...
Pra o seresteiro sorrir
Pra a viola não sumir
Pra que a humildade não se desfaça na ilusão
E o orgulho não apareça, não.
Canta poeta...
Pra minha pele escurecer
Pra meu chão não doer
Pra nosso Senhor não me valer de ilusão
E a chuva no sertão não faltar, não.
Canta poeta...
Pra meu irmão lá de longe escutar
Pra de mim ninguém zombar
Pra que as raças não se neguem na ilusão
E o nosso Criador não chore, não.
Canta poeta...
Pra minha cabeça iluminar
Pra meu ideal salvar
Pra que eu não mate por ilusão
E a bomba não estoure, não.
Canta poeta...
Pra o tempo passar
Pra a semente brotar
Pra o arado não enraizar na ilusão
E o povo não ter fome, não.
Canta poeta...
Pra minha tristeza acabar
Pra meu ódio levar

Pra meu coração não desandar na ilusão
E eu não criar inimigos, não.
Canta poeta...
Pra a noite me acolher
Pra o tempo devagar correr
Pra que meu corpo não se vista de ilusão
E eu não morra sem ter sido amado, não.
Canta poeta...
Canta forte, canta a verdade que vigora
Canta os amores, canta a virtude do perdão
Canta pra eu ser feliz agora
Canta, nem que seja pura ilusão.
Canta poeta...
Canta poeta...
Canta poeta!

HOJE TEM POESIA

Poemas...
São batidas do coração...
Divididas com outros peitos
São lágrimas secas...
Derramadas de verso em verso
São lamentos...
Contados em sigilo explícito a cada leitor
São sentimentos...
Que tornam o escritor cúmplice das emoções alheias
São flores no formato de letras...
Que exalam perfumes em nossas almas

JÁ FUI

Já fui tantas coisas...
Algumas que precisei ser
Algumas outras, fui com muito prazer
Outras que disseram que eu era
Outras tantas que fingi ser
Uma que fui e ninguém viu
E algumas poucas vezes...
Que precisei provar que era
Já fui tantas coisas...
E em nenhuma delas...
Fui tão honesto, capaz e motivo de orgulho
De que quando fui uma criança
Simplesmente...
Porque tinha e transmitia a leveza da vida
E, naturalmente, sentia prazer e felicidade em existir e ser quem eu era...

AMADAS VIDAS DE MINHA VIDA

Cuidar, cuidando
Zelar, zelando
Amar, se doando
Assim vive o meu coração...
Para as amadas vidas de minha vida
Preocupado com o futuro
Acolhedor no presente

E semeador de felizes lembranças
E que passem os dias...
Que corra o tempo
Que nossas vidas tenham vida
E que perdure o nosso amor

É DE BOM TOM

Somos passageiros do destino...
Mas também somos pilotos de nossas vidas
A cada passo que damos, celebramos o presente e com isso...
Inauguramos o passado
O futuro existe...
Porém, ele não é palpável
Para o conquistarmos, precisamos enxergar as marcas das pegadas que deixamos
Ou seja, o futuro é feito de passados...
Assim, é de bom tom, de vez em quando, olharmos para trás...
Para verificarmos onde pisamos em falso...
E, com isso, caminharmos com mais segurança e felicidade
Nos próximos passados que virão...

PEDAÇOS VIVOS

Agora que a poeira abaixou
E o pior já passou
Sinto no ar um cheiro de recomeço
As porcelanas quebradas...
As fotos rasgadas...
Eu as joguei fora
Elas existiam para lembrar a nossa história
Agora, serão esquecidas...
Porque fazem parte do passado
E assim... Vamos recomeçar
Vamos nos aproximar
Com um carinho aqui...
Um beijo ali...
Com um fio de esperança
E um resto de boas lembranças
Vamos juntar os pedaços vivos que de nós restaram
Vamos juntos, descobrir com a força do nosso amor um atalho...
Para recuperarmos o tempo perdido
E reconstruirmos a nossa vida...
Feito uma colcha de retalhos

FOLHA EM BRANCO

A rosa e a paixão proibida
O pensamento e o desejo reprimido
A noite e o desencontro
A lua e a desilusão
O coração e a solidão
O rosto e a lágrima
O poeta e a folha em branco

MUITO MENOS

Não estou preparado...
Para ouvir um sim e muito menos para dizer um não
Para viver uma vida a dois e muito menos para viver sozinho
Para ser diferente do que sou e muito menos para continuar sendo como sou
Para fazer alguém feliz e muito menos para continuar sendo infeliz
Para esperar o tempo me mostrar o caminho certo a seguir e muito menos para ficar perdendo tempo, seguindo por caminhos que não me completam
Não estou preparado...
Para entender o meu coração e muito menos para julgá-lo...

TEU BEIJO

Quando te beijo me sinto um menino
É um momento único, sem fim...
E o amor se apossa de mim
Meu corpo parece voar
E descubro por que os pássaros as flores vivem a amar...

Adoro te beijar...
Esquecer que existe o amanhã
Esquecer que houve um passado
E de corpo e alma me entregar
E o mel da tua boca... sem limites... me deliciar
E descubro por que as abelhas precisam de uma rainha para coroar

No teu beijo, me sinto no infinito
Tenho desejos e prazer
Teu carinho me leva para o céu
A vida fica mais gostosa de se viver
E descubro por que o sol se aconchega no horizonte, ao anoitecer...

HOMEM SÓ

De mim...
Os que dizem bem... inventam
Os que dizem mal... aumentam
Os que dizem me conhecerem...

Ouviram de mim falar
Os que dizem de mim tudo saberem...
Já me cumprimentaram
Os que dizem comigo terem convivido...
Já bateram à minha porta
Os que dizem terem me visto chorar...
Não sabem sequer o que me faz emocionar
Os que dizem me aconselharem...
Nunca me viram
Os que dizem saberem dos meus passos...
Passaram do outro lado da rua
Os que dizem poderem provar que a minha vida é um livro aberto...
Decerto, acompanharam algumas páginas, mas não passaram do primeiro capítulo
Os que dizem ler os meus pensamentos...
Me viram cuidando do meu jardim
Os que afirmam serem meus amigos...
Talvez um dia, tenham comigo, sentados à mesa
Os que juram conhecerem o meu coração...
Se não mentiram... me traíram!

JOVEM DE A-Z

Jovens...
Abraçam a vida
Alegram os lares
E adoram o novo

Bebem na vitória e na derrota
Bagunçam os seus quartos
E beijam o feio, por falta do bonito

Comem, com ou sem fome
Cabulam aulas
E comemoram o momento

Desistem por birra, antes mesmo de tentarem
Debocham do destino
E desfrutam do indesfrutável

Elegem um líder pela roupa que ele veste
Enfeitam as suas histórias
E ensaiam cantadas

Fogem da rota e da rotina
Filmam seus amigos, seus corpos, suas transas
E fumam, fazendo planos no amanhecer

Gostam do belo, do bom e do banal maneiro
Gastam o que não possuem
E gemem durante a transa, em sinal de virilidade

Homenageiam os seus amigos
Honram seus ideais, até que eles desapareçam
E hipervalorizam o que um dia irão possuir

Ignoram as leis, por serem leis
Invocam deuses, por ouvirem dizer que eles existem
E imaginam serem sempre o melhor dos melhores

Jogam conversa fora
Juram inocência
E. jamais perdem a hora, na hora de se divertirem

Lamentam exaustivamente a festa perdida
Ligam de 10 em 10 minutos, quando enamorados
E lambem os beiços, quando falam, do que julgam ser gostoso

Memorizam facilmente um corpo bonito
Mascaram os seus erros, por convicção
E mentem, por diversão

Não aceitam imposições
Nunca estão satisfeitos
E nada é pior do que dormir durante a viagem

O pouco pode ser bom se for valioso
Ontem foi ontem, o importante é o agora
E outrora é palavreado de gente velha

Penetram em festas
Precisam sempre de uma inspiração para viverem
E procuram a felicidade, como se ela fosse algo palpável

Questionam o inquestionável
Querem sempre o melhor
E quebram tabus, por serem tabus

Relembrar significa parar no tempo
Renegociar deveres é sempre preciso
E rasgar o verbo é fundamental

Sacrificam seus velhos desejos por outros novos desejos
Sentem falta do que ainda não tiveram
E sofrem quando descobrem o amor

Toleram os seus pais
Tentam ser responsáveis
E trocam de opinião a cada questionamento

Usam e abusam de sua juventude
Ultrapassam os limites de suas resistências
E uivam quando acampam

Vivem para viverem
Vão, porque é proibido ficar parado
E voltam cedo... ao amanhecer

Xadrez, só se for na camisa
Xilindró é coisa para otário
E xingar os políticos os tornam os tais e os quais

Zoam com o que não é de se zoar
Zombam do que não devem zombar
E zeram os jogos que foram criados para não serem zerados

Jovens...

AMORES

Amores ao vento, ao relento, a sol a pique
Amores de verão, que duram uma temporada
Amores de inverno, que duram quase nada
Amores molhados pelos pingos da chuva
Amores regados a champanhe e uvas
Amores fiéis, lidos no olhar
Amores cruéis, esculpidos no rosto, a chorar
Amores salgados pelo suor do desejo
Amores doces só de abraços e beijos
Amores que duram uma vida
Amores que passam pela vida e perduram na morte
Amores perfeitos, que exigem o que lhes é de direito
Amores levianos, embalados ao som de pianos
Amores sombrios, frios, como uma melodia de uma nota só
Amores que surgem do nada,
Amores que, por nada, se vão
Amores de tapas e arranhões
Amores de flores e emoções
Amores que ultrapassam tudo e todos
Amores de todos, que passam por tudo
Amores recatados, sem graça, sem texto e com muito sexo
Amores descarados, cheios de graça, no contexto, e com pouco sexo
Amores proibidos, correspondidos e felizes
Amores revelados, sacramentados e infelizes
Amores doentes, carentes, salvos pelo amparo e pelo carinho
Amores sadios, arredios, que morrem sozinhos
Amores bonitos, como os nossos
Amores feios, como os dos outros

Amores normais, notáveis como um perfume
Amores anormais, indesejáveis pelos ciúmes
Amores que se apagam e brilham nos sonhos
Amores valorosos, calorosos e risonhos
Amores verdadeiros que nada prometem, além do coração
E que terminam valendo...
O preço de uma joia falsa... a solidão!
Amores falsos, que nada custam
E tudo prometem, por vaidade...
Estes terminam valendo o preço de uma joia rara...
A felicidade!

MAZELAS

Sem você, imaginei...
Que tudo ficaria estranho e que voltar a sorrir seria difícil!
Imaginei...
Que a terra sairia do eixo
E, de tristeza, a lua se tornaria minguante...
E não muito distante, as estrelas perderiam o brilho
Imaginei...
Que a chuva se tornaria escassa
Que as flores perderiam o perfume
E, desoladas, as borboletas deixariam de voar, e como lagartos passariam a rastejar
Sem você, imaginei...
Que tudo ficaria difícil, mas eu não sabia que viver se tornaria uma tarefa impossível
E isso aconteceu, porque eu não conhecia uma força invisível...

Que desatina os pensamentos, os sentimentos e destrói os sonhos
É porque eu não conhecia a fatalidade...
Que, do destino, mais parece ser maldade
Porque a cada anoitecer, me faz sentir vontade de morrer
E é porque eu não conhecia o terrível vazio...
Que aniquila as esperanças, dói no fundo da alma e faz sangrar o coração
Porém, a todas estas mazelas que eu desconhecia...
Os poetas, há muito tempo, as conhecem bem, com exatidão
E em seus poemas, carinhosamente, as chamam de solidão...

A VIDA E O TEMPO

Nossa... Como é engraçada a vida!
Conseguimos resgatar os bons momentos
Através do tempo... apenas com o pensamento
E o engraçado disso é que o tempo,
Que faz parte desta vida,
Só sentimos que ele passou...
Quando esta por terminar ou já terminou
Que coisa engraçada!
Todas as vezes que calculamos a vida no tempo...
Estamos sempre somando
Sempre com o desejo de conquista
E quando calculamos o nosso tempo de vida,
Temos sempre a impressão de perda...
A impressão de que ficamos devendo alguma coisa no tempo
Que coisa engraçada!
Buscamos a felicidade na vida,

A todo o custo, em todos os tempos
Assim era no passado,
Quando achávamos que o melhor estava por vir
E o engraçado disso é que, tempos depois
Que esse tempo passou,
Só lembramos da felicidade
Em alguns momentos perdidos no passado
Muito engraçado! É a vida e o tempo...
Por mais ou menos tempo que tenhamos de vida
Nunca sabemos o momento exato
Que fomos ou seremos felizes por completo
E o mais engraçado disso tudo
É que nesta vida existem tempos...
Que achamos graça do que não tem a menor graça...
Como ficar parado no tempo, tentando achar um tempo...
Para resgatarmos o tempo perdido

BOTÃO DE AMOR

Debaixo de minha janela ela brotou
E como se nada quisesse, cresceu, e formosa se tornou
Todas as manhãs, meus olhos a queriam adorar
E pouco a pouco...
Aquela flor, vinda de um botão
Tornou-se a cor da minha inspiração
A chuva molha suas pétalas
O vento balança o seu caule
O sol arde a sua raiz

Mas da natureza ela veio e com ela faz magia
Não existe algo maior do que aquela pequena alegria
Nada me custa
Nada me pede
E da luz ao jardim de minha vida
Iluminando os olhos dos que amam
E foi em uma das manhãs...
Que abrindo a janela com saudades
Notei que haviam arrancado a minha inspiração
E tentando me responder, ao destino perguntei:
Por que ela não gritou?
Por que ela não me chamou?
Por que ela não o picou?
Tudo estava consumado
Pois certamente em algum vaso estaria nadando
Ou talvez algum caixão enfeitando
E mais doloroso pensamento...
Se estivesse por aí, sem pétalas, em alguma calçada vagando
Uma lágrima dos meus olhos rolou
E meio sem razão, a janela fechei
A tristeza me acorrentava
Um nó na garganta me afogava
Tudo me fazia lembrar do botão que amei...
A noite veio, e as estrelas não tinham brilho
O céu parecia um imenso véu a me velar
Nada era vida, tudo era deserto...
Mas outro dia, não tardaria a nascer
E a vida, eu teria de encarar, então, a janela abri
O sol parecia sorrir
O vento queria me abraçar
A inspiração tinha me dominado
E subitamente notei...

Que um novo broto nascia
Era a lágrima dos meus olhos
Que, em novo amanhã, em flor crescia...

Escrito em 5 de fevereiro de 1981

TUDO JÁ ESTAVA ESCRITO

Eu acredito em anjos...
Porque, ao te conhecer, o meu ser foi invadido pela tua paz

Eu acredito em sonhos...
Porque o teu olhar fitou o meu e em um segundo percebi
Que você era a minha tão esperada felicidade

Eu acredito em fadas...
Porque a tua presença me fez voar e enxergar de olhos fechados

Eu acredito em destino...
Porque o teu beijo arrancou da minha boca o gosto amargo da solidão
Porque a tua doce palavra me trouxe esperança
Porque o teu corpo aqueceu as minhas emoções
E porque depois que o teu amor cruzou o meu caminho e deu luz aos meus dias
Eu tive a certeza de que tudo já estava escrito...

CHEGAR AOS PÉS

Tenho muitos orgulhos na vida
Um dos maiores foi o de ser pai
Porém, o maior deles foi o de ser filho
Pois, desde sempre, aprendi a enxergar e a honrar
O valor e o respeito que meu pai conquistou durante a sua vida
Isso me fez um homem de palavra
Moldou o meu caráter de pai
E me tornou um incansável batalhador...
Que hoje morreria feliz, se conseguisse chegar aos pés...
Do que representou e do legado que deixou, o meu amado e saudoso pai

É SÓ UM POEMA

Estou melhor...
Hoje consegui me reconhecer no espelho
Lembrei que era terça-feira
Lembrei também o meu primeiro nome
Consegui abrir sozinho o pote de geleia
E precisei de uma pequena ajuda para passá-la na torrada
Descobri como acender a luz do quarto
Porém, tive dificuldades em apagá-la
Mas, foi um dia de tantas conquistas...
Que reconheço, não podemos querer tudo...
Em um só dia, de uma só vez...
Isso é só um poema...
Mas... Vigiai, orai e agradecei!

ME ESPREITA

Me espreita
Me açoita
Me acorda na madrugada, sem eu perceber
Me ama, e faz o bom da vida acontecer

Aqueça o meu corpo
Não deixe os meus olhos se abrirem
Nem a minha boca nada dizer
E faz o meu coração sair do compasso, de tanto prazer

Depois me abrace
Encoste a sua cabeça no meu peito
Escute o meu coração feliz bater
E juntos, extasiados de amor, iremos adormecer

O PIOR DO PIOR

Mais triste do que ser abandonado...
É não conseguir esquecer um dia sequer a hora do adeus

Mais angustiante do que sentir os seus sonhos escorregarem por entre as mãos e irem sarjeta abaixo...
É descobrir que o amor recebido era uma farsa

Mais doloroso do que ser obrigado a conviver com a tristeza da solidão...
É não conseguir suportar a dor do vazio, que preenche o seu coração

Mais torturante do que ver o seu amor feliz ao lado de outro alguém...
É imaginar que ela ainda tem ciúmes de você

Mais digno de dó do que não enxergar o fim, mesmo sendo este algo evidente...
É não aceitar recomeçar, mesmo que esta seja a única solução clarividente

Mais inacreditável do que viver sonhando que nada mudou...
É acordar deste sonho e acreditar que ele é a realidade

ENERGIA DO SIM

É não pra cá
É não pra lá
É não pra todos os lados
É problema disso
É problema daquilo
São problemas e mais problemas...
Não, não é assim a minha vida
Preciso assumir o controle dela...
Mas reconheço que neste momento
Não dá...
Não é possível
Porém, pelo menos tenho a consciência de que minha luta
Será muito dura e longa

Mas, posso sim, fazer algo...
Posso dizer sim, mesmo que nele, no agora, não o acredite
Porém, posso dizer sim, mesmo que seja apenas para que meus ouvidos e meu coração não desacostumem nem se esqueçam da força do acreditar...
Com a energia que possui um sim...
Sim, vou dizer sim para a minha vida
Todas as vezes que minhas forças me derem coragem
Para o não do mundo enfrentar...

TRAJETÓRIA

É fácil ser o filho mais velho...
Basta ter um empurrãozinho do destino...
Ser o primeiro filho de um casal, e não ser o único!
O difícil é acompanhar o crescimento de seus pais... como pais...
Porque eles são imaturos...
São um pouco mais que adolescentes e estão aprendendo com as dificuldades...
E ainda por cima, tiveram um filho para criar...
Em menos de um ano após o matrimônio!
É fácil ser o filho mais velho... E crescer... Porque todos crescem...
O difícil é ser o primeiro a aprender como se virar diante das peripécias da vida...
E tragado pela sua inexperiência, não ter em quem se apoiar, nem com quem desabafar...
Porque os seus irmãos são muito frágeis e veem nele... Um porto seguro!
É fácil ser o primeiro a receber o carinho dos seus pais... E o primeiro a ser o orgulho da família...
O difícil é ser constantemente cobrado para ser mais isso... mais aquilo...

E não poder errar...

Porque os seus pais esperam tudo dele... menos o fracasso...

Pois ele tem que ser o exemplo!

É fácil ser o primeiro a não receber um presente de seus pais, em uma determinada ocasião...

O difícil é nas oportunidades seguintes... continuar não recebendo...

E ter de aceitar...

Porque os seus irmãos são pequenos e ganharão,

Pois eles ainda não entendem as dificuldades!

É fácil ser o primeiro a desbravar as ruas do centro da capital,

Pois a sua juventude está repleta de ímpeto...

O difícil é trabalhar o mês inteirinho

E, ao chegar em casa, entregar o envelope contendo todos os seus honorários...

Porque esta era uma das visões românticas e ao mesmo tempo austeras...

Que seu pai tinha sobre uma família ideal!

É fácil ser o primeiro a fazer planos, projetos... E a discutir a vida com os seus pais...

O difícil é presenciar as brigas do casal, e isso acarretar dores e medos em sua mãe

E ele nada poder fazer...

Porque a educação a ele imposta não lhe permitia nenhuma intromissão

Por mais que esta fosse a sua vontade!

É fácil ser o primeiro a socorrer um irmão que caiu e se quebrou...

Outro que vive brigando na rua...

E a proteger sua pura e indefesa irmã...

Dos olhares e intenções maliciosas de seus admiradores secretos

O difícil é conviver com a mirabolante ideia de montar uma bicicleta voadora...

Porque as quedas foram inevitáveis, porém, os seus sonhos e a sua fibra...

O ensinaram a se levantar e a acreditar sempre!

É fácil, em uma cidadezinha vizinha, encontrar a mulher de sua vida...

E ser recebido de braços abertos pela sua família
O difícil é, anos mais tarde,
Ter de aceitar que os seus filhos varões usem brincos nas orelhas...
Porque não lembrou de sua juventude,
Onde usava cabelos compridos e gargantilha feita de conchinhas do mar!
Em resumo...
É fácil ser o filho mais velho... Atravessar o oceano... E, em pouco mais de meio século,
Construir uma vida digna...
O difícil é, ao longo desta trajetória,
De filho, irmão, amigo, esposo e pai,
Ser quase uma unanimidade...
De admiração e respeito entre os que ouviram a sua história,
E de bençãos e amor, entre aqueles que com ele convivem ou conviveram...
Porque, direta ou indiretamente, com ele todos puderam aprender
que mais importante do que saber lidar e enfrentar as dificuldades impostas pela vida,
É saber reconhecer e respeitar, dentre tantos que cruzam os nossos caminhos,
Um cara que seja seu "Mano"!

Homenagem ao meu querido irmão, João Manuel

DEDICATÓRIA

Queria escrever algo bonito...
Algo que falasse apenas das verdades
Que só trouxesse acalento
Que não fizesse você fugir
Que não perturbasse os seus ideais
Que não ferisse o seu coração
Queria escrever algo marcante...
Algo que ficasse para sempre
Que jamais fosse esquecido ou ignorado
Que só servisse para nos unir
E que não fizesse chorar ou sorrir
Apenas fizesse você amar, sem nada cobrar
Queria escrever algo importante...
Mas que fosse algo bem simples, bem leve
Mas que atingisse você também
Atingisse os desconhecidos
Algo que desconhecesse raça, cor ou idade
E que realmente fizesse você feliz
Fizesse você fazer alguém, feliz de verdade
Sem machucar as donzelas...
Algo de muito valioso, mas que coubesse dentro do seu orgulho
Algo bem grandioso, bem extenso
Mas que morasse num cantinho do seu coração
Queria escrever algo verdadeiro...
Algo dedicado a você
A você que nasceu, vive e morrerá
No mesmo mundo que eu
Neste mundo... Onde escrevemos e apagamos

Neste mundo... Onde amamos e jamais esquecemos
Queria escrever algo bonito...
Algo especialmente para você

Escrito em 22 de abril de 1981

VIDA APÓS VIDA

Vida, minha vida...
Te recriei em mim mesmo
Te ensaiei todos os dias
E te amei quase sempre...

Vida, minha vida...
Quero de você... Tudo de bom que você possa me dar
Sinto por você... O que não sinto por mim
E espero de você...
Que eu te tenha e que você me possua
Para um dia... Quando fugires de mim...
Eu não te perca e, sim, te eternize...

PERFEITO

O perfeito, que sempre foi perfeito... E é perfeito... Nada mais que perfeito
E enxerga no outro perfeito... Somente a sua perfeição,
Desconhece a imperfeição dos perfeitos!

O imperfeito, que já foi perfeito e agora imperfeito o é,
Imperfeitamente perfeito... será.
E se só enxerga no outro imperfeito perfeito... Somente a sua imperfeição,
Desconhece a perfeição dos imperfeitos, que nem sempre foram imperfeitos!

O imperfeito, que nunca foi perfeito... É imperfeito... E imperfeito...
Sempre o será
E se este só enxerga no outro perfeito imperfeito...
Somente a imperfeição dos imperfeitos,
Desconhece a perfeita imperfeição dos imperfeitos... Que nunca foram perfeitos!

VIVER

Durma bem... Acorde feliz!

Caminhe, corra...
Trabalhe!

Viaje quando puder
Leia de tudo...
Busque o inusitado!

Medite, releve...
Sonhe sem parar!
Ensine o que aprendeu
Reparta o que ganhou
Perdoe sempre... Sorria!

Escreva cartas
Conte histórias
Perca tempo se doando
Ganhe tempo esquecendo as tristezas...
Chore de felicidade!

Dê flores
Adore o sol
Idolatre a lua
Conte estrelas
Veja o dia amanhecer... Agradeça!

Hasteie o branco
Preserve o verde
Respeite o azul
Curta todas as cores...
Pinte o mundo com a sua alegria!
Invente, tente, erre, acerte... Insista
Crie, recrie
Ore, acredite...
Abra a janela e deixe a luz entrar!

Dê vida à sua imaginação
Cante, dance
Abrace... Beije muito

Fale com os olhos
Olhe com a alma
Peça colo
Dê carinho
Assovie para a pessoa amada...
Escute o seu coração!

Ame...
De todas as formas
Todos os seres
Em todas as horas...
Sem nada em troca esperar!

Viva!
Viva!
Viva a vida!

Escrito em 3 de fevereiro de 2004

UM EU

Existe um eu dentro de mim...
Que odeia as guerras
Mas me empurra para as lutas
Que foge das paixões
Mas não me deixa renunciar a noites de amor
Que chora ao ler poemas
Mas me ajuda a enfrentar as injustiças
Que tem medo da morte
Mas me fortalece o espírito
Que se entristece ao ver as agonias do mundo
Mas me faz sorrir ao presenciar o nascer de uma nova vida
Que se desespera diante do inesperado
Mas me transforma em Golias
Que me faz provar da lama, onde os meus pés estão atolados
Mas, no amanhecer, me presenteia com asas
Que às vezes me trata como se eu não existisse
Mas, mesmo assim,
É o ser que mais me ensina como é importante... Amar a si próprio
Pois, só assim,
Saberei amar e entender melhor um outro eu, fora de mim... O meu
semelhante!

Escrito em 26 de fevereiro de 2001

INVOCA O MEU NOME

Desespero senti...
Desassossegos invadiam o meu ser
Meus pensamentos eram de um homem derrotado
Meus olhos foram acometidos de tristezas
Minha alma se sentia sem vida
Meu corpo se curvava e a fraqueza me dominava
O fim parecia apenas uma questão de tempo
Até que recebi um sinal
E eu acredito em chamados
E assim me saciei...
Ao ouvir uma música que dizia...
Invoca o meu nome e a tua glória virá!
Entendi a mensagem...
Recebi a benção
E voltei a acreditar com todas as minhas forças...
Que nunca estive sozinho

UM DAQUELES DIAS

Hoje é um daqueles dias...
Não para o esquecermos
Não para passarmos o resto de nossas vidas o mal dizendo
Não para culpá-lo de todas as nossas frustrações
Não para transformá-lo num divisor de águas...
Entre a tristeza e a felicidade

E sim...
Apenas um dia... Para lembrarmos
Que somos pequenos grãos de areia...
Às vezes pisados e ignorados
Porém, sempre grandiosamente amados e abençoados

SIM

Acabou...
Não, não acabou... Sinta
Foi o fim...
Não, não foi o fim... Amanheceu
Restou apenas o vazio...
Não, não restou apenas o vazio... Sonhe
As lembranças vão me machucar...
Não, as lembranças não vão machucá-lo... Agradeça
A saudade vai me fazer chorar...
Sim, a saudade vai fazê-lo chorar... Chore

É TARDE

Suas palavras foram apenas palavras
Seus pensamentos não me pertenciam
Seus olhos tinham outras direções
Seus desejos, outros corações

E o seu amor... Foi um passageiro, que saltou ao amanhecer
Você falou sem nada sentir
Me desejou sem dar importância
E me amou sem a menor relevância
E assim, outras noites vieram...
E sem ouvir a sua voz
Sem sentir o seu cheiro
Sem me deleitar no seu desejo arruaceiro
Eu te esqueci...
Entreguei o meu amor a quem merece
Não me importo se você com isso padece
Sei que agora o meu amor lhe convém
Mas agora é tarde... Entreguei-o a outro alguém

MINHA FLOR

Pele de pétalas de rosas
Graciosidade de margarida
Cabelos de violetas
Sorriso de um raio de sol
Perfume de lavanda
Olhar singelo de maria-sem-vergonha
Minha flor, meu amor...
Te encontrei e te colhi nos jardins da vida
Te cultivo no cachepô do meu coração
Me trouxeste a mais linda das primaveras...
Que meus olhos já tenham visto
Te embrenhas, te apoias e fortaleces o nosso amor...
Nas delicadas flores, lágrimas-de-cristo

CHOREI

Há algum tempo, eu chorei...
Passei algumas noites em claro
Mas, não lembro ao certo o motivo
Na semana passada também chorei...
Tive dias difíceis, com muita agonia
E não sei exatamente o porquê
Ontem novamente chorei...
E, desta vez, eu sei...
Foi de saudades de você
Porém, hoje não vou chorar...
Pelo menos não de saudades
Será de tristeza...
Pela falta que tu fazes em minha vida

VOZÃO

Tem pessoas que parecem não serem reais...
Parecem fazer parte de um livro de histórias felizes, mas, com muita luta,
Onde as suas aventuras vividas se eternizam em nossos corações
E que, assim, lembraremos delas com emoção e um imenso carinho
Por todo o sempre...
Hoje estamos lendo uma página que nos leva às lágrimas...
Não que seja uma história triste, e sim, porque ela nos ensina como sermos felizes,
Sentindo saudades...

Homenagem a "Prudêncio Braga" (in memoriam)

Um Vozão que conheci durante a minha vida.
e que aprendi a respeitar e admirar!

ESPELHOS

Do silêncio fez-se um tremor...
Dos segundos banais, surgiram efeitos fatais
A terra tremeu...
As casas ruíram
As árvores caíram
Tudo era um palco do terror
E no peito fez-se a dor
As luzes se apagaram

As esperanças vagaram
E os pés procuravam se firmar
Enquanto os olhos tentavam se negar
Tudo era tão calmo...
Quando, ao longe, ouviam-se gritos
Misturados ao batucar forte dos corações
Naquele momento presenciávamos aflitos
Quantos corpos tombavam sem razão
E aos que o destino conservou de pé
Navegavam em lágrimas, encontrando um motivo de fé
E, assim, do silêncio fez-se uma oração
E dos segundos, uma eternidade do perdão
Quebraram-se as paredes da ganância
Levantaram-se os espelhos da verdade

CHUVA INCONSTANTE

Chuva...
Inconstante, rápida e inesperada
Razão do vinho tinto dos amantes
Inspiração dos poetas...
E orgulho das moças com suas sombrinhas elegantes
Chuva...
Venha quando puder, quando vier
Pode virar uma tempestade, e transbordar rios e oceanos
Alagar ruas e cidades
Pode destruir em segundos o que construímos em anos
Chuva...
Cantada e desejada

Afoga as mágoas do meu coração
Lava a minha alma
Traz o meu amor de volta e me encharca de paixão
Chuva...
Um ciclo do céu e da terra, esculpida em sete cores
Da natureza é uma doação
Vem pra abaixar a poeira, apagar as queimadas
E mostrar de Deus a sua compaixão
Chuva...
Vem regar as plantações
E a sede do mundo saciar
E eu feliz, extasiado de prazer,
Sempre estarei esperando para te brindar

FALTAM DOIS TERÇOS
PARA UM TERÇO

Todos dentro de um esquema global
Todos fazemos parte de estatísticas
Assim, sem opção, aderi ao sistema...
E com isso não notei o tempo passar
Não percebi as forças se esvaírem de mim
Agora com um terço passado...
Não consigo entender
Não consigo aceitar como me deixei acorrentar
Parece que foi outro dia que comecei a andar
E as minhas primeiras palavras falar
O tempo passou como se fosse um sopro, que não senti passar
E quase nada dele eu consegui desfrutar

E talvez por fazer parte de uma estatística
Acabei vivendo o ontem, e preocupado com o amanhã
Não vivia o hoje...
Mas voltar não é possível
E também seria uma falta de respeito com os dois terços que me restam
Assim, aceito e me arrepio só de pensar que será amanhã
Ou depois de amanhã, ou outro dia qualquer...
Que estarei deitado de mãos cruzadas e um terço me acompanhará
Por uma imensa e eterna jornada...
E assim... Por ela ser infinita...
Agora, eu é que não faço questão de ver o tempo passar...

CASA TRISTE

Nesta casa triste...
Com noites vazias
E paredes frias
Sinto a sua falta

Penso em você...
No afeto que nos une
Sinto nos lençóis o seu perfume
E mergulho no passado

Lembro do nosso amor...
Das nossas farras, levadas à embriaguez
Dos seus beijos e da sua linda nudez
E me consolo nas lembranças, acendendo a lareira

APENAS UMA VIDA

Sorria... Mesmo que o mundo lhe diga não
Acredite... Mesmo que a derrota lhe pareça evidente
Sonhe... Mesmo que a lua não deixe o sol aparecer
Ame... plante o bem
E não queira que o mundo seja sempre um mar de rosas
Pois apesar da beleza da vida, sempre nascerão espinhos
Dê asas à sua imaginação...
Dê fantasias ao seu coração...
Mas não queira abraçar o mundo
Sem antes ter abraçado a você mesmo
Viva... viva a vida intensamente
Viva mil vidas...
E se possível for, seja feliz em todas elas
Mas se, porventura, apenas uma vida você tiver...
Lembre-se de que mais importante do que sonhar e ousar...
É se amar... Pois só assim valerá a pena ter vivido

SEM AUTOR E SEM TÍTULO

O céu e as estrelas têm um criador
Todo o sorriso tem a sua magia
Toda a lágrima tem o seu sentimento
Toda a história tem o seu final
Todo o castigo tem o seu propósito
Toda a dor tem o seu lamento

Toda a flor tem o seu perfume
Todo o dia tem a sua noite
Toda a obra tem o seu artista
Todo o ser tem o seu destino
E todo o coração tem o seu amor
Estes versos são de um autor desconhecido...
Que fugiu de tudo e de todos
E renegou aos seus sonhos
Por ter um amor proibido
Estes versos são de um homem apelidado...
De lobo triste e solitário
Que viveu, ninguém sabe exatamente quando e onde...
Mas, sabe-se que ele renegou a sua vida, por amor
Escreveu e dedicou todos os seus versos...
A uma mulher...
Ele viveu se escondendo do mundo... Por ela
O tempo passou, e até hoje, o seu amor...
Ninguém descobriu de quem era

O ANJO

Anjo...
É um raio de sol
Uma estrela nua
E um pedaço da lua...
Você me deu

Anjo...
Com palavras de efeito
Confissões de me deixar sem jeito
E juras verdadeiras...
Você me fez
Anjo...
Tem um beijo de mel
Olhos penetrantes
Um corpo de curvas desconcertantes...
Você me roubou o sossego
Anjo...
Me tirou os pés do chão
Me tornou carente
E do seu amor dependente...
Você me conquistou
Anjo...
Em forma de mulher
Com o sangue quente
E carinho ardente...
Você me ensinou a pecar
Anjo...
De asas macias
Deste mundo você me levou
E o paraíso me mostrou...
Você me fez feliz

CUIDADO

Cuidado,
Muito cuidado...
Ao dar a alguém
O preço do seu tempo
O preço do seu julgamento
E o preço do seu sentimento
Porque um dia...
Quando o seu tempo findar
Alguém irá julgar os seus preços
E aí...
Você saberá, não o seu preço,
Mas, sim, qual é o seu real valor
Assim...
Cuidado
Com os seus preços...
Muito cuidado
Com o valor que você dá... Às coisas que lhe são gratuitas!

VOLTA

No escuro do meu quarto
Perdido no obscuro da minha mente
Palavras surgem sem razão
Frases se formam sem sentido
E choro sem perceber
O amor, às vezes, nos surta...

Penso em abrir a janela e olhar o sol
Em abrir a porta e te procurar
Penso e me sinto tenso
Hesito e desisto
Existo e não vivo
O amor, às vezes, aprisiona...

Abro os olhos e me vejo diante da solidão
Cara a cara com a tua ausência
Frente a frente com as lembranças
Cheio de amor... E absolutamente só
Consciente e ciente da nossa amizade
E arrependido por te confessar o meu amor
Apaixonado e inconformado pela fatalidade
Não me perdoo por não ter pedido para você ficar
O amor, às vezes, assusta...

CERCADO

Pareço estar cercado...
De dúvidas e incertezas
De mistérios e lembranças
De medos e desafios
De verdades e ilusões
De pessoas e pessoas
De vida e da vida, sem fé...

TUDO AO SEU TEMPO

Você surgiu para mim
Como as estrelas surgiram para o céu
Eu te conquistei
E em meus sonhos te criei
Nos momentos mais difíceis, te lapidei
E até quando não esperavas, te farejei
Te sinto
Te pressinto
E te preciso
Nasceste para ser minha
Mas tudo ao seu tempo
Tudo será no momento exato
Por enquanto, vou atrasando o relógio
Rasgando o calendário
E trocando a noite pelo dia
No intuito de contrariar o tempo
De confundir o que já está escrito
E ter tempo de despertar o teu amor
Por isso meus olhos permanecem fechados a sonhar
À espera de você me encontrar e me amar...

FAZ BEM

O medo nos faz fortes
A cautela nos torna longevos
A ambição nos impulsiona
A dor nos ensina
O sorriso nos renova
E o chorar nos faz bem... Quando nos leva além

UM CASO DO ACASO

Te encontrei por acaso
Olhei por olhar
Pensei sem nada pensar
Mas o nosso destino estava traçado...
No dia em que te conheci...
Tudo parecia normal, tudo tão igual, como num dia qualquer
Até chegar ao anoitecer...
E a falta do teu sorriso e do brilho do teu olhar não me deixou dormir
Os pensamentos viraram saudade
E o meu amor por você era uma verdade
A tua presença não tinha sido um acaso
O meu coração distraído não percebeu...
Que o destino havia armado o encontro de você e eu
Um encontro... uma despedida
Um olhar... uma partida
Um amor perdido...
Um caso do acaso, ...
Sem saída, sem volta... Um caso bandido

VAZIO

A solidão é um vazio...
Um vazio tão frio
Tão vago
Tão sem acolhimento
Tão doloroso
Tão sem coração
E tão desolador...
A ponto de me fazer sentir...
Sem valor
Um nada
Um ser vazio...

TENHO QUE RESPEITAR

Vivo brigando com o meu coração...
Ele é muito mole, muito manteiga derretida
É sensível a paixões...
Basta surgir um novo namorico que ele já se apaixona
Fica todo entusiasmado, e se eu não o contiver vira amor...
Ele já me fez sofrer bastante, muitas vezes...
Mas na verdade o saldo dele é positivo
Já ignorei muitas paixões e ele me acordou para a vida
Me fazendo ver que era um amor, e que valia a pena se envolver...
Se doar e se entregar
Tenho que respeitar...

Afinal de contas, no ventre...
Eu não era nascido e ele já batia
Eu não sabia o que era amor, e ele já amava e era amado

RASURAS

Às vezes...
Sinto vontade de apagar tudo
De passar uma borracha nos borrões de minha vida
Rasgar em vários pedaços as esperanças
Amassar e jogar no lixo as lembranças
E recomeçar do zero...
Reescrevendo a minha história
Encontrando um novo amor...
Que me escreva páginas repletas de vida
Onde eu, feliz, as possa folhear...
Sem medo, sem receio
Vivendo com muito prazer, sem desventuras
Porque nelas não hão de haver rasuras...

LEVANTA-TE HOMEM

Falei o que não vi
Acusei sem ter certeza dos fatos
Jurei sem conhecer a verdade

Me aliei ao inimigo por falta de amigos
Orei sem acreditar
Presenciei a dor e virei as costas
Vivi colecionando vitórias, depois de desafiar tudo e todos
Cultivei espinhos por achar que as flores são as armas dos fracos
Persegui os que amam por serem vulneráveis
Odiei a mim mesmo, porque uma noite senti solidão
E me curvei, somente, uma única vez...
Foi diante de um estranho... Logo após a minha morte!

NOTURNA COMPANHEIRA

Você não sabe quem eu sou, mas nunca me disse não
Você nunca se lembrou de mim, mas nunca me abandonou
É minha noturna companheira...
Nas noites frias, não me negou o seu calor
Nas noites de ébrio, não retirou o seu copo
Nas noites de farra, não me faltou a sua companhia
Nas noites sedentas, não me faltou o seu corpo
É minha noturna companheira...
A noite é testemunha de nossas aventuras
A sociedade é contra os nossos encontros
E dizem que é uma doença excitante
Uma exploradora de corpos
E um rascunho da humanidade corretamente masturbada
Mas, para mim, é minha noturna companheira...
Pois nada de mal fez às damas virtuosas
É amante dos que procuram por amor

É carinhosa aos que procuram afeto
É sedutora aos que lhe necessitam
Então, pergunto:
Que mal fez ao mundo corretamente depravado?
Ninguém lhe responderá, sem que alguma culpa tenha
Pois suas virtudes sobressaem à sua depravada vida
Seus sentimentos sobressaem aos seus sobreviventes atos
Seu corpo sobressai à sociedade hipócrita caluniosa
Seus pecados equivalem-se aos de todos
É minha noturna companheira...
É mulher
É filha
É massa doentia de uma doença gerada pela sociedade.
Assim...
Pago-lhe bem
Chamo-lhe de meu bem
Seduzo-a bem
Sou seu eterno companheiro noturno
Que me perdoe a sociedade merecedora do céu...
Mas nunca me provaram que ser dama da noite fosse um pecado, e eu,
um mísero réu

Escrito em 26 de junho de 1980

MUITA EXISTÊNCIA
PARA POUCA VIDA

Que seres são esses que habitam as ruas?
Que dormem nos viadutos
Que morrem como indigentes
E que, muitas vezes, não sabem por que vivem
Pois levam a vida como um eterno finados
Quem sabe que seres são esses?
Quem procurou ajudá-los?
Quem sua sede saciou?
Quem com os olhos não os repeliu?
Quem perguntou os seus nomes?
Quem sabe qual o seu Deus?
Que seres são esses, que a noção do tempo perdeu
Que a sua fome é uma bússola
Que o preconceito é o seu parasitar
E que o medo é a única razão para não morrerem
Que seres são esses?
Que habitam em residências
Que dormem em colchões macios
Que morrem sob protestos
Que vivem para conquistar
Pois a vida é um eterno desvendar
Quem sabe que seres são esses?
Quem eles não invejaram?
Quem eles não exploraram?
Quem os seus olhos não desejaram?
Quem eles não xingaram?
E que de Deus não zombaram?

Que seres são esses?
Que o tempo é dinheiro
Que a gula é uma constante
Que a falta de humanidade é sua sobrepujar
E que o seu bem-estar é a única razão para não morrerem
De que mundo eles são?
Com certeza lá não devem existir flores, campos, enfim, natureza
Com certeza não conhecem uma força maior do que a física
Com certeza não acreditam no amor
Com certeza não vivem em liberdade
Com certeza nascem, vivem e morrem
Sem terem certeza se tudo não passou de um sonho
E esse sonho, com certeza, não foi bonito
Nem tampouco das cores do arco-íris
Mas, com certeza ou não, sinto tudo isso de uma maneira...
Eles não nasceram,
Pois como ervas daninhas brotaram
Eles não viveram,
Pois como lobos se devoraram
Eles não morreram,
Pois, simplesmente, não existiram

Escrito em 24 de dezembro de 1980

ACORDE

O teu frio, eu aqueço
O arrepio do teu corpo...
Eu provoco, com os meus carinhos,
Os teus pensamentos, eu os leio, no teu olhar
Os teus desejos, eu os conheço
E os satisfaço com prazer
Os teus sentimentos
Eu os sinto no ar, a cada respirar
Só os teus sonhos, eu não consigo descobrir
E tenho medo de você ao dormir...
Sonhar que está deixando de me amar
Então...
Acorde, desperte meu amor...

VOCÊ SÓ VOCÊ

Quando eu não mais desejava os seus beijos
Quando eu não mais sentia a falta dos seus carinhos
Eu só enxergava o brilho dos olhos daquela que, um dia, roubou a minha vida de ti
Fez com que eu não me importasse com o seu pranto
Fez com que eu repentinamente deixasse o nosso canto
E assim... parti em uma aventura, procurando naquela mulher outra ternura
Ela me fez sonhar que tinha encontrado um novo amor
Mas agora que o tempo passou...

Como eu gostaria de lhe dizer com imensa certeza
Que minha vida sem você não teve nenhuma beleza
E mais ainda... Gostaria de lhe dizer...
Que mais do que você... quem mais sofreu fui eu
Pois descobri que só seus beijos se encaixam perfeitamente na minha boca
Que só os seus carinhos são verdadeiros
E que só você é a dona do meu coração
E, assim, parto à sua procura, pois não aguento mais essa loucura
Quero encontrar a mulher de minha vida
Quero encontrar você... só você

Escrito em 12 de fevereiro de 1985

O TEMPO E O VENTO

Chegou o outono... Folhas cairão
Talvez chova, mas no momento existe sol
A inflação deve subir
A fome e a guerra existem
A pobreza é real
A esperança é um símbolo
E o tempo não para...
Automóveis transitam velozmente
Viadutos são erguidos
Escolas ensinam o bê-á-bá
Hospitais respiram vida
O mundo suspira esperança
E corações exalam fé

A mãe chora... E neste momento a dor e o amor se fundem
O feto nasceu...
A vida ficou mais doce
Homens brindam, sinos tocam e pássaros cantam...
Tudo é festa...
Os ventos fortes do outono nos trouxeram uma menina
Todos querem abraçá-la, beijar e proteger
Todos querem amar este pequeno e frágil ser

Homenagem ao nascimento de minha querida primeira sobrinha, Shirley Mendonça!

Escrito em 2 de abril de 1980

MADRUGADAS

Seu corpo
Me fascina demais
Me encanta
Me faz sentir voraz

Suas curvas
Seus cabelos
Seu cheiro
Ouriçam os meus pelos

Engulo a seco
Suo frio
Você é meu mar
Sou o seu rio

Te preciso
Te desejo
Te necessito
E te beijo

Me conter... Impossível
Neste momento me sinto uma fera
Pronto para abater a sua presa
E sou uma criança, que um lindo presente espera

O mundo não mais existe
Nossas vidas perdem a razão
Somos um só corpo...
Explodindo de tanta paixão

Assim te vejo
Assim te sinto, nas cobertas molhadas
Assim nos amamos
Em eternas madrugadas

Escrito em 30 de março de 1996

O PINGO

Os caminhos são milhares...
Mas só me levam a lugares onde os castelos estão destruídos
Porque os meus sonhos foram erguidos sobre as areias das suas promessas
E assim, pelo seu amor...
Me tornei um andarilho e só não ando sobre os trilhos,
Porque ainda me resta um pingo de amor-próprio
Vivo à sua procura, em busca da minha cura
Em busca da felicidade... Pois não aceito a realidade
Porque enquanto existirem caminhos a serem percorridos
A esperança levará os meus pés, feito um vento forte...
Que vare as areias e vai livrando o meu amor da morte
Mas se um dia os caminhos terminarem...
E as buscas pelo seu amor se tornarem em vão
O meu coração baterá sem emoção
E a minha vida deixará de ser uma eterna caminhada
E aquele pingo de amor-próprio
Se transformaria em uma lágrima...
Que em sua última caminhada de esperança
Os traços tristes do meu rosto acariciariam
E ao beijar as areias mórbidas
Com os meus sonhos desapareceria

FUI CHEGANDO

Cheguei...
E fui chegando...
Como se nada quisesse, além de chegar
Me deixei levar e fui
E nada mais pretendia do que chegar
Só não sei se cheguei, porque fui chegando
Ou se fui, por isso cheguei... Indo, me deixando levar

BEIJO ROUBADO

Uma música no ar
Nossos corpos a dançar
Algumas poucas palavras...
E um beijo roubado
Com o coração assustado
Eu senti o seu calor
E você suspirou...

Não sei se agi direito
Mas de nada me arrependo
E quando a música terminar
Eu te olhando vou ficar
E a minha mão irei te oferecer
Na esperança de você sorrir
E um consciente e ardente beijo me ceder

SUAS ESCOLHAS

Se meu coração tivesse a força de mudar outros corações...
Mesmo assim...
Ele não os mudaria
Porque cada um tem a sua história
Tem o seu momento
Os seus sonhos
O direito de acertar e errar
E a chance de buscar a felicidade...
Por meio de suas escolhas

DE OLHOS FECHADOS

De olhos fechados...
Posso ver o tremor das suas mãos
Os arrepios nos seus seios
O embolar de seus cabelos
De olhos fechados...
Posso ver o murmurar dos seus lábios
O agitar de suas pernas
O feitiço em seus olhos
De olhos fechados...
Posso ver o ardor em seu sexo
O confundir da sua mente
O desejo em sua alma
De olhos fechados...

Posso ver as roupas jogadas pelo chão
O drink ainda por tomar
E o bilhete de adeus...
De olhos fechados... Chorei...

PURA MATEMÁTICA

Nunca tive inimigos, mas já fui traído
Nunca tive más companhias, mas já me vi enrolado em uma trama
Nunca quis levar vantagem indevida, mas já fui passado para trás
Nunca pensei em agredir ninguém, mas já fui perseguido
Nunca tive duas caras, mas já fui obrigado a mentir
Nunca enganei uma dama, mas já me vi forçado a fingir o que não sentia
Quem estudou matemática sabe...
Que a terra do "eu nunca" faz divisa com o vilarejo de "aqui jaz"

O BRINDE

Que os meus olhos sigam a sua luz
Aceitem a verdade das suas palavras...
E eternizem a sua existência dentro de mim

Que as asas do desejo
Sejam guiadas pelo vento, feito um lindo pensamento
Que rumem com destino ao infinito...

E eu possa encontrar em você o amor mais bonito

Que os nossos sonhos a cada amanhecer
Escrevam uma nova página na nossa história
E ajudem os nossos corações
A se aceitarem e se respeitarem, por todas as nossas vidas

Que as lágrimas existam, mas venham acompanhadas de um abraço
Tal qual as nossas juras de amor... Sejam marcadas pela sinceridade
E tornem as nossas palavras...
Uma cópia perfeita dos nossos atos e sentimentos

Que o amor se aposse de nós, feito as horas, os dias, os meses...
O tempo sem fim... Um mundo sem fronteiras
Mas que eles caibam e se aconcheguem dentro dos nossos peitos

E hoje as taças irão se tocar, vamos brindar a nossa felicidade
E que as nossas mãos eternamente se toquem com ternura
E que as nossas vidas sejam sempre repletas de emoções e candura

FEITOS UM PARA O OUTRO

Quando a noite cai e as luzes se apagam...
Ganho os seus carinhos
E sinto o amor jorrando de dentro de mim
Sinto que a vida passa, sem me notar...
E eu, sem ela, me importar
Porque sinto...
Os meus pensamentos me embalando

Os meus sonhos me carregando
E a luz dos seus olhos me guiando
Sinto o seu amor... Dando vida à minha vida
Se estou triste, você se compadece
Se estou feliz, você compartilha
Se quero te amar, você realiza os meus desejos
Somos feitos um para o outro
Eu te basto... Você me farta
Eu te preencho... Você me transborda
Eu não existo... sem o seu amor
Você, sem o meu amor, não vive

NÃO DIGA ADEUS

Não há noite longa que impeça o dia amanhecer
Até o sol e a lua, que vivem em harmonia,
Às vezes se cruzam... E surge a escuridão
Não diga adeus...
Não dê forças à razão... Escute o seu coração
E me diga o que ele quer dizer
Me diga o que quero ouvir...
Que você me ama e não vai partir
O tempo é nosso aliado... e as feridas irão fechar
A vida é um eterno ir e descobrir...
Voltar e recomeçar...
As lágrimas, às vezes, cobrem o sorriso
Mas o amor é um infinito se doar
E se preciso for... mil vezes perdoar

NUNCA MAIS

Nunca mais quero ver você chorar
Não posso ver o sal das suas lágrimas amargar o seu sorriso
Nunca mais faça isso...
A sua alegria é a minha fonte de inspiração
Como a flor nasceu para perfumar a vida
Trazer a paz e enfeitar o mundo
Você nasceu para ser a minha flor
Para dar vida à minha vida... E me dar amor
Por isso faço os meus versos...
Para você, falando do nosso amor,
Da natureza e da alegria de se ser feliz...
Eles são feitos para você sorrir e resplandecer
Nunca mais chore, quando os ler...

MEU NOME

Nesta vida já me chamaram...
Do bobo da corte
De invejoso
De insignificante
O arrogante
De incompetente
O chato da turma
De santinho do pau oco
De falso, traidor e amigo da onça

Na maioria das vezes, fui chamado pelas costas
Mas podem me chamar do que quiserem
Não me importo
Quero apenas que quando eu morrer
Deus olhe nos meus olhos...
E me chame pelo meu nome

LIVRO

Ao te abrir...
Me encantei e viajei nas suas sílabas
Me perdi no seu tempo e encontrei a história
Me saciei de conhecimentos e vi as portas se abrirem
Me emocionei e voei nas asas da vida
Me reconheci e descobri como ser melhor
Me fascinei e de ti me tornei cúmplice
Me agigantei e percebi o seu valor

DOMINGO ENSORALADO

Ainda sonho com você
Ainda lembro de nós dois...
Passeando abraçados, nas tardes de domingo ensolarado
Mas não cultivo fantasmas, porque não tenho pesadelos
Não carrego sombras, porque não tenho mágoas
Penso em você...
Porque não há nada mais gostoso pra se fazer
Não elejo culpas ou culpados...
Não semeio palavras, ditas em momentos certos ou errados
Apenas levo a vida e deixo o tempo me levar
Vivo um sol de cada dia... E se ele não aparecer,
Não se tornará um vulto pesado por mim a ser carregado
Porque todos os domingos estarei no parque passeando...
E esperando ver uma linda imagem, o sol e a luz da minha vida se descortinarem...

SENHOR

Senhor...
Eu sei que tu me escutas
Que me proteges
E que me abençoas
Senhor...
Eu sei que tu conheces minhas fraquezas
Que me socorres
E que me dás forças
Senhor...
Eu sei que tu sabes das minhas dores
Que me amas
E que me reservas algo de grandioso

RASTEIRAS

As rasteiras da vida...
Nos desequilibram
Nos assustam
E muitas vezes nos derrubam
E acabam nos machucando
Mas, ao sentirmos nossas mãos no chão,
Encontramos apoio na leveza e na força de nossa infância
Onde...
Olhávamos para os arranhões, sacudíamos a poeira...
E saíamos correndo...

Pois não tínhamos tempo a perder
Ali na frente, existia mais um desafio
Que enxergávamos como uma brincadeira
E a vida sempre nos convidava a vivê-la, a saltá-la e a sermos felizes

TEMPOS DIFÍCEIS

Já tive algumas opiniões e as mudei
Já cometi erros e me arrependi
Já desconfiei de algumas coisas e estava equivocado
Já escrevi e várias vezes apaguei
Mas, escrever e esconder o escrito...
É a primeira vez que o faço
Já imaginava que, um dia, eu iria questionar a minha existência
Mas, eu mesmo censurar os meus próprios sentimentos me tirou o chão
Tempos de incertezas...
Tempos difíceis!

TRISTE REALIDADE

Lembranças suas me doem no peito
Fotos me consomem em lágrimas
Objetos pessoais me tiram o chão
Suas roupas me cegam de saudades
E o seu perfume espalhado pelo ar...
Afaga a minha triste realidade e me sinto inebriado de ilusões...

EM MOMENTO ALGUM

Uma gota de orvalho...
Em uma fração de segundos caiu do nada e me tocou
Então, olhei para o céu e senti uma paz tamanha
Ao ver um lindo manto azul,
Pincelado de branco, com uma brilhante esfera amarelada
Que momento inesquecível
Que hora abençoada
Que dia... Na minha vida
Senti o cheiro da terra
O vento tocando o meu corpo
Neste momento senti a alegria do mundo
Me senti vivo e compreendi que a vida me amava
Então, chorei...
Por ter desacreditado e me entregado à desilusão
E não ter percebido que, em momento algum, nunca estive sozinho...

TUDO

Sonhei com tudo
Tentei de tudo
Lutei por tudo
Fiz de tudo
Quis tudo
Mas vivi quase nada do tudo
Assim, acabei abdicando de tudo
Para ficar somente com tudo, que me pertencia

SONHO REAL

Enquanto é noite aqui... será dia ali
O meu sonho não termina ao despertar
Preciso de você a todo instante
É maravilhoso poder te amar
Mas, se hoje choro...
Amanhã certamente vou sorrir
Pois nas fases da lua está escrito
Que de perto de mim jamais hei de sair
O sonho existe...
E sonhar me faz bem
Nele me realizo
E vivo a vida a me entregar
Seu amor é minha vida
E se ele for um sonho... Dele jamais quero despertar

UM DIA ESPECIAL

No meu espelho...
O que a minha consciência oprime, ele exprime
O que o tempo muda, ele registra
O que o meu coração sente, ele revela
O que a minha boca não fala, ele grita
No meu espelho...
O beijo ensaiado ficou marcado
A pose a ser feita nele se enfeita

O sim... Fica mais fácil de ser aceito

O não... Fica mais fácil de ser dado

No meu espelho...

O perigo que vem a minhas costas é revelado à minha frente

No meu espelho...

Todo o bem que eu fizer, pela frente ou pelas costas... Será revelado

O meu espelho é uma espécie de meu juiz...

Seja eu, Pedro, Maria, Helena ou Luiz, ele é sempre justo e impiedoso

O meu espelho, faça sol ou faça chuva...

Seja inverno ou primavera, ele está sempre à minha espera...

Por isso meu amigo espelho, meu espelho amigo...

Quero com você comemorar este dia especial...

Lhe dando um presente... Vindo de minha alma, do fundo do meu coração

Vou lhe dar um lindo sorriso para selar a nossa amizade

Para que passe o tempo que passar...

Ele fique por meio de ti esculpido no meu olhar e cravado para sempre no espelho do meu coração

E assim... Todas as vezes em que este lindo sorriso vier à minha mente...

Ou ao ser refletido por você à minha frente... Eu me lembre dos meus 15 anos

E me lembre da minha juventude, do quanto eu era bonita e do quanto eu era feliz...

E se, porventura, meu espelho amigo, daqui a alguns anos eu passar a lhe visitar menos vezes...

Não se espante... Não será por falta de asseio e, sim, por falta de anseios

E não pense que existirá algum problema com a nossa amizade...

Serão apenas as marcas do tempo que me impedem de procurá-lo...

Porque este lindo sorriso, seja no passado, seja no presente...

Estará vivo na minha mente ou refletido à minha frente... Sempre do mesmo jeito...

Sempre com o mesmo brilho...

O que mudará será apenas a minha vaidade...

Porque este lindo sorriso nasceu para enfeitar o meu rosto e marcar a minha vida...
Por ter brotado, após ser regado, com uma lágrima de felicidade...

Homenagem aos 15 anos de minha amada filha Helena!

A PESSOA CERTA

Se você não quiser se aproximar... Para não precisar me encarar...
Vou entender, mas me ouça...
Se o dia e o horário não lhe convierem, pode mudar... Eu não me importo
Se o local também não for do seu agrado, escolha outro, para mim não faz diferença
Porém, me ouça...
E se depois de me ouvir, você ficar inerte e lentamente me virar as costas...
Não se preocupe, pois não me será surpresa
Se me ouvir e um sorriso debochado vier acompanhado com palavras não muito gentis
Fique tranquila, nada direi e aceitarei
Mas, se após me ouvir, você me olhar ternamente dentro dos olhos...
E com doçura me disser adeus...
Chorarei e deste encontro uma certeza por toda a vida levarei...
Que valeu a pena ter te amado e que apesar de as coisas entre nós terem terminado errado
Mesmo assim, sei que amei a pessoa certa...
Pois encontrei a mulher que sempre sonhei!

ELO PERDIDO

Se olhe no espelho
E veja quem você enxerga...
E se for você mesma,
Por um momento escute o seu coração...
Eu sei que você ainda me ama
E que nada irá nos separar
Me permita te amparar
Me deixe ser a sua paz
E de me amar, eu te faça se sentir capaz
E assim... juntos vamos encontrar o elo perdido
O seu amor escondido...
Por trás destes olhos molhados...

ATOLERO

Lagoa deserta
Donde mora dona rã
E os grilos saltantes
Donde brinca o pequenino
Com o cascalho pulante
Lagoa deserta
Donde crescem os peixes
No meio do capinzal
Donde se refresca o garoto
Com os cabelos de cristal

Lagoa deserta
Donde dorme a sereia
Com seu canto enfeitiçante
Donde inspirou o homem
A ter um ideal pujante
Lagoa deserta
Donde guardei os sonhos
De minha doce mocidade
Donde ergueram o arranha-céu
Com a passarela da saudade

AQUELA MENINA

Você nada me cobra
Eu de nada sinto falta
Mas, reconheço...
Que nosso amor está parecendo uma música do mestre Cartola
Que está tocando na nossa velha vitrola
Vem amor...
Vamos sair pra dançar
E jantar, à luz de velas
Quero te namorar
Te olhar bem de pertinho
Te fazer um carinho e te cortejar
Falar coisas de improviso
E de desejo, quase te fazer perder o juízo
Vem amor...
Depois saímos pela noite a passear

E nossos bons tempos relembrar
Quero que você se lembre dos nossos beijos ardentes
Dos vizinhos nos espiando pela janela, como se fossem sentinelas
Quero que se lembre do fervor da nossa paixão
Quero que você se sinta, eternamente, aquela menina
Que eu, apaixonado, namorava no portão

O PREÇO DA TRAIÇÃO

Doses de uísque falsificado
No ar um cheiro de perfume barato
Homens bêbados, debruçados sobre as mesas, a dormir
Luzes vermelhas a piscar
E uma dama seminua comigo a dançar
Um lugar perfeito para do mundo e da vida se esquecer
E assim, paguei para a dama o preço do amor que ela tinha para me oferecer
Paguei barato pelo amor, que não me pertencia
E paguei caro pela minha traição à minha amada, que isso não merecia
Me lembrei... daqueles homens bêbados, debruçados sobre as mesas...

DESABAFO

Misericórdia...
À minha escuridão
À minha sede

À minha falta de pão
Misericórdia...
Aos meus apelos
Às minhas vontades
Ao coração covarde, que sofre calado
Em busca de corpos nus
Querendo ser amado
Vagando sem luz
Misericórdia...
Aos meus defeitos
Aos meus recalques
Que me jogam longe da perfeição
Deste corpo esquecido
O que vem a ser salvação
Misericórdia...
Aos meus poucos bons atos
Aos meus momentos de afeição
Que me levam de encontro aos fatos
De que sobrevivo sem razão
Misericórdia...
Aos meus caminhos em vão
Cheios de magias
Que o Senhor cubra de perdão
Esta alma de agonias
Glória...
A misericórdia deste exato momento

Escrito em 16 de dezembro de 1980

DOCE REALIDADE

Vem...
Sossega o meu coração com a sua presença
Enfeita a minha vida com o seu sorriso
Acalenta os meus sonhos com o seu beijo
Ilumine os meus dias
Brilhe nas minhas noites
Dê luz ao meu prazer
E deixe que eu atravesse...
As fronteiras da sua razão
Indo além da ilusão
E na nascente da sua imaginação...
Eu lhe mostre que sou a sua doce realidade
Vem...
Não fuja
Não abandone o seu coração
Não se transforme em uma desertora
Deixando os seus sentimentos à própria sorte
E o nosso amor fadado à morte
Vem...
Levante as suas armas
Valorize essa nossa doce guerra, com lágrimas e sonhos
Mas não me declare vencido, só por ver o meu coração sangrar
E não me vire as costas...
Me tirando o direito de pelo seu amor lutar...

AS CINCO ESTAÇÕES

A vida era linda...
Meus sonhos eram de todas as cores
O meu jardim repleto de flores
E a minha preferida era a rosa vermelha...
Por ser da cor dos lábios de minha amada
Lábios estes que me juraram amor eterno
Inesquecíveis momentos para o meu coração
Tudo foi perfeito...
Felizes lembranças daquela estação...
Um sol de 40 graus e um mundo azul à nossa frente
Naquela praia deserta, não existia hora certa...
Para o nosso amor pegar fogo
Embriagados pelo clima, em nosso suor transbordava a emoção
Aqueles foram os meus mais lindos dias de paixão
Quentes lembranças daquela estação...
O céu sem nuvens, as árvores nuas
E as folhas secas, espalhadas pelas ruas
Bons tempos... Nele vivemos momentos de eterna ternura
Naquelas suaves temperaturas
Doces lembranças daquela estação...
A lareira acessa e com os nossos corpos grudados
Aproveitávamos todas as noites para nos aquecer e nos doarmos
Um bom vinho e uma boa dose de sedução
Ajudavam a esquentar o frio daquelas noites
Aconchegantes lembranças daquela estação...
Foi um ano inesquecível junto ao meu amor
Porém o seu estágio chegou ao fim...
Então... acordamos cedo e saímos...

Na verdade, nem dormimos...
No caminho, não falamos quase nada
Não havia mais nada a falar
Porque na noite passada nos prometemos que nenhum de nós iria chorar
Quando chegamos... àquela velha estação, de paredes cinzentas, com ares de abandono, ela estava quase vazia
Mas o meu coração estava cheio de lindas lembranças
Assim, eu apertava o meu peito para ele não estourar de tristeza
E aquela mesma boca vermelha... Que outrora deu vida aos sonhos meus
Da janela do trem... Me disse adeus
E agora que algum tempo já se passou...
O que recebi foi apenas um cartão-postal
E de vivo, entre mim e a minha amada, pouco restou...
Apenas a triste lembrança daquele aceno final

INGÊNUO PUDOR

A boca o céu mordeu
Os olhos as estrelas afogaram
Os cabelos a lua acariciaram
Os pés o infinito tocaram

Afogou-se nas estrelas
Acariciou o céu
Marcou a lua
Mordeu o infinito

Menina dos olhos
Desejos dos céus
Amor da lua
Ilusão das estrelas

Poeta dos céus... Viveu na ilusão
Esperança do infinito... Afogou-se na idade
Coração das estrelas... Marcou o destino
Lágrimas da lua... Acariciaram o rosto

UM NADA

Os passarinhos desapareceram de minha janela
As borboletas não pousam mais nas minhas flores
Os ventos balançam o coqueiro, mas se desviam de mim
O sol brilha no céu, mas não reflete a minha sombra no chão
Meu Deus... O que fiz de minha vida?
Me tornei um nada...
Alguma coisa viva, sem vida...
Algo com um coração, mas não dele merecedor
Depois que magoei quem me trazia a felicidade...
E que só vivia me cobrindo de amor...

POR CARTA

Após alguns encontros...
Você com os olhos marejados
Me revelou os seus sentimentos
E eu lhe disse... Que precisava de um tempo...
Pois não sabia ao certo o que sentia
Em seguida, me afastando, sussurrei... Talvez um dia, quem sabe...
E lhe dando as costas, pensei... Que preferia a minha liberdade...
Assim, já há alguns passos distante, acenei e lhe informei...
Respondendo que, no momento, não queria nenhum compromisso
Tempos depois... Eu arrependido!
Enviei-lhe mensagens com um sim, mil vezes, sim, porém, sem a sua visualização
E, enfim, por carta...
Eu morrendo de saudades do seu olhar terno e cheio de emoção...
Implorei pelo seu perdão...

ALMA PURA

Existem pessoas boas...
Que nos desejam o bem
Existem pessoas amigas...
Que não nos faltam nunca
Existem pessoas espirituosas...
Que nos fazem felizes
Existem pessoas de coração aberto...

Que gratuitamente confortam a todos
E existem pessoas de alma pura...
Que não precisam fazer ou falar nada para que a leveza de suas existências
Seja sentida no ar...
E assim...
Trazem a paz e transformam vidas...

DIVINA FESTA

Enxergar o amanhecer e sentir o perfume das flores é um presente...
Ouvir o canto dos pássaros e um apaixonado sim é um presente...
Sentir o gosto das uvas e dos pêssegos é um presente...
Correr na chuva e poder abraçar seus amados é um presente...
Cantar, orar, ter fé e esperanças é um presente...
A vida é um presente...
Então, por que a morte?
Porque todo extraordinário presente sempre vem acompanhado...
De uma maravilhosa, sublime e divina festa, sem ter hora para terminar

O REBANHO

Meu mundo...
Naquela floresta de aflições
Casualidades existem, que não podemos prevenir
Chora a alma constrangida

Estancando a vida, deixando de existir

E entre o céu e a terra
Nem saudades, nem sentimentos
Só fome e sede
Nem flores, nem animais
Só abutres e canibais

E entre o corpo e a alma
A terra tem as suas criações
O céu tem as suas ovelhas
Feitas de pecado e carne
Bendito seja aquele que parte

QUANTOS NÃO

Minuto a minuto... Quantos não
Hora a hora... Quantos ainda não
Dia a dia... Quantos não e não mesmo
Mês a mês... Quantos optaram por não
Ano a ano... Quantos se seguraram e até hoje não
É difícil calcular...
Porém, não impossível...
Basta descobrirmos quantos já, sim...

EU, TU, ELE, NÓS, VÓS, ELES E TODOS

De tanto pensar e não falar
De tanto falar sem pensar, descobri...
Que a palavra que eu guardar em pensamento me reservará
Mas que nem só a palavra que eu falar poderá ser digna de condenação

De tanto tentar ser justo
E, muitas vezes, justamente quando a justiça não me absolvia
Eu me omitia, e com isso acabei por aprender...
Que a verdade que eu carrego dentro mim me dá asas
Mas que só a verdade que eu praticar me dará a liberdade

De tanto dormir e sonhar
De tanto sonhar acordado, cheguei à conclusão...
De que os sonhos podem virar realidade
Mas que só vivendo a realidade poderei alimentar os meus sonhos

De tanto a vida me ferir
De tanto que feri o meu tempo de vida
Me preocupando com as minhas feridas
Fiquei cego para o mundo e não enxerguei...
Que a dor que sinto em meu coração me fortalece
Mas que só sentindo a dor de meu semelhante me agigantarei

De tanto admirar a beleza das rosas e me sentir feliz
De tanto perceber que as pessoas se encantam com o meu jardim
Me dei conta de que os espinhos ajudam a enfeitar a vida, e compreendi...
Que a esperança que existe dentro de mim me conforta
Mas que só a esperança de que eu transmitir me dará sustentação

De tanto tentar tirar das minhas costas o peso da minha culpa
De tanto tentar limpar a sujeira deixada pelos meus pecados
Um dia, como todos os mortais, acabei ficando de frente com a morte
E vi o quanto a minha alma estava enojada com a minha consciência
Então, pude perceber...
Que o perdão que eu pedir poderá me absolver
Mas que só o perdão que eu ofertar me purificará

De tanto me querer bem e ter medo de me dar mal
De tanto desejar ser amado e não amar a quem me ama
Fiquei sozinho, e descobri...
Que o amor que eu cultivo dentro de mim me preenche
Mas que só o amor que eu doar me completará

De tanto pensar com os olhos e falar sem o coração
De tanto querer justiça e ser parcial
De tanto sonhar acordado
De tanto só ter olhos para mim
De tanto me preocupar só com a minha alegria
De tanto pedir perdão, sem consultar o coração
De tanto desejar ser amado e não amar
De tanto idolatrar a vida e não aceitar a morte
Acabei ferindo o dom da vida... E quase assassinei a razão da minha
existência
Mas o destino me deu uma chance e me encontrei...
E acabei por entender...
Que a vida que brota de dentro de mim
Me reserva o direito do bem viver
Mas que só semeando o bem da vida
Poderei conceber o direito de jamais morrer

HISTÓRIA SEM FIM

Quando pensei que a minha história estava terminada...
Você me apareceu

Me sentia perdido...
E você me fez perder o medo de recomeçar

O dia e a noite eram apenas tempo...
E você me ensinou a sonhar

Me julgava esquecido pelo mundo...
E você me fez sentir desejado

Olhava as flores e chorava de saudade...
Você chegou e me enfeitiçou com o perfume da sua alegria

Os meus olhos não tinham coragem de olhar para o céu...
E você me fez voar

O meu corpo se transformou em árvore seca...
E você me deu raízes

O meu coração virou rocha...
E você semeou a esperança

A minha vida não tinha vida...
E você me deu amor

INODORO E INCOLOR

Tempo...
Coisa que passa, que vai... E não tem volta
Coisa que brota diante dos olhos...
E escorrega por entre as mãos
Deixando em nós a sensação de vazio
É coisa que nasce a todo instante...
E por isso, não devemos perder tempo,
Tentando controlá-lo ou vigiá-lo...
Porque quando acordarmos...
Em um piscar de olhos... Será tarde
E aí, só nos encontraremos por meio das lembranças...
E assim... Viveremos do passado!

Tempo...
Palavra simples de ser dita
Palavra fácil de ser escrita
Composta de três consoantes e duas vogais
E que possui em seu interior duas regras básicas
Que valem para qualquer tempo e qualquer vida
A primeira delas...
É que devemos escrevê-lo, ou dizê-lo, sutilmente
Para que, com isso, possamos por alguns segundos...
Tê-lo perpetuado em nossas vidas
E a segunda regra é que nunca devemos subestimá-lo...
Pois, quando achamos que tudo está ao nosso tempo...
Ele se torna curto... E nos deixa para trás
E quando pensamos que tudo está perdido...
Ele nos surpreende... E nos ensina...

Que sempre haverá uma nova chance
E que devemos acreditar sempre
E assim... Aproveitá-lo e vivermos o tempo presente!
Tempo...
Sinônimo de vida...
Parceiro do ar e do vento
Amigo da aventura e dos sonhos
Inimigo da covardia, da falta de crença e do ócio
Absolutamente inodoro e incolor
Possui olhos invisíveis...
É absurdamente quase vil
Sua boca é muda
Sua audição é aguçada
Sua rapidez é pública e notória
E seu coração... É uma bomba...
Que pulsa, de fora, para dentro de nós
Todo o tempo... O tempo inteiro...
Tornando-nos, assim... Escravos, sedentos de futuro!

Tempo...
É uma benção gratuita
Uma ação fortuita
Uma obra inacabada do destino
Uma inesgotável lição
É uma vã oportunidade...
Esta que, quando vivida,
Quando desprendida,
E deliciosamente perdida... Em prol do amor...
Diz-nos o que somos e a que viemos
Dá-nos não só uma noção privilegiada
Do tempo que vivemos, nossa passagem
De emoções e de felicidade

Como também... Nos torna
Sem cheiro, sem cor... E sem corpo,
Fazendo de nossa existência, e do tempo,
Uma só luz... Que ruma na direção do azul infinito do céu!

FLOR DE LENE

Flor de Lene, oh, flor lilás
Me revele os seus segredos
Me cativa, me refaz
Me leva ao arco-íris
Me carrega em seus sonhos
Me faz vibrar
Me mostra que a felicidade existe
E que pela eternidade irá durar

Flor de Lene, oh, flor lilás
Me leva ao infinito, brincando de amar
Me sacode, me lava, me torce, me põe pra secar
Depois me recolhe, me acolhe, me passa
Me dá um cheiro, me põe pra nanar
Me mostra que está tudo bem
E que no amanhã tudo vai melhorar

Flor de Lene, oh, flor lilás
Me espanta a tristeza, me ilumina, me torna audaz
Me encanta com o seu perfume
Me faz relaxar em seus braços

Me beija com ardor, me prepara um drinque
Me possessa, me faz gemer de amor

Flor de Lene, oh, flor lilás
Sou seu menino, seu pequerrucho, sou seu eterno rapaz
Me embaralha, me corta, me joga em nosso leito
Me despe, me aperta contra o peito
Me desconcerta de tanto carinho, me faz feliz
Os nossos dias de incertezas terminaram...
Sou sua semente, és minha raiz

*Homenagem ao amor de minha amada Marlene,
me dedicado em todos os momentos!*

A METADE

Meu amor...
Você pensa que me conhece e acha que sabe tudo sobre mim...
Sinto muito te informar, não quero te decepcionar
Mas você só sabe de mim... A metade...
Não pense que eu sou uma farsa
Ou que os meus sentimentos são uma mentira
É que eu conheço bem o meu coração...
E eu não posso revelar todo o meu amor
Nem todas as loucuras que sonho com você
Porque tenho medo de meu coração não suportar
Ele já vive louco, desesperado de tanto amor
Que às vezes na madrugada finjo dormir...

Para que ele possa descansar
Mas, na verdade, eu estou acordado...
Porque em ti não paro de pensar
Meu coração sabe que eu te amo
Mas não sabe...
Que eu gosto mais de você do que de mim
Ele sabe que os seus olhos são a minha inspiração
Mas não sabe...
Que o brilho do seu olhar é a luz do meu viver
Ele sabe que o seu corpo é a chama do meu amor
Mas não sabe...
Que a sua presença é a razão da minha existência
Meu amor...
Eu não posso te contar toda a verdade
Você já é feliz sabendo só a metade
Meu amor...
Eu não posso te revelar tudo o que sinto
O meu coração não suportaria, seria o fim...
Tenho medo que ele, ao saber de tanto amor,
Possa explodir dentro de mim!

QUASE TUDO

Se eu pudesse mudar...

Mudaria o lugar,
Mas não o momento em que te conheci

Mudaria algumas palavras,
Mas não o teu olhar

Mudaria a minha insegurança,
Mas não o tremor das minhas mãos e o frio da espinha

Mudaria os teus planos,
Mas não os teus sentimentos

Mudaria a tua vida,
Mas não a tua história

Mudaria o nosso final,
Mas não os nossos sonhos

Mudaria a dor,
Mas não as lágrimas

Mudaria o mundo,
Mas não o meu amor

Mudaria o imutável, o inexplicável...
Mudaria quase tudo...
Porém, nada que estivesse dentro do seu coração

LÚDICO E LOUCO

Quando eu tinha menos, pensava...
Que não me faria falta ter mais
E agora que tenho mais, nem penso...
E sinto falta do menos, que me fazia muito mais feliz

Tem horas em que o meu juízo faz um mau juízo de mim...
Que até parece que não tenho juízo
E em outras horas, eu é que faço um mau juízo do meu juízo...
Achando que ele, às vezes, fica meio sem juízo

Escrito em 21 de maio de 2021

ME BASTA

Não quero me socorrer...
Já me basta... As esperanças
Os rodopios nas danças
E as lembranças...
Pra me machucar!

Não quero me resgatar...
Já me basta... O quarto de hotel
As canções do Luís Miguel
E a assinatura no papel...
Pra me trazer a dor!

Não quero me encontrar...
Já me basta... As lágrimas derramadas
As juras quebradas
E uma alma desalmada...
Pra me lembrar você!

Não quero viver...
Já me basta... As cartas que queimei
As roupas que rasguei
E as flores que despetalei...
Pra me arrepender!

QUASE MORTO

Sem palavras
Sem planos
Sem remorsos
É assim que me sinto...

Com esperanças
Com pensamentos positivos
Com um brilho no olhar
É como deveria me sentir...

Falando com as paredes
Pensando no nada
E angustiado, quase morto

É assim que as pessoas me sentem...

Levando a vida... É assim que me sinto
Vivo... Deveria talvez me sentir
Vivendo... E cuidando de suas vidas
É como todos deveriam sentirem-se...

NÃO IMPORTA MAIS

Hoje se foram...
O humorista e o artista
Mas também se foram...
O coveiro e o padeiro
O motorista e o dentista
A diarista e o alquimista
O avô, a mãe e o filho...
Hoje...
Não importa mais...
O que eles faziam e, sim, a falta que vão nos fazer
Não importa mais...
O que eles sentiam e, sim, o que nos faziam sentir de bom
Não importa mais...
Se nos faziam sorrir, chorar, ter medo ou se nos faziam ter vontade de viver
E sim... O que importa agora é o que eles sempre foram...
Todos, filhos de Deus...
Então, orai e vigiai!
Até o dia de deixarmos de ser alguém, que faz...
Algo importante, com altivez

Algo interessante, com esmero
Algo banal, com desprezo
Algo profissional, com inteligência
Algo irracional, com sarcasmo
Algo engraçado, com brilhantismo
Para nos tornarmos... eternamente uma luz!

Escrito em 5 de maio de 2021

PATROA

Minha amada...
Se enfeita só pra ficar ainda mais perfeita
Se vira na corda bamba sem temer a vida, porque sempre possui a fé devida
Se faz de ingênua com um ar juvenil, mas na verdade tem um discernimento senil
Se veste de prata, da cor da lua, porque espera que eu lhe revele, a deixando nua
Adora chegar em casa depois de mim e se fazer de carente para receber carinhos sem fim...
Se entrega e se doa, mas não se cansa de me lembrar de que quem manda é a patroa...

SEUS OLHOS

Seus olhos são como as noites...
Escuros e verdadeiros
Pois neles esconde-se um novo amanhecer
Seus olhos me carregam os sentidos...
Como os ventos mansos e imprevisíveis
Que revelam os segredos de uma mulher
Seus olhos são como a terra...
Forte, fértil e generosa...
Pois neles serão gerados novos desejos
Seus olhos são como um rio...
Com uma nascente de esperança
Onde afogo as minhas tristezas
Seus olhos me ensinam a viver...
Pois neles germinam sementes
Onde nascem livres lírios perfumados
Seus olhos me fazem um homem feliz...
Pois me vejo com asas...
E me sinto um pássaro, amado e acolhido em seu ninho

BRINCAR

Seria bom se nós, todos os dias...
Brincássemos de que está tudo bem
Brincarmos de que tudo vai dar certo...
E o que não der, amanhã vai dar

Seria muito bom...
Brincarmos todos os dias de que somos felizes
Assim...
Enquanto brincamos...
Aproveitamos para acostumar o nosso coração...
A acreditar... No melhor, sempre!

TENTEI

Antes de dormir,
Tentei... Escrever um poema
Sem falar da sua beleza...
Mas, não tive essa destreza
Sem decantar a sua elegância...
Mas, não foi possível, pois está por todos os cantos a sua fragrância
Sem descrever a pureza do seu olhar...
Mas, fui incapaz de não a citar
Sem elogiar os seus beijos e os seus carinhos...
Mas, não consegui, pois seria como caminhar no céu, pisando em espinhos
E, por fim, tentei escrever um poema, sem falar do meu amor por você...
E por mais estranho que pareça, eu tinha conseguido escrever sem citar o meu amor
E, assim, tinha obtido um êxito incrível
Mas ao acordar...
Encontrei uma linda frase no poema, enaltecendo o meu sentimento por você
Então...
Percebi que tinha sonhado com algo impossível...

NÃO SUPORTEI

Quando descobri que te amava...
Não me assustei
Não relutei
Não me questionei
Não estranhei
E não te culpei
Apenas, não suportei...
E de felicidades chorei

NADA ME PERTENCE

Tudo sei do que nada sei...
O passado, quando o vi, já estava indo
O presente segue o seu caminho, vindo,
E do futuro, que está por vir, nada sei...

Tudo posso e de nada tive o controle...
O tempo, finjo saber organizar
Os meus sonhos, penso ter sido eu conseguir eles realizar
E os poemas que escrevi...
Porém, nunca soube os momentos em que chegaria a minha inspiração
Então... Em nada tive o controle...

Tudo tenho e nada me pertence...
A vida é minha e de mais ninguém
O mundo é meu também
Mas, não fui eu que os criei, assim, nada me pertence...

NINGUÉM ERA SANTO

Minhas lembranças de quando era pequeno
A maioria delas me remete aos meus irmãos
E me traz muitas felicidades e saudades daqueles tempos
Brincamos muito...
Jogando bola no campinho de terra
Brincando de bolinha de gude
Empinando pipa
Pulando sela
Nadando nas lagoas
Apostando corrida no quarteirão
Andando de bicicleta
Estudamos muitos anos na mesma escola e íamos a pé, era prazerosa a caminhada
Poucas vezes, escondido dos nossos pais, brincamos de beijo, abraço ou aperto de mão
Algumas poucas vezes brigamos, pois, ninguém era santo...
Lembro de ir buscar algo na mercearia ou na padaria da esquina e, em uma dessas vezes, levei um tiro de chumbinho, bem próximo ao olho direito
Meu irmão mais velho levava eu e o caçula para cortar os cabelos, todos na mesma bicicleta...
Era uma farra... O corte era sempre o americano e hoje não sei como se chama
Anos após, já na pré-adolescência, meus irmãos deixaram os cabelos crescerem
Minha irmã tinha poucas amigas, mas, mesmo assim, me enamorei por uma delas
Certo dia, caí de uma laje em uma casa abandonada e quebrei o braço esquerdo
E meu pai atravessou a cidade, fazendo barbaridades no trânsito para me socorrer, enquanto o meu irmão mais velho segurava o meu braço
Aos 15 anos mudamos de endereço, e deixei os amigos e as doces lembranças de uma infância simples, mas extremamente feliz!

MEIA-LUZ

Ainda vejo uma luz
Então, seguirei sonhando com o que me propus
Oro à meia-luz
Busco o que dentro de mim reluz
Me fortifico no brilho da cruz
E lutarei pela vida... Pois algo me conduz

DOCE

Como é doce a vida com você...
Seus carinhos, seu jeito meigo de ser
O seu cheiro tem o perfume de uma flor
Doce é o seu infinito amor
Doce... É doce como o sol da manhã, como um entardecer
Você ilumina o meu viver
É doce como uma lágrima de esperança, como um sorriso de criança
Doce... como é doce o seu olhar
As suas palavras
Os seus gestos
A sua compreensão
O seu encanto de mulher
Doce... É doce como chuva de verão
Traz alento e alegria ao meu coração
Doce... É o tom da sua voz, dizendo me amar
E eu me afogo na doçura dos seus beijos e me sinto num oceano a navegar
Doce... Como é doce o mel do seu prazer, inundando o meu ser
Com os mais lindos sonhos que um homem possa ter

O QUERER

A força do querer...
Acende o espírito
Transcende o existir...
Mas não evita as lágrimas
A força do querer...
Move montanhas
Comove os corações...
Mas não nos santifica
A força do querer...
Ilumina os caminhos
Abomina as incertezas...
Mas não nos torna invencíveis
A força do querer...
Existe e nos carrega no colo
Resiste e nos ensina a dobrar os joelhos...
Mas não nos livra do julgamento
A força do querer...
É uma aliança com o Criador
É uma confiança em algo maior...
Mas não agiganta a nossa pequenez
A força do querer...
Está em cima da energia dos mundos
Está acima da compreensão humana...
Mas está aos pés da força do BEM querer

O MEU SONHO

O meu sonho... Era não ter mais sonhos
Viver com o que já tenho
Pensar só no que já penso
Agir conforme o habitual
E sonhar... Só dormindo
Não agir como uma máquina
Mas, também, não ser mais refém do futuro
Viver o hoje
Somente o hoje
E para hoje...

MEIO MELHOR

Faz tempo que eu sou assim...
Faz muitos, muitos anos, mesmo
Faz tanto tempo, que já nem lembro mais como eu era...
Eu só sei que agora
Sou meio esquecido
Ando meio aborrecido
Tenho sonhos e esperneio
Me sinto feliz pelo meio
Me irrito facilmente
Me entristeço diariamente
E a ansiedade me deixa acelerado, meio assustado
Que até parece que o mundo conspira contra mim
Eu não lembro mais como eu era...
Mas aposto que eu era bem mais ou menos, meio melhor do que agora

PACIÊNCIA

Sempre a tive pouca
Quase que nenhuma
Quando a tive um pouco a mais, foi forçada
A perdi por várias vezes com quem não merecia
Ela estava sempre no limite
Sempre esperando que a paciência alheia me entendesse
Me envergonho e me culpo
E, mesmo assim, ainda não aprendi a tê-la em níveis sociáveis
Todas as vezes em que a perdi... Me arrependi
E assim, passei a vida... Me arrependendo

RECOSTAR

Descanse meu amor...
Recoste em meu ombro e durma
Não tema a tempestade
Ela gosta de te assustar por pura vaidade
E não se preocupe com as flores do jardim
Porque elas balançam e se entrelaçam em alguns momentos...
Mas, na verdade, elas estão brincando de pega-pega com os pingos da chuva e os ventos
É certo que algumas pétalas se soltarão, diante de tanta empolgação
Mas quem nunca brincou e teve algum pequeno arranhão
Descanse meu amor...
Amanhã o sol bem cedo irá raiar
E será a vez dele de brincar...
Invadindo a fresta de sua janela, vindo a acordar...

E a convidando para ir ao jardim e junto às outras flores...
Brincar de enfeitar o mundo, misturando suas lindas formas, perfumes e cores...

DIANTE DA FELICIDADE

O que é a insegurança do ciúme?
Diante de um olhar sincero!

O que são as brigas?
Diante do bem querer!

O que são as palavras?
Diante da cumplicidade!

O que é a mágoa?
Diante do perdão!

O que são as dificuldades da vida?
Diante do companheirismo!

O que é a dor?
Diante da oração!

O que é o desgaste da relação, causado pela rotina, após 36 anos casados?
Diante da felicidade...
De se poder renovar eternamente um juramento, a cada amanhecer!

*Homenagem a minha amada esposa,
Marlene, pelas nossas Bodas de Cedro!*

CALCULAR MEIA DOIS

Não tenho a menor ideia
Não sei como calcular
Se não fosse eu... Diria que é mentira
Só acredito porque existem documentos
Fotos, espelhos e algumas lembranças
É difícil explicar as mudanças...
Físicas, mentais e intelectuais
Pois não temos controle sobre elas
Parece que foi ontem, ou outro dia, que tudo começou
Assim, às vezes eu tenho a impressão...
De que o tempo brinca de demorar a passar
E a vida vai nos iludindo... Enquanto faz o tempo voar...

TIQUE-TAQUE

Estou cansado do tique-taque do meu despertador... Me dizendo o que devo fazer
Estou farto de tanta poluição
Farto de tantas buzinas me chamando a atenção
Quero paz...
Quero voltar à vida que eu tinha lá atrás...
Viver num mundo menos capitalista, menos egoísta
Quero deixar de ser cobaia... Quero ir pra longe dessa laia
Quero sentir o cheiro do mato
Colocar os meus pés na terra

Pegar fruta no pé... E em Deus revigorar a minha fé
Quero tomar banho de cachoeira
Passar o dia na beira de um rio
Levar uma vida simples, livre... sem rumo
Pois... Cansei de levar fumo

O TEMPO E A VIDA

O tempo urge
A vida passa
Os momentos não voltam
E qualquer previsão é mera coincidência
O relógio do tempo não para
Os segundos engolem os minutos
Os minutos agonizam as horas
As horas varrem os dias
Os dias passam, um após o outro
Assim, nascem os meses...
E logo nos deparamos com o voar dos anos...
Tudo num piscar de olhos
Não existe controle
Não há uma segunda chance
A felicidade não espera...
A infância...
Parece um sonho...
Que foi interrompido na sua melhor parte
A juventude...
Um brilhante, que deixamos escapar por entre as mãos

A maturidade...
Um fruto que fora arrancado à força antes da hora
E a vida... Um dom...
Que nos foi podado pelo destino...
Justamente quando começamos a descobrir o seu devido valor...
Mas... O tempo se esvai...
E a engrenagem da nossa vida para!

A VERSÃO MAIS VERDADEIRA

Tenho dormido... Mas, não descansado
Tenho existido... Mas, não vivido
Tenho procurado explicações... Mas, não encontro um norte para começar as buscas
Tenho em certos momentos sido o assunto da vez...
Mas não pelas razões de serenidade e altivez
Tenho receio do meu futuro... Mas não deixarei de lutar
Tenho tido medos... Mas não sou covarde
Tenho sentido dificuldades... Mas não me tornei incapaz
Tenho fraquezas... Mas não sou um derrotado
Tenho tido pensamentos tristes... Mas não sou um descrente
Tenho em alguns dias atitudes que não representam a minha história...
Mas sei que não tenho culpas, pois são involuntárias
Tenho decepcionado e até mesmo assustado quem em mim de certa forma se inspira... Mas não sou e nunca tive a pretensão de ser infalível
Tenho ao longo da minha vida, escrito pequenos contos de muita luta, porém, a maioria deles com finais vencedores...
Mas não sou digno nem capaz de ser e de realizar grande parte de tudo que escrevi

Tenho grandes defeitos... Mas, eles não são maiores do que a minha vontade de ser sempre a versão mais verdadeira de mim mesmo
Tenho evitado sorrir... Mas não sei ao certo o porquê
Tenho tentado não chorar...
Mas eu não seria quem vocês estão acostumados a ver e amar
Tenho sentido um vazio em minha vida, causado por algumas ausências...
Mas consegui não o deixar ocupar o meu coração
Tenho isso...
Tenho aquilo...
Tenho tido isso e mais aquilo...
Tenho tido dias sem graça...
Mas ontem recebi pessoas que me proporcionaram a graça de me sentir eu mesmo...
E, graças a Deus, tive espontaneamente a vontade de sorrir...

CERTO

Quando o certo era o certo...
Tudo só era certo se estivesse tudo certo
Só existia um certo... o certo
Porque o certo era um adjetivo ímpar
Assim, não se aceitava o termo... meio certo
Não se admitia algo, senão o certo
E não havia o jeitinho...
Para que tudo ficasse certo
O certo era o certo... Simples assim
O resto ou é incorreto, ou foi consertado para deixar de ser errado...

QUE ASSIM SEJA

A vida...
Nos tira os seios maternos...
E nos dá o leite animal, a água e os sucos

Nos tira a inocência...
E nos dá as responsabilidades, as escolhas e as malícias

Nos tira a individualidade...
E nos dá parentes, vizinhos e amigos

Nos tira as noites bem dormidas...
E nos dá a labuta, os filhos e os boletos

Nos tira a cor original dos cabelos...
E nos dá experiências, rugas e as lembranças

Nos tira os pais...
E nos dá um turbilhão de pensamentos, um vazio e apenas uma alternativa

Então... Que assim seja!
Seguirei em frente...

Pois os braços que embalaram o meu berço, as suas forças, chegaram ao fim...
Porém, os sentimentos nos corações que me velavam...
Estão mais vivos do que nunca, dentro de mim

MEU SONHO ENCANTADO

Meu amor...
A ternura do seu olhar me ilumina
O toque das suas mãos me alucina
A sua palavra amiga me encoraja
E o seu amor... Me faz renascer, a cada amanhecer
Meu amor...
Por favor, não permita que meus olhos se percam da sua luz
Que meu corpo se afaste dos seus carinhos
Não deixe que o mundo separe os nossos caminhos
E nunca se esqueça de colocar os nossos corações em suas orações
Meu amor...
Você é minha ilha deserta, meu paraíso
Meu início e meu fim
Minha mulher e meu querubim
Meu sonho encantado, com lábios de mel... Meu presente que veio do céu

BOAS-NOVAS

Eu queria escrever frases novas para velhos assuntos
Queria não mais rimar...
Criança com esperança
Irmão com nação
Intolerância com ganância
Mas não é fácil, pois não consigo entender...
Porque poucos têm tudo e acham que é pouco

Muitos têm nada e conseguem pra vida sorrir
Não consigo aceitar...
Como podemos viver no mesmo mundo... E os mundos serem tão desiguais
Como uns podem semearem a terra e a seca chorarem
E outros somente consigo mesmos se importarem
Como pode um ter fome e mendigar
E outro viver na realeza e tudo esbanjar
Como pode um estar doente e ter fé na sua recuperação
E outro não agradecer por ser são
Não consigo aceitar...
Mas acredito que nem tudo está perdido
Ainda há tempo para boas-novas aprendermos a rimar
E não ficarmos tentando a vida entender
E perdermos tempo querendo o mundo explicar

PARA O ALÉM

Como esquecer alguém...
Que está em nossa mente e no coração também
Que faz de nossas vidas um eterno vai e vem
Que desencarrila nossos planos feito um trem
Que às vezes nos trata como se fôssemos ninguém
E nos visita nos sonhos, nos levando para o além

UM ALGO A MAIS

Quem nunca sonhou em encontrar alguém
Que fosse tudo de bom
Além das previsões... Além das pretensões
Um algo a mais... Uma loucura...
Eu encontrei...
E com beijos molhados, corpos suados
Juras e promessas de amor...
Ela virou a razão do meu viver
E me deu prazer
Ela me trouxe a felicidade...
E o meu sonho se transformou em realidade

VOLTA AMOR

Volta amor...
Por mim
Por você
Por nós
Volta amor...
Como posso te esquecer...
Se ainda vejo beleza nas flores
Como posso desistir de nós...
Se eu ainda sonho contigo todos os dias
Volta amor...
Não haverá perguntas... Não precisamos de respostas

Não haverá acertos... Não houve erros
Não haverá medo... Não estamos sós
Não haverá recomeço... Não existiu o fim

QUEM SOU

Preciso voltar...
Mas, primeiro, preciso saber onde estou
Como aqui vim parar
O porquê de lá sair
Saber como e de onde começarei o retorno
Quem lá irei reencontrar
E o mais urgente...
Preciso descobrir quem sou

SEM PENUMBRA

A gota de orvalho tocou o chão
É sinal de que o dia despertou
Acorde meu amor... o sol já raiou

A nossa noite foi longa
Mas não o bastante
Ainda te sinto radiante

Vou abrir a janela
Para o sol entrar
Ainda vejo o desejo no seu olhar

E sem penumbra
Quero ver a sua nudez
Sentir o seu corpo e te amar mais uma vez

Vamos recomeçar o que nem terminamos
Vou te abraçar, beijar, te seduzir e te dar prazer
E o mundo lá fora não importar, deixe a vida seguir e o tempo correr

PARTIR

Não sei o dia em que vou partir
Mas é certo que partirei
Então... Espero
Então, esperarei
Pois nada mais me resta... Além de esperar
Assim, por enquanto, vou vivendo por aqui
Então...
Viverei esperando
E esperando viverei
Até lá...

O QUE BROTA DA ALMA

Acreditei nos teus sentimentos... E na sinceridade dos teus olhos
E a vida me provou que o amor existe
Mas o mundo me mostrou que ele pode ser fingido...
Mentido e até mesmo tingido... E assim fizeste...
O verde da minha esperança tingiste com o preto do horror nos meus dias
O vermelho da paixão fingiste com o rosado nas tuas faces da traição
O branco da minha paz mentiste com um sorriso amarelo
A cor da minha lágrima de decepção e tristeza tingiste com a cor da frieza
E até o azul do céu... Tingiste com um roxo véu da sofreguidão
Porém, aprendi... E entre a comédia e a tragédia... Vivi um romance
Mas nada tenho contra o amor...
Porque sei que as flores são de todas as cores... e não mentem jamais
E nada tenho contra a vida...
Porque sei que um dia fui e te fiz feliz de verdade
Porque vi em teus olhos uma lágrima de felicidade
E esta não pode ser mentida, fingida nem tampouco tingida...
Porque ela brota do fundo da alma...

A ESSÊNCIA DA INOCÊNCIA

Pra lá do infinito... Além da imaginação
Distante de tudo e de todos...
Tranquei a sete chaves o meu amor... dentro do meu coração
Longe do pensamento, pra não perder o juízo
Longe dos olhos, pra não me enfeitiçar

Além, muito além, da razão...
Pois o mundo não saberia viver com a tua perfeição
Pra lá do infinito, além da imaginação
Distante da realidade, és infinita felicidade
Insanamente normal, és simplesmente real
Trancada a sete chaves dentro do meu coração
O mundo não sabe se és uma flor, diante de tanto esplendor
Não sabe se és um anjo ou fruto da minha imaginação...
Pois o céu e a terra não conseguem explicar a sua criação
Talvez Deus pudesse te mostrar ao mundo...
Não revelando a tua existência...
Mas dizendo que és a essência da inocência, do mais puro dos sentimentos
Trancado a sete chaves dentro do meu coração

NEM TANTO

Quando te conheci...
Foi um esmero de espanto
Em meu coração provocou encanto

Que deu luz às rosas do meu recanto
Mas, para você não fui nem pouco, nem tanto

Só me restou o pranto...
E colher espinhos na solidão do meu canto

EU VI

Lembrar de alguém querido... É sorrir de felicidade
Sentir a falta de uma pessoa importante... É ter saudades
Falar de pessoas boas... É alegria para o coração
Comemorar o aniversário de gente que embalou muita gente... É pura gratidão
Sonhar com dias felizes que marcaram nossas vidas... É gratificante
Ver o seu coração feliz com a felicidade alheia... É viver na presença de anjos
Desejar amor, saúde e paz a todos que cruzaram o seu caminho... É ver Deus

A MESMA RESPOSTA

Quando o sol imponente se esconde, a noite vem cheia de vaidade
Quando o amor desperta, um minuto de espera é uma eternidade
O nosso primeiro encontro foi inesquecível...
Mas a lembrança da fria despedida foi horrível
Assim, pergunto ao destino: onde está a minha paz?
Para terminar com esse vazio voraz
Pergunto ao tempo: até quando o meu coração vai suportar esta dor?
Porque não consigo viver sem o seu amor
E, assim, recebo da realidade, todos os dias, a mesma resposta...
Mas insisto na felicidade e mantenho o meu peito esperançoso
Pois, até mesmo quando o tempo deixar de ser tempo
Nós deixarmos de sermos nós
E tudo virar um imenso espaço, sombrio...
Sem medida, sem tempo e sem fim

Mesmo assim...
O meu amor estará vivo, solto pelo ar
E com a esperança da nossa história recomeçar...
Em algum canto deste imenso vazio
Talvez, eu, em forma de chuva...
E você... No formato de um lindo rio

NÃO ME BASTA

O mundo existe, mas não me basta
O sol brilha, mas não me aquece
As pessoas me rodeiam, mas me sinto só
A vida pulsa em minhas veias, mas vivo sem razão
A felicidade mora em mim, mas se fechou para o meu coração
A esperança guia os meus olhos, mas a tua ausência...
Cega e entristece a minha vontade de viver

A PASSAGEM

Quem inventou a palavra... Desconhecia a ilusão
Quem primeiro amou... Conheceu a solidão
Depois que morderam a maçã...
O mundo deixou de ser perfeito
Criaram os direitos... E esqueceram de amar
A vida é uma passagem

Nada é real... Nada é definitivo...
Quem amar e cultivar os seus sonhos
Vai viajar pelo infinito e renascer nos mundos iluminados
Quem viver e se preocupar só em existir...
Vai sobreviver e na passagem desaparecer
Por isso... Te amo em que tempo for... Em que espaços existirem
Pois nosso amor nasceu da mais pura das emoções
Com você, vou existir, por todas as vidas, em todas as conexões
Em todas as galáxias e por todas as constelações
Vou te amar... E te recriar... Em todos os universos
E assim... dentro do meu coração... Com imenso fulgor
Criarei a eternidade do nosso amor

SUSPIROS DOBRADOS

Às vezes me pego imaginando...
Nós dois entrando em casa... E já irmos nos pegando
Nos enroscando...
No tapete da sala tropeçando
E pelas paredes nossos corpos prensando
Nossas roupas ficando jogadas pelo chão
Eu te fazendo ardentes carinhos
Te fazendo levitar
E colocando a meninas dos seus olhos pra dançar
Lhe dando abraços apertados
Beijos demorados
E lhe arrancando suspiros dobrados
Te arremessando nua na cama

E os lençóis reviramos
O fogo da paixão vai nos queimando
E o meu corpo no seu corpo, docemente se encaixando...
Não percebemos a chuva lá fora caindo...
Porque aqui os nossos desejos estão nos consumindo
E o amor, dentro de nós, prazerosamente explodindo
Às vezes me pego imaginando...

PURA IMPRESSÃO

O tempo vira...
O dia anoitece...
A criança cresce...
O sonho se cansa...
O corpo descansa...
A vida passa...
E parece que nada mudou...

BEM-VINDOS

Minha casa
Minha casinha...
És pequenina, mas preencheste um grande sonho
És singela, mas não impedes de que desejemos ter os luxos das mansões
És acolhedora, porque possuis uma energia que nos abraça e transmite paz

És um castelo, pois abrigas um batalhador fiel, soldado de infantaria, e
Sua amada princesa
E és um pedacinho do céu, porque todos que em ti entrarem...
Serão bem-vindos e muito amados

*Homenagem à realização de um sonho de
Djimmy e Helena!*

UMA NOVA CHANCE

Muitos mudam de vida...
Após sofrer um grave acidente
Depois de uma grande desilusão
Por causa de uma doença séria
Por perder algo ou alguém importante
Ou por desistir de um sonho...
Não espere as coisas acontecerem para mudar
Mude, simplesmente, porque amanheceu
E isso é tudo de que você precisava
Uma nova chance...

DUAS BENÇÃOS DO CÉU

Acordei assustado... com os pingos da chuva no telhado
A chuva não era forte e, na verdade, eu ao acordar tive sorte...
Porque pude admirar o meu amor, dormindo como um anjo
A chuva e o meu amor parecem ter combinado... Ao me terem acordado
Para que eu, maravilhado, ficasse sonhando acordado, imaginando situações de pura beleza e prazer, ao ouvir e observar essas duas bênçãos do céu
Agora... resta pouco para o dia amanhecer...
A chuva cessou e o sol logo vai nascer...
E, assim, meu amor despertou... E docemente me abraçou
Me deu beijo de bom dia...
E com pureza me contou o que havia sonhado...
Que nós dois estávamos em uma cabana e fomos surpreendidos pela chuva
No início nos assustamos com algumas ripas do telhado a ranger...
Mas, logo depois, relaxamos e felizes, dançamos até o dia amanhecer
Então... Emocionado lhe confirmei...
Meu amor, não foi só um sonho seu... Ele também foi o meu ...

O SOL

A minha vida era cada um por si
E todos por uma paixão
Quantas vezes me vi perdido...
Em meio à multidão

Só eu sei as verdades que fingi não ver
Para não deixar de sorrir

E quantas mentiras fingi acreditar
Para não ficar sozinho

Seu amor transformou...
As pedras do meu caminho em flores
As mágoas do passado em cinzas
E as dúvidas do momento em livres sentimentos

Seu amor...
Trouxe o sol... Para o meu viver
Com você junto a mim
Não me importo... Se vai fazer frio ou se vai chover

SAÍ

Saí, pensando em voltar...
E me encantei
Me entreguei
Me doei
Fui feliz
E sem pensar
Voltei...

UM SONHO

Minha vida tá seguindo...
Meia torta
Meia sem rumo
Meia de cabeça para baixo
Meia serena
Meia acordada...
E' a outra meia metade completamente iludida
Sonhando...
Que tudo pode não passar de um sonho...

30 DIAS

Nosso amor está por um triz
Eu não sei disfarçar
E você nunca foi uma boa atriz

As coisas vão de mal a pior
Que às vezes penso que a distância pode ser
De todas as opções, neste momento, a melhor

Tudo combinado e nada acertado
Vamos sair de férias, 30 dias, com a cara e a coragem
E das nossas melhores lembranças lembrar um bocado

Somos dois teimosos em busca de felicidade
Somos duas vidas e um caso de amor
Vamos reascender o nosso fogo, longe desta cidade

CORAÇÃO DE CRIANÇA

Você surgiu na minha vida como uma doce brisa
Dona de um sorriso sincero
E um abraço do tamanho do mundo
Você é uma mulher...
Num corpo de menina, e você nem imagina...
O quanto me dá prazer
O quanto de paz e esperança me traz
E não tem a menor ideia de quanto feliz me faz
Você é para mim...
A redenção do meu passado
Minha história passada a limpo
Um presente do destino, que me pega no colo e balança
Uma mulher emponderada, com um enorme coração de criança

ESPERANDO

Espero...
Espero, esperando
Como se você estivesse voltando
Espero...
Espero, lutando
Como se a vida estivesse pulsando
Espero...
Espero, sonhando
Como se você ainda estivesse me amando

A MINHA MAIOR VITÓRIA

O poeta escreveu uma história
Com sangue e suor
Paixão e lágrimas
Vitórias e derrotas

E o destino traçou o nosso amor
Você até lutou, fugiu, chorou...
Teve medo de se entregar a este sentimento
Mas te conquistei, e você se rendeu...
Quando o seu sangue, por esta paixão, ferveu

De todas as minhas vitórias
Você foi a maior...
Porque me fez esquecer que existiram as derrotas sem louvor
E hoje, você é a minha eterna história de amor

NA ESCURIDÃO

Minha vida se resumia
Ao que eu sentia
Ao que eu achava que via
Tinha a alma vazia
O coração sem guia
A' esperança não existia
Mas na escuridão algo reluzia
Eu era luz... E não sabia...

A UM PASSO

Perto do fim...
A um passo do nada
Diante do abismo
Sinto o vento do além passar por um triz na ponta do meu nariz
Meu pensamento viaja a sete mil léguas do meu corpo
E a felicidade parece estar a mil anos-luz do meu coração

Perto do fim...
A um passo da eternidade
A poucos centímetros do outro lado
A caminho do desconhecido
Em busca da paz que sem você perdi
Em busca da vida
Que procurei em lugares distantes
E que agora, aos meus pés, jaz

Perto do fim...
A um passo de te deixar
A alguns segundos do infinito
E apenas a meia-volta do recomeço
Fecho os olhos e deixo o vento decidir por mim
Se voarei junto à lágrima que de mim despencou...
Rumo à escuridão
Ou se abrirei os olhos
E seguirei em busca da luz...
Que ainda brilha, no fundo do meu coração

COMPRADOR DO DESTINO

Vendo sangue...
Sei que peco

Vendo braços...
Sei que produzo

Vendo suor...
Sei que sobrevivo

Vendo cansaço...
Sei que me acostumo

Vendo experiência...
Sei que envelheço

Na luta do pão de cada dia...
Vendo a vida... Para não morrer

Escrito em 7 de janeiro de 1982

QUEIMEI A LÍNGUA

Queimei a língua...
No leite quente
Na palavra imprudente
No olhar sem a devida lente
Na dedução inconsequente
Ao falar mal de tanta gente
E na frieza deste coração indecente

APENAS

Sem versos perfeitos
Sem rimas calculadas
Sem prosas elaboradas
Apenas inspiração...

Sem receio de errar
Sem querer provar o improvável
Sem querer julgar o inevitável
Apenas escrever...

Sem palavras de efeito
Sem trocadilhos infames
Sem intenção de provocar vexames
Apenas traduzir os sentimentos...

Sem inventar o futuro... Contudo, pintá-lo com sonhos
Sem mudar o passado... Porém, pincelar a saudade
Sem demagogia à realidade... Todavia, retocar a verdade
Sem nada, nada... Nada mesmo... Apenas dar vida à poesia

NO AMOR

No amor existe...
Duas opiniões
Dois gostos
Dois desejos
Duas metades
Dois corações
Duas vidas
E um só sentimento...

SERMOS UM SÓ

Quero te beijar
Te mordiscar
Te abraçar
Sentir os teus braços me apertando
Sentir o teu calor
Te invadir
Te possuir

E sentir o melhor do teu amor
E assim...
Unindo os nossos corpos
Sermos um só
Um só desejo
Um só coração
Duas vidas...
E um só prazer...
Explodindo dentro de nós

ROMANOS DI

Existem dias felizes...
Sem sorrisos
Sem festas
Sem brindes
E sem empolgação
Mas...
Com serenidade
Com lucidez
Com fé
E com agradecimento à vida

UMA TAL

Você tenta me entender...
Sendo que nem mesmo eu me conheço
Você quer me aceitar...
Sendo que às vezes, eu mesmo, não me aguento
Porque sou água, sou vinho
Tenho a palavra firme e o pulso fraco
Sou duro como rocha e o meu coração é de papel
Quem me ouve e não me vê...
Quem me vê e não me conhece...
Pode até pensar que levo a vida pela razão
Mas vivo de olhos molhados pela emoção
Meu amor...
Você já fez demais por mim
E vive para me fazer feliz
Busca a perfeição da nossa relação
E não tem tempo de perceber...
Que não há mais nada que você possa fazer
Porque, antes de você...
Eu vivia e não sonhava
Fazia amor e não amava
Dizia ser feliz e não sorria
Errava e não pedia perdão
Sabia que estava vivo...
Mas não escutava as batidas do meu coração
Eu não agradecia pôr o dia ter amanhecido
Não tinha pressa de chegar...
Porque não existia ninguém a me esperar
Acreditava, mas não apostava

Tinha fé e não sabia ao certo em que
Conhecia as flores, mas não os seus perfumes
Tinha ciúmes, mas não sentia saudades
Conhecia a verdade, mas não a pureza de um olhar
Queria amar e ser amado, ...
Mas achava que isso não passava de um sonho
E, por fim...
Ouvia falar em uma tal felicidade...
Mas não sabia que existia... Você!

HAJA DIFERENÇA

A minoria não gosta
A maioria aprecia

A minoria vai
A maioria desconhece

A minoria tem asco
A maioria não engole o caroço

A minoria passa bem longe
A maioria não olha

A minoria dispensa
A maioria depende dele

A minoria se acha diferente das maiorias
A maioria desacredita das diferenças das minorias

A minoria morrerá
E a maioria já está morrendo

QUEM PROCURA

Quem procura a cura...
Descobre um sentimento nobre
Enaltece toda a prece
Com a esperança faz uma aliança
A dor suporta com amor
A sua vida sofrida não teme a partida
E os sonhos seus entrega nas mãos de Deus

CASO CONTRÁRIO

Se calafrios percorrerem sua pele e perturbarem o seu sono...
Acalme-se... E relembre as nossas noites em frente à lareira
Talvez, seja esta a melhor maneira...

Se a solidão lhe roubar o colorido dos dias...
Não se aflija, respire fundo... E releia as minhas cartas
Talvez, isso ajude... A não lhe deixar marcas...

Se a saudade apertar seu peito...

Chore, isso irá lhe fazer bem... E depois pense no que desprezou
Talvez neste dia, enfim... Reconheça... que errou...

Se outras mãos a acarinharem...
E isso lhe agradar... Procure retribuir
Talvez, assim... Não precise mais fingir...

Se, na madrugada, outro corpo a aquecer...
Tente ser você mesma... E se possível for.... Neste momento, me esqueça
Talvez a sinta feliz... Caso contrário, volte... Antes que o dia amanheça ...

SÃO CINZAS

Te amar é muito leve...
É sutil... Mas com vigoroso entrelaço
É algo divino...
Apesar de ser conduzido pelo toque da carne
É brando e misterioso
Regado ao seu beijo gostoso
É um suave canto...
Embalado pelo seu encanto

É poema que eclode
É vulcão que explode
E ao amanhecer...
São cinzas, espalhadas nos lençóis, a nos envaidecer

O CHAMADO

Ter um ofício que sustente a sua família...
É digno
Ter um ofício que lhe traga riquezas...
É legítimo
Ter um ofício que lhe dê satisfação...
É louvável
Ter um ofício que ensine...
É maravilhoso
Ter um ofício que salve vidas... Não é ofício...
É um chamado!

A MAIS BELA

As minhas palavras não te convenceram
O teu silêncio me condenou
A tua ausência fez de nós dois seres
E o tempo trouxe a saudade...
A solidão me mostrou a realidade
A dor se tornou a mais clara das evidências...
E a esperança se fez a mais bela das provações...

Não concordo com a imposição do destino...
Porque sei que ainda não vivemos tudo
Não aceito as coisas deste mundo... Porque os meus sentimentos não pertencem a ele

Não me importo com as lágrimas... Porque ainda consigo sonhar em sermos um só
Não acredito no fim... Porque eu ainda te sinto
Não desistirei de te esperar...
Porque eu sou feliz, fazendo... O que sei fazer de melhor... TE AMAR!

QUE PENA

Que pena ter que sentir pena
Que pena ver alguém que não tem pena
Que pena ver que a sua pena não valeu a pena
Que pena ver arrancarem uma pena para justificar um enredo...
Falando deste mundo sem pena
Que pena, é de se sentir pena de quem necessita de muitas coisas...
Menos de que dele se tenha pena

TODO O AMOR

Se todo o amor que eu dei durante a minha vida...
Fosse contado de passo a passo...
Chegaria bem longe, onde o ódio é escasso
Se fosse medido de flor em flor...
Uma boa parte do mundo se tornaria um jardim multicor
E se fosse juntado pedacinho por pedacinho...
Chegaria às nuvens e do céu bem pertinho

Mas, se todo o amor que eu recebi, em toda a minha vida
Fosse contado de passo a passo...
Chegaria até a lua, e meu coração bateria em descompasso
Se fosse medido de flor em flor...
Chegaria às estrelas e eu as admiraria em todo o seu esplendor
E se fosse juntado pedacinho por pedacinho...
Chegaria até as mãos de Deus, e Dele eu receberia um carinho

LUA

A mesma lua...
Que intriga os desejos da donzela nua
É a mesma que cobre de incertezas o morador de rua
Faz o homem beber para espantar a mágoa sua
Fez o seresteiro cantar a verdade dura e crua
Embalou a criança a dormir, para que cresça e evolua
Ajuda a maré a subir para que a água do rio melhor flua
Faz com que os corpos dos amantes cada vez mais se confluam
E se despede das estrelas...
Antes que o sol dos olhos de seus admiradores a exclua

O AGRACIADO

Privilegiado é aquele que conheceu o calor da paixão
Porque sentiu ferver em sua pele a mais doce emoção

Encantado é aquele que encara as mágoas da vida
Como se elas fossem os espinhos de uma flor

Iluminado é aquele que transforma as lágrimas pelos sonhos não realizados
Em um sorriso a cada amanhecer

Especial é aquele que sente os problemas alheios como se eles fossem seus

Diferente é aquele que aceita a dor, seja ela qual for
Porque sabe que ninguém sofre mais do que possa suportar

Abençoado é aquele que ama
Porque no dia em que a sua alma for acometida pelo triste infortúnio
da partida
Ele será agraciado com asas

Feliz é aquele que teve um amigo
Porque jamais se sentiu sozinho

Bem-aventurado é aquele que carrega consigo o sentimento da saudade
Porque bendito é o sentimento que nasceu e vivera dentro do seu peito
por toda a eternidade

Homenagem a um irmão que a vida me deu,
Cicero Ferreira Lima (in memoriam)

DE BRAÇOS ABERTOS

Pode ir...
Mas não diga nada
Siga em paz o seu caminho
Assim, ficarão entre nós somente as palavras de carinho
Pode ir...
Mas leve tudo o que for seu, tudo o que desejar
Siga em frente com a sua ilusão
Assim, não se incomode, eu ficarei bem, apesar da solidão
Pode ir...
Mas não olhe para trás
Siga o que o seu coração diz
Assim, você levará de mim a imagem de um homem feliz
Pode ir...
Mas ao sair caminhe lentamente
Siga por entre as flores do nosso jardim
Assim, perpetuarei o seu cheiro e a sua doçura dentro de mim
Pode ir...
Mas, por favor, não feche a porta
Siga o seu destino, sem medo de errar
Assim, aconteça o que acontecer, sempre estarei aqui, de braços abertos
a te esperar

O VENTO

Hoje fiquei observando o meu amor...
Enquanto ela caminhava, o vento brincava com os seus lindos cabelos
Ora os jogava para cima, em seguida, os sacudia para baixo...
E num piscar de olhos, os lançava contra as suas faces
E num segundo, os enroscava nos seus cílios, atrapalhando sua visão
Assim, ela elegantemente os retirava dos olhos e aproveitava para lhes passar os seus pequenos e frágeis dedos, com delicadeza, em formato de um pente
E os alisava, os recolocando para trás
Até que uma nova rajada de vento viesse e repetisse todos os embaraços novamente
Um caso simples do acaso, onde o vento brinca de balançar e desarrumar
Mas, nada, nenhum efeito da natureza pode tirar a beleza do meu amor
Nem mesmo o tempo...
Ele pode transformar algumas de suas formas físicas
Mas não tem o poder de tocar ou transformar a beleza de sua elegância
De sua doce simpatia e a beleza de sua admirável altivez
Assim... Suspirei profundamente e sorri sozinho diante do ocorrido
E ao destino declarei... Que era uma pena não ventar todos os dias
Para que eu pudesse sempre assistir e admirar essa adorável cena

ENCOLHIDO

Era pequeno
Muito pequenino
Brincava com coisas miúdas
Fazia as coisas pequenas
E crescia feliz...
Sem me importar com o tamanho do mundo à minha volta

Hoje sou grande
Bem grandinho
Cuido de coisas enormes
Faço coisas bem grandes
E me sinto encolhido e triste...
Porque me importo com o tamanho do mundo, que ainda não consegui conquistar

ME TORNEI RICO

Não sou rico...
Mas compro coisas e não olho o preço...
Porque não importa... Não me interessa
Estas compras podem até me dar uma sensação boa, de poder, mas também podem me levar à falência...
Mas não é este tipo de bem que me rege...
E que me faz enxergar o valor da vida
Pois eu busco o que não posso comprar

O que não tem preço...
O que não está à venda
E não vai cegar nem falir ninguém...
Porque ela é uma luz e a maior riqueza deste mundo... A felicidade!
Então busquei, perseverei e a encontrei...
E me tornei rico...
E livre das coisas materiais
Assim, sempre que divido a minha riqueza com alguém...
A acabo recebendo de volta, em dobro
Isso são as luzes das gratidões...
Se multiplicando nos corações!

PARTI

Se falei, eu vi
Se fiz, pressenti
Se escrevi, senti
Se assinei, consenti
Se jurei, me iludi
Se amei, sofri
Se chorei, parti...

AMADA RAINHA

Tens...
Uma doçura no olhar
Um mel no beijar
Um adocicado abraçar
Um mélico acarinhar
Um açucarado desejar
Um adoçado amar
E um nectário voar ao caminhar...
Minha doce amada rainha

EU TE OLHEI

Eu te olhei com um olhar direto...
Como se fosse um olhar indiscreto

Eu te olhei com um olhar de ambição...
Daqueles olhares que passamos dias e noites pulsando de emoção

Eu te olhei com um olhar de desejo...
E ele só aumenta a cada vez que te vejo

Eu te olhei com o olhar de um homem bruto, quase um animal
E me arrependo, pois nos seus olhos eu vi algo frágil, doce e angelical

Eu te olhei... Mas com o coração apertado, não vou mais te olhar...
Não posso correr o risco de piscar os olhos e te magoar

ARTIFÍCIOS

Vida perfeita não existe
Coração perfeito não existe
Mundo perfeito não existe
Amor perfeito não existe
O que existe são artifícios...
Que nos levam a compreender e aceitar os defeitos, meus e seus
E assim... Tornando tudo e todos perfeitos
Uns perfeitos aos olhos... Porque a alguém deram flores
Uns perfeitos aos corações... Porque alguém amaram
Uns perfeitos pelas ações... Porque alguém ajudaram
E outros perfeitos pelas suas existências...
Porque compreenderam e aceitaram o mundo de alguém

ESCRITO NAS ESTRELAS

Como posso apagar as marcas
Se as feridas estão na alma...
Como posso apagar as noites
Se os dias passam sem que eu perceba...
Como posso apagar as lembranças
Se o seu perfume está no ar que respiro...
Como posso apagar o passado
Se é nele que existo...
Como posso apagar a realidade
Se o meu mundo real é feito de sonhos...

Como posso apagar os meus sentimentos
Se eles são a minha existência...
Como posso apagar você da minha vida
Se está escrito nas estrelas que vou te amar pela eternidade

O FANTASMA

Hoje, pela primeira vez, depois de tanto tempo juntos
Nesta noite senti que posso te perder
O que era eternidade, agora, tenho medo do amanhecer
O fantasma da incompreensão nos visitou...
A tua frieza me assustou
As tuas palavras duras me deixaram de pernas bambas
Os teus olhos não queriam me olhar
E senti o fogo da nossa paixão se esfriar
O fantasma da separação passou nas minhas costas...
Meio sem jeito, disfarcei e fingi não perceber o que estava acontecendo
Estava com medo do que poderia acontecer ao ver o sol nascer
Lembrei do nosso primeiro encontro...
Maravilhoso, sem igual... numa tarde digna de um cartão-postal
Lembrei das tuas palavras doces
Do teu olhar tímido
E dos primeiros afagos em tua suave e rosada face
Sonhei com eternidade
Agora tenho medo de não ter a sua amizade
O fantasma da solidão ficou diante de mim...

SABER AMAR

Se conhecer para os outros entender
Se aceitar para aprender a todos respeitar
Se fortalecer para a todos poder acolher
Se valorizar para gratuitamente se doar
Se socorrer para a morte não temer
Se perdoar para ninguém mais julgar
E se amar para a todos saber amar...

AS AMARAS

As amarras que me enlaçavam aos beijos e carinhos seus...
Foram se enfraquecendo diante dos constantes desleixos seus
As amarras que me prendiam aos seus caprichos...
Foram se desfiando ao ouvir maldosos, porém, verdadeiros buchichos
As amarras que me acorrentavam à sua existência...
Foram se rompendo a cada sua ausência
As amarras que nos uniam não existem mais...
Porém, não me sinto livre
Uma vez que não sei o que fazer com a minha vida...
Pois me sinto preso a você...

NÃO TENTE NADA

Deixe o tempo apagar as marcas
Deixe o sol dentro de você brilhar
Deixe o vento bater no seu rosto
E, em pouco tempo, novamente da vida você vai pegar o gosto

Deixe-me ver o seu sorriso
Deixe as estrelas as suas noites guiarem
Deixe-me te dar um abraço
E em pouco tempo, te prometo, que feliz eu te faço

Não tente nada... Que não seja buscar a felicidade
Não tente desistir da vida, porque eu não vou permitir
Não pense em fugir para o deserto...
Eu não vou deixar, porque de você sempre estarei bem perto

Não tente nada... Que não seja se abrir para o amor

PENSAR POSITIVO

Quando imaginei que viriam 6... Apareceram 3
Fazia uma ideia de que iriam chegar 10... Não passou de 4
Fiz um cálculo e cheguei ao número 17... Vieram 11
Me programei bem antes para receber 23... Chegaram 14
Com estes números abaixo do esperado...
Poderia me sentir ruim de cálculo ou alguém com o saldo negativo

Mas na verdade sou um privilegiado...
Pois sempre penso positivo, penso sempre a mais... Nunca a menos
E em todas às vezes nunca houve um convite...
Eles sabem que as portas estão abertas e que sempre estou a lhes esperar

CELEBRAÇÃO

Você já percebeu que o dia em que irá acontecer uma comemoração, uma celebração...
A sua mente esquece as desavenças
Que o seu coração acorda leve e feliz
E que você não sente inveja nem deseja o mal a ninguém...
E só pensa em colocar uma roupa bonita e não vê a hora de encontrar as pessoas queridas, de conhecer novas pessoas, se divertir e extravasar
E, assim, cuidar e amar a sua vida, pois ela é perfeita...
Então, acorde todos os dias como se você tivesse uma festa para ir...
Pois, na verdade, a vida por si própria já é uma diária celebração, onde você escolhe participar, entrar de corpo e alma e ser feliz...
Ou, então, ficar do lado de fora, remoendo pensamentos e sentimentos que o impedem de sorrir, dançar e viver em plenitude...

MENINO TRAVESSO

De ti não carrego mágoas
Nem cultivo nenhum rancor
Porém, o meu coração cheio de amor...
Não entende a razão da sua rejeição
Assim, feito um menino travesso...
Meu coração virou a tua vida do avesso
E abriu os segredos dos teus portões
Invadindo os teus mais íntimos porões
Mas sem tocar em um fio de seus cabelos
Pois meu coração, ao teu, fez sutis apelos
E acabaste por revelar que me amas...
Que me queres muito bem
E que comigo sonhas e me desejas...
Mas pelas decepções de antigos amores
Me disseste não, com medo de mais uma desilusão...
E assim,
Novamente, feito um menino travesso, meu coração triste... vagou pela rua
E chorando desolado... foi acalentado... pela também solitária lua...

PROMESSAS SEM VALOR

A glória da vitória vai além de se derrotar algo ou alguém
A força do pensamento é mais forte do que uma bruta ação e o tempo
A sensação de liberdade é mais leve do que o ar e a maldade

O luxo da riqueza traz menos conforto que a alma lavada e a superação de uma grande tristeza

A maestria da sabedoria é mais importante do que os livros e os títulos da alta burguesia

Um simples gesto de amor é maior do que mil palavras e um milhão de promessas sem valor

SINCERAMENTE

Já contei mentiras...
Que, com o tempo, passei a acreditar que elas fossem verdades
Já cometi erros...
Que no momento os achei um absurdo, mas, com o tempo,
Passei a acreditar que eles faziam parte do normal
Já senti vergonha de certos pensamentos meus...
Mas, com o passar do tempo, os julguei sensatos
Sinceramente...
Não sei se eu mudei com o tempo
Ou se o tempo... Além de passar, também mudou a razão das coisas

CURTA PASSAGEM

Nós somos os artistas...
Deste mundo que não passa de um grande palco...
Onde...

A ganância... É uma peça popular
A maldade... É o portão aberto
A prostituição... É o ingresso barato
A traição... É a atriz preferida
A guerra... É o Oscar mundial
A fome... É o auditório lotado
A miséria... É a cena engraçada
A verdade... É o palavrão ensaiado
A liberdade... É o texto cortado
A amizade... É a poltrona quebrada
E o amor... É o ator fracassado

OLHOS DO TEU CORAÇÃO

Quando os meus olhos
Invadiram o infinito dos teus olhos
Esqueci da vida...

Quando os meus olhos
Deslizaram pelas curvas do teu corpo
Estremeci e vi estrelas...

Quando os meus olhos
Depararam com a tua boca na minha boca
Senti desejo e te amei...

Quando os meus olhos
Atingiram os olhos do teu coração
Senti o mel do nosso amor brotar...

Quando os meus olhos
Ficaram extasiados, cansados de tanto prazer,
Te abracei e adormeci...

DESPREZAREI

Os amigos que tive, os abandonei
As alegrias que conquistei, as asfixiei
Os sonhos que sonhei, os matei
As paixões que me surgiram, as ignorei
As lembranças que ficaram, as embalei
Os segredos que me confiou, os guardei
E viver mil vidas, sem você, as desprezarei

MULHERES... AH! MULHERES

Todos os seres pensantes sabem...
Que todas as mulheres morrem de ciúmes umas das outras
Não importa a sua cor, estado civil, credo ou até mesmo a idade...
Todas olham todas... Todas tecem alguma coisa para observar e desejar da outra
Felizes os homens que assistem a tudo isso de camarote, sejam eles namorados,
amantes, amigos, esposos ou simplesmente meros espectadores

Porém, o que poucos sabem é que as flores também sofrem deste mal... O girassol fica deslumbrado com o vermelho cintilante da rosa... E por sua vez...

A rosa fica maravilhada com o corpo do girassol por não ter espinhos

Pura bobagem... O girassol não consegue enxergar que suas pétalas têm a cor do astro rei, este que é nada mais, nada menos, do que o maior ser cintilante do nosso sistema e que, por isso mesmo, não precisa se comparar a ninguém...

E a rosa, que fica cega diante da beleza do girassol, não percebe que os seus espinhos são os seus maiores trunfos, pois neles estão expressos da maneira mais singela da natureza o amor e os seus segredos, pois ela é a única flor que carrega em seu corpo o mistério da lágrima da dor e da felicidade

O lírio-do-campo gostaria de nascer em vasos nas cidades, para poder enfeitar as varandas das casas, como acontece com a bromélia... E nem imagina que a bromélia daria tudo para ser livre e poder dar vida à imaginação de todos que passassem à beira de uma estrada

A flor – Raquel – tem ciúmes da flor do tempo, por ela ser experiente e extremamente fascinante, sem saber que a flor do tempo morre de inveja dela, por ela ter apenas 15 primaveras e ainda ser uma linda menina

Ambas são delicadamente inocentes... Pois uma não percebe que apesar de ter vivido milhões de primaveras, continua sendo a menina dos olhos daqueles que sonham...

E a outra não sabe... Que a vida está a seus pés e que a felicidade não será encontrada no tempo que ainda está por vir... E, sim, está na eterna alegria de se viver um dia após o outro.

... Um beija-flor me contou ...

Homenagem aos 15 anos de minha amada filha Raquel!

O AR DA TUA GRAÇA

Trocaria tudo que ganhei ... Por um sonho que não realizei
Daria tudo que conquistei... Pelo que não tive
Trocaria todos os amores, todos os sabores de que desfrutei
Pelo gosto do seu beijo...
E como a uva se transforma em vinho...
Eu me transformei em saudade... por não ter a felicidade do seu amor
Quando o brilho da sua presença invadiu a minha vida
Desconfiei de que talvez deixasse de ser o mesmo
E quando o ar da tua graça...
Invadiu o meu coração, me deixando acabrunhado, sem graça
Tive a certeza de que nunca mais seria o mesmo
E como uma estrela... Que com o tempo perde o brilho, eu me apaguei
Como um rio... Sem a chuva, eu agonizei
E como uma árvore... Sem a sua raiz... Eu morrerei

MOMENTOS DE ESPERA

Foi tudo muito triste...
As suas duras palavras
O tom alterado da voz
O olhar arregalado
Os gestos agitados de suas mãos
O seu adeus
E o bater da porta...
Mas, nada me angustiou mais...

Do que os momentos de espera da sua chegada
Você sempre odiou atrasos...
Com isso, meu coração já havia pressentido
Que nada seria mais como antes...

NINGUÉM É DE NINGUÉM

Você tem medo de se machucar
Medo de se ferir e se magoar
Não sabe se é o correto
Se é o tempo certo
Tem medo de se precipitar...
Não vive o presente
Pois julga o futuro baseada no seu passado
Meu amor...
Ninguém é de ninguém
Até que surja um alguém
Que lhe tire o medo de amar
Isso é o destino... Em nossas vidas a brincar
Meu amor...
Ninguém é de ninguém
Até que surja um alguém
Que você não esperava
E lhe faça sentir amada
Isso é o destino... e esse alguém... Sou eu

VELHA PARTEIRA

Existe o dia abençoado em que nasci
Também existem os dias gloriosos em que renasci...
Eles foram muitos
Foram marcantes
Foram vitais para a minha felicidade
Porque neles encontrei vida...
Encontrei o real valor de se amar a vida
Pois fui parido pelas mãos de uma velha parteira...
Chamada esperança...

MULHER FATAL

Você diz que nunca sofreu por ninguém...
E que está para nascer um alguém que lhe faça chorar
Diz também que com você as coisas são diferentes
Porque quem gosta da gente... somos nós mesmos
Você faz caras e bocas... O gênero mulher fatal
Mas na verdade não passa de uma menina mimada
Que morre de medo de ser mal-amada
Quem te conhece por dentro sabe... Que você foge do amor...
Porque não aguentaria uma despedida, num beijo frio
Você desceria do salto, choraria... E não suportaria o vazio
Você vive firme... Se escondendo atrás do que diz
E não percebe que frases feitas alimentam o ego
Mas, no coração, não criam raiz e não fazem ninguém feliz

DOCE ILUSÃO

Ilusão...
Quanta ilusão...
Pensar que você pensa em mim
Que você me quer como eu te quero
Que o seu olhar procura o meu
Que o seu corpo me deseja como eu te desejo
Que o seu coração me pertence... como o meu lhe pertence
Ilusão...
Doce ilusão...
É te amar e viver por este amor
Pelo simples fato de ele morar dentro do meu peito
Mas, do meu coração, ele não passa de um mero inquilino cheio de defeitos

AMOR CORRESPONDIDO

Quando beijo as suas mãos...
É um momento lindo de carinho e emoção
Para a minha mulher, amiga e companheira
Porque demonstro o meu respeito
E dou todo o amor de meu peito

Quando beijo a sua face...
É um momento de fantasia
Para a minha amada, fêmea e cúmplice
Porque sinto a maciez do seu rosto
E me pego a delirar com o seu suave gosto

Quando beijo o seu corpo...
É um momento mágico
Para a minha violeta e amante princesa
Porque me torno um pássaro amando a sua flor
Desfrutando do perfume e de sua linda cor

CÁRCERE PRIVADO

Com o seu amor aprendi...
A atravessar o deserto
Renascer das cinzas
Brotar do chão
E ver a vida com mais gratidão

O seu amor me mostrou...
Que assim pudesse uma borboleta voltar ao casulo
Todas as vezes em que estivesse diante dos seus caçadores
Porque quando o mundo não me tratar como mereço
Eu sempre terei os seus braços como o meu endereço

O seu amor me ensinou...
A olhar o mundo de dentro de mim para fora
Para que a vida tenha mais sentido e igualdade
Distribuindo amor e, diante das dificuldades, não me sentir acuado
E assim não manter a felicidade em cárcere privado

NÓS SOMOS

Nós somos...
O que falamos
O que comemos
O que pensamos
O que fazemos
O que escrevemos...
E assim... Acabei de me tornar...
Um soneto de queixumes

O SEU DESEJO

O pincel lambuzado de tintas coloridas pinta a natureza
O sol quando aquece o mar é verão
As folhas quando caem anunciam uma nova estação
O sonho enraizado no amanhecer exala o perfume da esperança
E o meu amor nasceu e cresceu dentro de mim, desde criança
E eu, ao conhecer o desejo, quis desfrutar os prazeres da vida e do amor com você
O tempo passou... E a vi crescer...
Vi os seus cabelos de cor mudarem, e umas lindas sardas em seu rosto despontarem
Via que os seus vestidos floridos mostravam uma menina com inocência qualquer...
Mas que escondiam as suas belas formas de mulher
Via os seus olhares acanhados em minha direção...
E orgulhoso eu sabia que me pertencia o seu coração

E, assim, você timidamente o seu mais íntimo dos segredos a revelar...
Me permitiu prazerosamente o descortinar...
E pela primeira vez nos amamos...
O gosto gostoso da sua boca senti nos seus beijos
A maciez do seu corpo ficou impregnada nas minhas mãos
O seu respirar ofegante me fez sentir, dos seus sentimentos, um navegante
E o calor do seu sexo...
Aqueceu e enobreceu a minha vida, fortalecendo o meu desejo e o meu amor
E assim, desde sempre, você foi o sonho meu...
E que o seu desejo seja por todo o sempre... só eu

NÃO É

Dormir e acordar...
Não é viver

Acordar e trabalhar...
Não é se realizar

Trabalhar e sonhar...
Não é ser feliz

Sonhar e amar...
Não é para poucos

Amar e ser amado...
Não é para muitos

UM ALGUÉM LIVRE

Quero um alguém feliz
Dona do seu nariz
Livre para escolher
E quando ela quiser... me pertencer...
Isso pode acontecer num domingo de sol
Numa noite de luar
Ou naqueles dias em que a chuva parece que não vai parar
Um alguém livre para escolher onde e como será...
Pode ser no chão, na cama...
No sofá da sala de estar
Pode ser em qualquer lugar
Onde ela possa feliz e absoluta me amar
Vou te esperar...
E vou te cultivar nos meus mais lindos sonhos
E enquanto não vem, vou te proteger na minha lembrança
E te guardar no meu coração repleto de esperança

HOJE

Hoje...
Não me falta a inspiração...
Me falta ânimo
Não me falta a vida...
Me falta coragem
Não me falta o mundo...

Me faltam rosas para colher
Não me faltam orações...
Me falta a fé
Não me faltam as pessoas...
Me falta... Eu mesmo

BRIGAS DE AMOR

Se você quiser, podemos dar um tempo
Pra refletirmos o nosso caso
Te darei um segundo... Pra você respirar fundo
E comigo recomeçar...

Se você quiser dar um tempo, será assim
Mal começou e já chegou ao fim
De outro jeito, não aceito nem começar
Pois vamos brigados continuar, porém, juntos e se amando...

Brigas de amor são como as pétalas de uma flor
Que podem se machucar com os ventos traiçoeiros vindos do norte
Mas na manhã seguinte...
Estão com saudades da chuva e com o amor cada vez mais forte

NÃO PRECISO

Não preciso de lágrimas...
Pois tenho as minhas
Não preciso de compaixão...
Pois tenho minhas esperanças
Não preciso de visitas...
Pois tenho pouco de mim a ser dado
Não preciso de palavras...
Pois tenho minhas orações
Não preciso de nada...
Pois tenho tudo... que o nada possa me oferecer

ME ENGANEI

Pensei ser apenas uma despedida normal
Como outra qualquer de um romance e o seu final
E assim... Logo estaria refeito
E um novo amor invadiria o meu peito
Mas, me enganei...
Foram dias sem graça
Noites vazias
Eu bem que tentei te esquecer...
Mas ninguém ocupou o seu lugar...
Nem de longe os seus carinhos ninguém me fez lembrar
Tudo que fiz foi em vão
Meu corpo se permitiu amar, mas meu coração disse não
Venha meu amor, volte e arranque do meu peito essa amargura
Preencha esse vazio, me devolva a vida, o amor e a aventura

QUINTOOOOU

Hoje...
Procure só desejar o bem
Falar palavras de carinho
Sentir amor pelo próximo
Ajudar de alguma maneira fraterna os carentes que cruzarem o seu caminho
Abraçar e, se não for possível, ao menos desejar felicidades
A alguém que você tenha algum desafeto
Olhar para o céu e pedir que a paz que você está sentindo
Se espalhe por todos os corações
Amanhã, não precisa me dizer como você está...
O brilho dos seus olhos me dirá tudo...

DOIS CORAÇÕES

No amor...
Não há vencido ou vencedor
Quem mais amou ou quem mais chorou
Quem sorriu ou quem partiu
No amor...
Não existe coração dividido
Ou se ama... Ou apenas desejamos
No amor temos que seguir por todos os caminhos
Pois a felicidade, às vezes, está escondida atrás dos espinhos
No amor...
Não há distância que os separe

Não há tempo a perder
Não existe o certo ou o errado
Só existem dois corações e uma vida feliz pra se viver

ESTEJA OU SEJA

É vida... Tudo que brota em nome da vida
É sacrifício... Tudo que não conquistamos facilmente
É dor... A sensação de que cada um julga doer
É luz... A esperança que nasce na escuridão
É sonho... Tudo que descortina a realidade
É paixão... O que explode dentro do coração
E ao passar pelo corpo se vai...
É amizade... A dedicação e a lealdade que não precisam da presença física
É correto... O que não está errado
É errado... O que é errado e não o que julgamos não ser correto
É amor... O sentimento que não precisa estar politicamente correto
Para que jamais e em tempo algum esteja ou seja motivo de felicidade

O BILHETE

Um anel jogado...
E um bilhete com o meu nome rabiscado
Em cima da minha cama... Foi tudo que encontrei
Quando em casa cheguei...

Não tive coragem de ler aquela mensagem
Meu coração poderia não suportar
Então... virei as costas e saí por aí... Sem destino
Sozinho no meio na multidão...
O mundo estava estranho, diferente... sem razão
Estava atordoado diante daquela inusitada situação...
Sem saber o que pensar, sem saber o que fazer
Não sei se devo prosseguir e mundo afora sair e na vida me perder...
Ou parar... Me encontrar, me refazer e voltar
Mas tenho medo de ler aquele bilhete...
E ir além, muito além de apenas chorar...

PORÉM NÃO MAIS

Entender alguém é difícil...
Porém, não mais do que aceitá-lo
Esquecer o passado é tarefa árdua...
Porém, não mais do que perdoá-lo
Vencer os seus defeitos é quase impossível...
Porém, não mais do que os admitir
Esperar pacientemente que um dia o milagre aconteça é algo humano...
Porém, não mais humano do que esperar sem verdadeiramente acreditar

A APOSTA

Apostei com o meu coração...
Que iria te conhecer melhor
Te seduzir, trocar carícias
Prometer o céu e a terra... Sem me envolver
E te conquistar... Sem me apaixonar

Era assim... Que eu queria te ter...
Seus dias repletos de mim
Sua boca sedenta da minha
Seu corpo embolado no meu...
Sem me importar com os sentimentos teus
Te iludir... Sem me importar com os defeitos meus

Apostei com o meu coração...
E não quero perder
Doa a quem doer
Mas, os defeitos teus... Eram iguais aos meus...

Eu não queria te dar amor
Você não se deu o valor
Eu te enganei... você se deixou enganar

Eu amava... E apostava não te querer
Você não me amava...
Sabia de tudo e fingia me amar...
Só para ter prazer

Os defeitos teus...
Me fizeram importar

Com os sentimentos meus
Perdi a aposta...
E fiz doer o meu vitorioso coração

O GUERREIRO DA POESIA

O guerreiro da poesia...
Lutava contra a tristeza
Amando a vida
E adorando a canção
Guerreava, trilhando os dedos nas cordas do violão
Não derrotava os seus inimigos
Só acalentava os corações
E do talento fez-se a vitória
Mas quis o destino...
Que seus olhos se fechassem ainda cheios de luz
Que sua boca se calasse cheia de canções
E seu coração parasse sedento de amor
Quis o destino, cedo ou tarde,
Que o guerreiro da poesia perdesse a batalha para a saudade
E se criasse um vazio na alegria...
O guerreiro da poesia partiu...

Homenagem a "Vinicius de Moraes" (in memoriam)
Escrito em 9 de julho de 1980

ROUPAS SUJAS

A gravata que me aperta é o sufoco da vida
Mas desapertos não me faltam
Remendos não existem... minhas roupas são limpas
Pois as normas assim me condicionam...
A gravata que aperta é o suor que escorre
Mas lenços não me faltam e empregos não existem
Minhas roupas são limpas
Pois as revoluções assim me sujeitam...
A gravata é a forca do meu pescoço
É a passagem dos meus dias
É o ludibriar dos meus anseios
Pois as negociatas assim me regem...
A gravata é a fogueira do meu suor
É a manobra das minhas posses
É o reajuste do meu estômago
Pois as forças assim me obrigam...
A forca pode me estrangular
Mas os muros altos não vão me parar
As ditaduras não irão me parasitar
E as roupas limpas da hipocrisia tirarei...
E assim minha nudez baterá forte aos portões
Minha atitude sensibilizará os corações
A verdade irá pouco a pouco...
Abolir a enorme casaca limpa, que manobra a vida de todos
E em algum dia, em algum lugar, está nudez será total
Mas, por enquanto, no entanto...
Vivo de roupa limpa mortal

FLOR DA MINHA VIDA

Te encontrei quando tudo era incerto...
A minha vida era um deserto
O sol não impedia a escuridão...
Meus olhos estavam perdidos na desilusão
Dentro de mim, as flores morreram, e o meu coração secou...
Você trouxe a chuva e em mim os sonhos semeou
Você deu luz aos olhos meus...
Fez brotar a vida com os encantos seus
Você me trouxe de volta a alegria, a emoção...
E fez florescer no meu corpo a paixão
Você secou a lágrima do incerto...
E acabou com a solidão e o meu triste deserto
Você fez de mim um jardim repleto de aventurança...
E deu à minha vida amor e esperança

ETERNA MADRUGADA

Vem... Nesta noite quero você...
Quero fazer de seus sussurros... Meu poema de amor
Fazer de seus lábios... Uma forma de estímulo
Fazer do embaraço dos seus cabelos... A nossa liberdade de emoção
Fazer do seu fogo de anjo... A beleza da realidade
Fazer de sua total nudez... A certeza de que é minha
Fazer das marcas do amor... A verdade dos nossos sentimentos
Vem meu amor...

Agora não somos apenas o pensamento do prazer contido
Somos o prazer dos nossos pensamentos obtidos
Vem... Agora não sou aquele que desejou seu corpo amar
Sou aquele que o corpo de seus totais desejos amou

A CABANA

Tantas mentiras
Tantos pulmões manchados
Ergui a cabana
Longe das arruaças
Baguncei minha rotina
Segurei nos cipós da vida
Estava eu dentro de mim
Aceitando meus desfalques
Desfolhando a bondade
Ignorando a razão
Desistindo dos tique-taques
Revivendo na idade
Adotando o meu coração
Estava eu dentro de mim
Esquecendo as barreiras
A negligência da sabedoria
O potencial do mercado
Acendendo as fogueiras
Nas noites de pecado
Mas numa tijolada de obrigações
Toda a fantasia sumiu

Meus olhos se fecharam dentro de mim
E toda a fortaleza ruiu
Tantas verdades
Tantos dons jogados
Novamente, encarcerei-me na razão
Cortando os cipós
E apagando as fogueiras
Todavia, jamais derrubando a cabana

MINHAS MANIAS

Não estranhe as minhas manias
Se preocupe e estranhe sim...
Quando eu mais nada cobrar
Quando eu achar que está tudo certo
Quando eu defender a rotina
E quando eu acordar e não abrir a cortina
Não estranhe as minhas manias
Porque eu sempre fui assim...
Você é que está me ligando menos vezes ao dia
Você é que está diminuindo as conversas na hora do jantar
E é você que diminuiu muito os dias de fazermos amor
E com isso...
Você está com mais tempo de prestar atenção nas minhas manias...

A LUZ DO ABAJUR

Quando a luz do abajur se apaga...
Te vejo na penumbra
Me encontro nos seus beijos
E me perco na imensidão dos seus desejos

Assim te levo pro infinito
E me guio nas estrelas
Porque sei que você as deseja
Então desfruto do seu corpo com gosto de cereja

Na penumbra o nosso amor se revela
Exigimos o melhor e o mais espontâneo de nós
Te viro de ponta-cabeça e quase perde o ar
Te deixo de quatro e te faço suspirar

O DISFARCE

Os abutres anunciam o fim
Os ventos carregam as tempestades
Os desencantos nos deixam pelos cantos
A saudade traz o pranto
E os sonhos... alimentam a esperança

Todas as vezes em que o amor me chama...
Eu me disfarço... reluto e nego

Não me entrego...
E digo que em minha vida...
Já existe um outro alguém

Todas as vezes em que o amor me chama...
Meu coração, assediado, se inflama
Não aguenta, se derrete todo e se entrega
E aí... Me dispo do luto, e vou à luta...
Porque quando me entrego, é para valer

Visto azul, a cor do céu... porque me sinto nas nuvens
Visto branco, porque meu coração está em paz
Visto todas as cores...
Porque depois de tantos incertos amores
Penso que este veio para ficar e me fazer feliz

Todas as vezes em que o amor me chama ...
Os ventos sopram a favor
Os sonhos se renovam
Os abutres somem...
E surgem as andorinhas

CARTAS MARCADAS

Eu digo que você começou este jogo de amor e intrigas...
Você me acusa de embaralhar as nossas vidas
Então, vamos colocar as cartas na mesa...
Eu pensei ser na sua vida um rei de ouros

Mas acho que não passei de um simples coringa
Perdido entre cartas e emoções que não se encaixavam na sua vida
Você me prometeu ser uma dama de copas e cama
Mas, na verdade, sempre me surpreendeu...
Com paus e espadas prontos para derrotarem os meus argumentos
Ofensas à parte... cartas na mesa...
Nossa vida não é um jogo
E nosso amor não pode ser vivido por injúrias e cartas marcadas...
E assim... Frente a frente... Jogada a jogada, apostas após apostas...
Sinto que não tenho a chance de virar este jogo e recuperar o seu amor
Porque vejo nos seus olhos...
Que você tem uma carta na manga e que em breve irá jogá-la...
E o resultado deste jogo do amor é...
Que você soube blefar e que da sua vida... vai me descartar

DELEITO

Pensamentos geram sentimentos
Emoções causam vibrações
Olhares atraem clamares
Cortejos embalam desejos
Seduções sugerem junções
Carinhos propõem cantinhos
Ações liberam reações
Atração fatal lembra relação banal
E amor perfeito proporciona deleito

ASSIM É NOSSO AMOR

O dia vem... a noite vai
E o sol brilhante sufoca a lua minguante
A noite vem... o dia vai
E a lua cheia esconde o sol no canto da sereia
Assim passa o tempo...
Assim é a nossa vida...
O seu corpo vem... o meu te aconchega
O seu corpo vai... o meu te procura
O seu corpo me deseja... o meu vai e vem
E assim é o nosso amor...

A MULHER DOS MEUS SONHOS

A mulher dos meus sonhos...
Eu a criei em forma de poesia
Porque achei que eu podia...
No ar encontrá-la
Com o brilho das estrelas enfeitá-la
Com o perfume das flores banhá-la
Com um pedacinho da lua vesti-la
Com um cálice de vinho o seu sabor apurar
E do fundo do mar, como um tesouro, resgatá-la
Mas a mulher dos meus sonhos veio em forma de uma chuva...
Caindo e aliviando o ar de que eu preciso
Relampejando e clareando a luz da minha vida

Escorrendo e perfumando os meus sentimentos
Evaporando as tristezas e me levando para o céu
Molhando e adoçando a minha boca com o seu sabor
E lavando e resgatando as riquezas do meu coração do fundo dos meus sonhos

UM ALGUÉM

Sonho todas as noites...
Encontrar alguém que me dê amor
Sonho viver um sonho real
E ter alguém que cuide de mim
Que não faça planos e nada tenha a temer
E que seu coração esteja pronto para me receber
Faça sol, faça chuva...
Aconteça o que acontecer...
Sonho ter alguém para nos momentos difíceis me amparar
E me fazer suspirar nos momentos de amor
Alguém que me faça sonhar de olhos abertos...
E dar vida aos sonhos meus... com primor...

JOSÉ, O PAI DO MESTRE

José...
Você foi o escolhido
Você é amor
Você duvidou
Você é humano
Você é carpinteiro
Você é professor
Você é um aprendiz
Você é exemplo
Você é um pai
Você é o pai de Jesus
Você é o pai do Mestre
José...
Ensina-me a viver, para que eu seja professor dos que nascem.

Escrito em 25 de junho de 1980

LIBERDADE

Qual o teu preço?
Será que vales uma vida?
Qual o teu propósito?
Será que és chama da justiça?
Liberdade...
Onde está a tua força...

No choro inocente de uma criança?
No sonho pujante de um jovem?
Ou nas vitórias e nas derrotas dos anciões?
Liberdade...
Por que te refugias na ponta de uma espada?
Por que te banhas no sangue dos guerreiros?
Por que te escondes num grito contido de um povo?
Liberdade...
Amada, desejada e caprichosamente sem dono, sem cor e sem pátria
Não respondas jamais às perguntas de um simples mortal
Porque no passado de glórias, no presente de lutas e no futuro de incertezas
És e sempre serás, por todo o sempre, a bandeira de maior orgulho...
Entre os que te conquistaram... Pois os tornaste imortais

À LA CARTE

Ouvir... Faz parte
Acolher... É um baluarte
Agradecer... Talvez seja o nosso maior estandarte
Perdoar... Não é coisa à parte
Viver... É uma arte
Morrer... Nunca será um descarte
E amar... Não pode ser à lá carte

MINHA DOCE AMIGA

O amor nasceu sem eu perceber...
Foi vendaval que me carregou
Vulcão que explodiu dentro do meu peito
Uma força invisível
Um furacão... que quando me envolveu não teve mais jeito, não

As minhas mãos ficaram geladas
No meu corpo senti um leve tremor
O seu perfume me embriagou
O seu jeito meigo uma luz me irradiou
Minha doce amiga... quem diria...
Eu te amava... e não sabia

ATÉ QUE OS TOQUE

Muita gente é considerada feia...
Até que abra um sorriso e nos encante, feito a lua cheia
Muita gente é considerada banal...
Até o momento em que nos surpreenda e se torne em nossas vidas alguém crucial
Muita gente é estranha...
Até que nos diga algo interessante e nos envolva feito uma teia de aranha
Muita gente não vale nada...
Até que nela descobrimos a bondade e naturalmente ela desative a nossa granada

Muita gente é altamente dispensável...
Até que recebamos uma ajuda inesperada e nela descobrimos um valor notável
Muita gente é considerada despudorada...
Até que conheçamos o seu coração e, por nós, ela passe a ser adorada
Muita gente acha que os poemas são coisas a serem lidas e descartadas...
Até que os toque... E lhes remeta à realidade, feito suaves alfinetadas

LIVRO ABERTO

Se quebrarem os meus braços...
Jamais descobrirão se, por um amor, eu posso suportar o peso do mundo
Se o meu rosto ferirem e os meus olhos arrancarem...
Jamais descobrirão por quem eles vivem a brilhar
Se calarem a minha boca...
Jamais descobrirão a canção que brota de minha alma
Se a minha cabeça decapitarem...
Jamais descobrirão os meus sonhos
Se inutilizarem as minhas pernas...
Jamais descobrirão se, por um sentimento, eu atravessaria céus, terras e mares
Mas,
Se o meu peito violarem e chegarem até o meu coração...
Descobrirão... Tudo!

NADA ME PERGUNTE

Pode vir e suas coisas pegar...
Nada joguei, nada peguei e nada quebrei
Tudo está devidamente guardado...
Inclusive os seus discos, os seus livros e o perfume francês
Tudo encaixotado e datado, com dia, hora e mês que você partiu...
Pode vir, não vou te impedir
Mas nada me pergunte... Sobre a minha vida...
Por onde ando, o que faço... ou se já me refiz
Se a minha nova companheira me completa e se me faz feliz
Nada me perguntes, pois nada tenho a te falar...
E não me olhe dentro dos olhos
Pois jurei por você nunca mais chorar...

AMOR IMORTAL

Tentaram nos separar
O nosso amor destruir
Com mentiras e intrigas
E eu quase acreditei...
E chorar, chorei

Um amor tão bonito
Maior que o infinito
Aos pobres de espírito
Causa inveja e traz a dor

Rasguei as suas cartas
Seu perfume fora joguei
O espelho quebrei
E queimei as suas fotos

Tentaram nos separar
Feriram os meus sonhos
Sequestraram as fantasias
E das noites sufocaram as magias

Um crime quase perfeito...
Se eu conseguisse viver desse jeito...
Sem o seu calor, sem o seu olhar
Sem a alegria da sua presença
Sem o seu jeito doce de agir e falar
Esqueceram de roubar os sentimentos do meu coração...

MIL VEZES NÃO

Não acredito... não se engane
Não posso aceitar... Não tem mais jeito
Não é possível... Não há mais o que se fazer
Não é correto... Não é questão de ser correto, é a realidade
Não é justo... Não é questão de justiça e sim de felicidade
Não me conformo... Não se iluda
Não pode ser verdade... Não minta para você mesma
Não mereço isso... Não é questão de merecimento e sim de coisas do destino

Não culpe o destino... Não o estou culpando, estou feliz com ele
Não posso ouvir isso... Não ouça... Simplesmente aceite
Não seja cruel... Não é crueldade, é a verdade
Não abra esta porta... Não me impeça
Não vá embora... Não vou... Já fui
Não me diga adeus... Não vou dizer
Não, mil vezes não, não vou te perdoar... Não me perdoe, me esqueça!

POR UM PEDAÇO

Aceito a tua ausência
Sem valorizar a solidão
Sei que estou dividido
Metade de mim é saudade
E o resto... Ilusão

Aceito a tristeza
Sem dar forças ao desespero
Sei que estou partido
Metade de mim é pranto
E o resto... Coração

Aceito a dor
Sem contar o tempo
Sei que estou separado
Metade de mim é corpo
E o resto... Lembranças

Aceito a vida
Sem esquecer o passado
Sei que estou aberto
Metade de mim é amor
E o resto... Ferida

Aceito o fim
Sem renegar os meus sentimentos
Sei que estou vivo por um pedaço
Metade de mim é você
E o resto... Esperança

EU EXISTO

Quero um alguém que seja diferente de todos que eu já tive...
Pode ser um herói destemido que tenha medo de ratos
Mas que enfrente o mundo em nome do meu amor
Pode ser alguém de sorriso fácil
Mas que jamais brinque com os meus sentimentos
Alguém introvertido, muito sério e de poucas palavras
Porém, no momento certo, grite ao mundo o que carrega dentro do peito
Alguém que se encaixe em mim
Que se molde aos meus apelos
E que se transforme em quantos forem necessários para me satisfazer
Mas que tudo seja em um processo natural e sutil
E nunca de uma forma obrigatória e quase vil
Pode ser alguém difícil de entregar o seu coração
Porém que seja fácil de ser entendido, por carregar consigo o eterno desejo de perdoar

Pode ser alguém cheio de defeitos

Mas que eles nunca sejam desculpas para mudar o seu jeito de me tratar

E que eles nunca se transformem em motivos para diminuir aquela afeição inicial

Porque o nosso amor estará além do certo e do errado

Estará acima do bem e do mal

Quero um alguém que me tire desta mísera rotina

E me faça sentir prazer em fazer as mesmas coisas

Porque elas serão feitas de formas diferentes e em lugares variados

Quero alguém...

Alguém que me faça desejar, ouvir sempre as mesmas palavras

Porque elas serão ditas em tons diversos e em momentos inesperados

Alguém que me faça sentir gosto em dormir e acordar olhando o mesmo rosto

Porque nele encontrarei sempre a mesma magia do primeiro encontro

Quero alguém que me preencha sem me tocar

Alguém que me diga o que eu desejo ouvir só pelo seu olhar

Alguém que se sinta realizado por amar e ser amado

Alguém...

Que seja feliz... Por me fazer feliz!

SINAIS

É preciso ficar surdo... Para escutar a voz dos sem voz!
É preciso cegar o pecado... Para enxergar além de nós!

É preciso se sentir só... Para aprender a voar!
É preciso ter santidade... Para estender a mão a quem pecar!

É preciso entender Hitler... Para saber a força do terror!
É preciso seguir Gandhi... Para fortalecer a paz e o amor!

É preciso ter luz... Para se proteger das trevas!
É preciso ter esperança... Para saber o valor das rezas!

É preciso lembrar de Sodoma... Para não se esquecer de Gomorra!
É preciso respeitar a carne... Para que o espírito não morra!

É preciso doar... Para conhecer a gratidão!
É preciso dar um passo certo... Para se livrar dos caminhos em vão!

É preciso ter fome... Para se alegrar com pão e vinho!
É preciso nobreza... Para usar uma coroa de espinhos!

É preciso conhecer a dor... Para saber agradecer!
É preciso aceitar a morte... Para aprender a viver!

É preciso ter humildade... Para louvar o amanhecer, a chuva, as flores, o infinito, a cruz... e tantos outros sinais!
É preciso acreditar... Para se sentir um amado grão de areia... e não temer os vendavais

O VERSO

Você não me ensinou a falar...
Mas me fez calar a boca

Você não me ensinou a andar...
Mas me mostrou como tropeçar

Você não segurou na minha mão quando tive pesadelos...
Mas bebeu comigo quando falei dos meus fantasmas

Você não me ensinou o bê-á-bá...
Mas me reprovou muitas vezes por faltas

Você não me ensinou a rezar...
Mas me mostrou os seus pactos

Você não foi o meu primeiro amor...
Mas chorou de tanto rir quando soube quem era

Você não me serviu de exemplo...
Mas gritou comigo para que eu acordasse

Você não me ensinou nada...
Mas. também, nada me pediu

Você não me deu à luz...
Mas como um aborto me pariu de volta pra vida

Você não foi o avesso das minhas atitudes...
Mas na minha frente... Me mostrou como era a frente e o verso das
minhas virtudes

ETERNA CANÇÃO

Os meus olhos pairando sobre o seu corpo...
Parecem um teclado, que inspira sedução
E que dão melodia ao meu existir,
Nascendo uma eterna e nova canção
Nada é mais puro, nada é mais doce
Nada mais que a pureza do seu ser
Envolvendo-se na doçura do meu infinito
E meus olhos se esquecem da vida
Mas o sino badala
O vento sopra
E a lua nos presencia
Fazendo por um instante o teclado emudecer
Até que seu corpo se faz melodiar
E aprendo então... A tocar o silêncio
E mais uma vez...
Vivemos uma eterna canção
E assim o relógio desperta
O dia amanhece
E a janela se abre
Mas meus olhos nada veem
E o teclado é só melodia
Tudo é inspiração...
Tudo é nada mais que a melodia da nossa vida...
Inspirando um silencioso prazer
Nada é mais infinito, nada é mais eterno
Tudo é uma infinita canção
Nascida da eternidade do meu olhar

Escrito em 6 de fevereiro de 1981

OS SAPATOS DO VIZINHO

Alguém precisa dizer a verdade...

Alguém precisa mostrar que nem tudo são flores...

Alguém!

Alguém... Igual a você!

Alguém... Com coragem...

Com coragem de mudar e se sentir medo... Chorar...

Que tenha vontade de querer consertar...

Mesmo sabendo... Que nem tudo terá conserto

Alguém... Que tenha o desapego...

E que não tenha receio... De perder o sossego

Alguém... Que seja quase santo...

E que não se cubra com um manto... Diante de seu algoz... No espelho

Alguém... Predestinado...

E que seja vacinado... Contra a raiva...

Para que se preciso for... Morder o seu próprio ego

Alguém... Que simplesmente não assuma a carapuça... e sim,

Alguém... Que se encare e se auto desmascare

Alguém...

Alguém... Igual a você!

Que quer se tornar alguém melhor...

Alguém... Que para acordar... Precise apenas de um empurrão...

Mesmo que seja isso... Um simples bordão...

Alguém... Que talvez desconheça o perdão, mas que tenha vontade de aprender a não julgar

Alguém... Que quebre a barreira da mesmice...

E não fique repetindo... Eu disse! Eu disse! Eu já sabia!

E sim...

Alguém...

Que não se sinta uma agulha num palheiro...

Nem tampouco... A mais doce guloseima do padeiro...

Mas alguém... Que procure dia a dia...

Descobrir nos pequenos gestos a grandiosidade dos sentimentos
Alguém... Que realmente queira...
Dizer e viver a verdade!
Dizendo a si mesmo... Que os sapatos do vizinho... Estão sujos...
Porque você não varreu... A sua calçada!

UM A MAIS

Acreditar sempre foi o meu forte...
E, por consequência, me entregar sempre foi o meu fraco
Encontrar um grande amor, mais do que um sonho...
Sempre foi uma necessidade do meu coração
E foi em nome dessa carência que você me apareceu...
Me tirou do sério, me fez perder a razão...
Me deixou alucinado, louco de paixão
Você me fez ficar contra o mundo, dizendo...
Que, no nosso caso, as evidências e as aparências não faziam sentido, não tinham nenhum valor... Porque quem ama confia
E foi em nome desse amor...
Que eu suportei o seu mau humor
Fingia que não via os seus atrasos sem explicação
Fingia que não sentia os seus beijos sem graça, nas noites sem emoção
Você, que já não me quer mais...
É a mesma que um dia jurou me amar demais...
E hoje a minha presença tanto fez... como tanto faz
Você, que dizia sermos o mais lindo dos casais...
E agora relembra os nossos momentos como se eles fossem coisas banais
Me diga, olhando nos meus olhos, se fui alguém na sua vida...
Ou se não passei apenas de um a mais...

No amor, qualquer semelhança é mera semelhança

MEU ORGULHO

Oh! Símbolo glorioso
Me alagas os olhos
Me despertas o coração
Me orgulhas o peito
Me agigantas os sonhos

Oh! Grandeza gentil
Do amado Brasil
Oh! Idolatrada nação
És guarida de meu irmão

Oh! Símbolo glorioso
Que batalhaste no passado
O respeito do presente

Oh! Soldado recruta
Espelha-te no herói do passado
A segurança do presente

Oh! Grandeza gentil
Do amado Brasil
Oh! Idolatrada nação
És guarida do meu irmão

Homenagem ao meu querido irmão Osvaldo Mendonça,
quando ele serviu o Exército brasileiro em 1980

ÚNICA MANEIRA

Preciso sonhar
Sonhar muito...
Para não permitir que a saudade torne a minha existência sem graça

Preciso sonhar
Para quando eu me sentir como uma cachoeira de águas congeladas
Eu não permita que a tristeza me faça cair em desgraça

Preciso sonhar
Preciso do tempo
Preciso do vento
Preciso do tempo e do vento... Do vento e do tempo...
Para que um me leve e o outro me traga
Para que um me resgate...
E o outro me toque e, assim, me prove que ainda estou aqui...

Preciso sonhar
Para quando eu me sentir como uma abundante cachoeira de águas límpidas,
Na solidão da madrugada, eu me socorra e não deixe...
Que as meninas dos meus olhos se afoguem
E o meu coração agonize com sede

Preciso sonhar
Para ter coragem de aceitar...
Para ter forças de assumir...
Que eu gosto de mim quando estou deprimido
Porque assim não consigo fingir
Que eu gosto de mim quando estou sozinho

Porque assim não preciso mentir
Que eu gosto de mim quando sonho com o meu amor
Porque é a única maneira que eu encontrei de ainda me sentir vivo...

SENTIR VONTADE 1

Não quero te cobrar...
Porque não é uma dívida
Não quero ficar te pedindo...
Porque não se trata de um favor
Não quero discutir...
Porque não é uma briga
Não quero te forçar a nada...
Porque não seria amor
Não quero também que você faça por fazer...
Porque não sou uma máquina
Não quero te ensinar a como sentir vontade
Porque eu mesmo não a sinto...
O que tenho é muito desejo... Por você

SENTIR VONTADE 2

Nada mudou...
Até parece que não foi ontem que a gente conversou
Tenho certeza de que você me escutou

Mas o seu comportamento em nada ajudou
Não quero ser repetitivo de que ninguém errou
Mas também não posso aceitar o que a sua indiferença me causou
Você nunca sentir vontade já me cansou...
Quando você quiser... Sabe que terá o que procurou...
Por ora, já deu minha hora, acabou...

HOMEM SOZINHO

Não temo a estrada escura
Nela fiz moradia
As estrelas como abajur
A lua como solitária companhia

Sou mula cansada
Sou pássaro livre ao vento
Minhas cicatrizes são meus tesouros
A saudade é página perdida de meu testamento

Nunca amei
Não senti o sabor de uma paixão
A minha história é tão triste
Como quase todas deste mundo cão

Não plantei uma rosa
Nem em seu perfume me embriaguei
A vida nunca me sorriu
E eu com o mundo nunca me importei

Sou retirante do destino
Amante dos caminhos sem fim
Filho órfão de nascença
Apenas Deus olha por mim

NÃO PROMETA NADA

Não prometa nada...
Apenas se entregue, se doe
Dê o seu melhor
A sua mais bonita e verdadeira atenção
Faça a sua pessoa amada se sentir amada
Mostre a ela que a felicidade dela é a sua felicidade
Não prometa nada...
E, muito menos, não queira lhe dar o céu e a terra, pois...
Os presentes podem brilhar, impressionar, mas não criam raízes
E não trazem paz de espírito
Dê apenas as coisas mais simples e puras que brotam de dentro de você
Isso alimentará e enraizará o respeito e a amizade
E, assim, o amor se fortalecerá naturalmente dia após dia
Até que não exista mais lugar para o ego, o ressentimento e a intolerância
E existam somente a cumplicidade e um incontido e prazeroso desejo...
De fazer feliz quem amamos
Sem nada em troca esperar...

APENAS QUATRO HORAS

Um cacho de uvas rosadas
Algumas cerejas
Um bocado de mel
E você toda nua chegando ao céu

Que maravilha
Que delícia
Te amar, te saborear
E o suor no seu corpo provocar

Delírios, suspiros... que emoção
Sentir o bater acelerado do seu coração
E extasiados de prazer
Juntos adormecer

É minha, toda minha
E de mais ninguém
Ficamos juntos, apenas quatro horas de felicidade
Mas em meu peito parece ter sido uma eternidade

Que pena não ficarmos juntos
Que desperdício de amor
E do destino é uma insensatez
Não podermos ficar juntos, para sempre, de uma vez...

NADA SABIA

Ontem...
Eu pensei que me conhecia
Eu acreditei que me regia
Eu apostei que me conduzia
Eu duvidei de que me descontrolaria
Eu sempre imaginei que me bastaria
Eu tinha certeza de que jamais o meu norte perderia
E hoje...
Eu sei de que nada sabia...
E torço muito para que as coisas que fiz, falei e desejei...
Não tenham afetado o rumo das vidas daqueles com quem caminhei

A FLOR E O ESPINHO

O cheiro... É o remetente
O abraço... É a carta
O beijo... É o endereço
O desejo... É o segredo
O sentimento... É a alma traída
A madrugada... É o corpo solitário
O poema... É a dor
A lágrima... É a ferida
O pensamento... É o mentor
O motivo... É o ódio
O coração... É o juiz

A palavra... É o adeus
O olhar... É o carrasco
A mão... É o instrumento
A bainha... É a cúmplice
A espada... É o sangue dos infiéis
A raiz... É o homem traído
A flor... É a dama adúltera
O espinho... É o amante
O vaso... É a masmorra

ESTOU CERTO

Estou perto do que nunca sequer imaginei conhecer, o que dirá de ficar perto
Estou aberto ao que jamais o sonhei fechado, quanto mais a vê-lo aberto
Estou coberto, mas de coração frio e descoberto
Estou liberto das correntes, mas da mágoa não me liberto
Estou certo... De que não sei mais o que é o certo

ABANDONADO

Os encantos se perderam pelos cantos
Os teus sentimentos vieram e se foram feito uma rajada de vento
As tuas juras de amor...
Ainda ecoam dentro de mim, trazendo desilusão e dor

As flores plantadas no nosso quintal...
Não tiveram forças para fazer deste amor um imortal
As lembranças dos teus carinhos...
Ferem o meu peito feito espinhos
A ternura do teu olhar
Que outrora me fazia sonhar...
Hoje traz ao meu coração o medo de amar
E das noites de loucuras...
Restaram apenas uma cama vazia... E uma vida repleta de amarguras
De nós... Nada restou...
Além de um que criou fantasias e de outro... Que amou
E assim...
Se hoje ainda me sinto vivo... E por isso acredito na felicidade...
É porque vi algo renascer diante de mim...
Foram as flores... Do nosso abandonado jardim!

UM SIMPLES PASSO

As coisas simples estão em tudo...
No chique e no discreto
No elaborado, no certo e até no errado
No tempo que foi difícil
E na vida que tentamos ter, mas não obtivemos sucesso
Simplesmente porque ignoramos o que sempre nos equilibrou...
Darmos um firme, porém, simples passo de cada vez...

A ESTRANHA E O ESTORVO

Você falou... Eu não entendi
Eu falei... Você não me ouviu
Você não parece... Ser a mesma pessoa
Eu pareço... Que nunca fui... Quem pensei ter sido
Você me olhou diferente...
Eu não te reconheci ...
Você parecia estar sofrendo...
Eu apostava... Que era por mim
Você terminava as frases... Dizendo...
Que fazia tempo... Que as coisas estavam erradas...
Eu desconfiava... De que em tempo algum... Elas estiveram certas
Você se revelava... Uma estranha
Eu me sentia... Um estorvo
Você escondia estar feliz... Pelo nosso fim
Eu me julgava... Uma sombra nos seus planos
Você, do nada... Se fez presente...
Eu... Pensei estar sonhando
Você, depois de tudo... Se fez ausente...
Eu descobri... Que entre nós... Nada foi real!

ME AMARIA

Se eu fosse o tempo... Voltaria
Se eu fosse a saudade... Partiria
Se eu fosse o destino... Mudaria
Se eu fosse a lágrima... Secaria
Se eu fosse você... Me amaria

HERÓI VENCIDO

À minha volta tudo é incerto
Olho no espelho e reflito um deserto
Sinto no ar o cheiro das flores e grito ao vento o seu nome
Mas espinhos parecem me cortar a garganta
Lembro os nossos momentos bons
E os meus olhos se inundam
Meu coração sangra
E me torno um herói vencido
Um menino sem sonhos
Uma sombra da minha própria sombra
Um fugitivo das lembranças
Um refugiado dos sentimentos
Um escravo da solidão
E um servo da saudade

ETERNO CLAMOR

O meu primeiro tombo...
Eu nem sequer conseguia erguer o lombo
O meu primeiro pecado...
Eu nem sabia o que era certo ou errado
O meu primeiro trabalho...
Eu nem imaginava que ele seria o início dos meus grisalhos
O meu primeiro poema...
Eu não tinha a noção de que ele faria de mim um dilema
E o meu primeiro amor...
Eu não sonhava que ele seria da minha vida um eterno clamor

QUEM SABE AMANHÃ

Um rio que secou a chuva pode salvar
Um botão de flor, no meio do deserto, pode desabrochar
Na vida nada é definitivo
Para o amor nada é impossível
Nenhuma saudade é para sempre
Porque um dia, seja na vida seja na morte, ela irá terminar
E nenhuma tristeza é infinita
Porque nem o dilúvio durou mais de 40 dias

Amor,
A sua falta me ensinou a enxergar...
O que existe por trás de um olhar tristonho
E a ler os sonhos por meio das lágrimas

Amor,
O tempo me mostrou que não existe amor verdadeiro... Que possa ser
esquecido...
Por isso, eu me lembro de você todos os dias
E rezo para não anoitecer, porque tenho medo de morrer
Antes de te amar mais uma vez

Amor,
A nossa separação não foi o fim
Porque sinto aqui dentro de mim
Um rio que corre em direção ao deserto e, se tudo der certo,
O nosso amor, feito um botão de flor, irá desabrochar

Amor,
Quem sabe, amanhã...
Você me procure e a sua presença cure
As feridas do meu coração

Amor,
Quem sabe amanhã...
Você volte para ficar
E o seu amor me tire o medo
De ver a noite chegar...

ELEIÇÃO FINAL

Ao nascermos, não escolhemos ou elegemos nossas famílias
Mas nossas vidas são feitas de escolhas, ou melhor, de eleições, que fazemos diariamente
Elegemos nossas companhias, nossos atos, nossos sentimentos e pensamentos
Além do trivial, nossas roupas, calçados, alimentos, enfim, elegemos tudo à nossa volta
Assim...
Precisamos nos atentar a essas nossas eleições e a como tratamos nossos aliados, partidários ou não
Pois isso determinará quem somos, o que queremos de nossas vidas e o que os outros, elegíveis ou não, enxergam e sentem de nós
Isso porque também fazemos parte das vidas alheias, assim, nos tornamos elegíveis ou não para eles
Tudo depende de como vivemos o nosso mandato, ou seja, de como administramos, conduzimos as nossas vidas
Ninguém terá 100% do eleitorado a favor, mas é importante fazermos e elegermos o nosso melhor sempre. Pois haverá o dia em que o nosso mandato chegará ao fim...
E aí teremos a eleição final, onde seremos um dos eleitos, ou não!
E segue um aviso importante... Não haverá o segundo turno...

CORRERIA DO DIABO

Todos os dias...
Acordo com as contas no vermelho
Mal tenho tempo de me olhar no espelho
Me pego correndo atrás do rabo
É uma correria do diabo
E ao anoitecer... No colo de minha amada me sinto um privilegiado
Todos os dias...
É sempre a mesma pressão
Não há como escutar o coração
O tempo me sufoca nos momentos fracos
Me vejo a pentear macacos
E ao anoitecer... Nos seus olhos, recomponho os cacos
Todos os dias...
Mato um leão
Faço das tripas coração
Assino um atestado de loucura
Sobrevivo na base da bravura
E ao anoitecer... Me amparo em sua candura
Todos os dias...
Entrego minha vida a Deus
Acredito nos sonhos meus
Vivo refém da fadiga e da dor...
Morro em busca de valor
E ao anoitecer... Adormeço nos braços do meu amor

PENA MÁXIMA

Roubei...
Para vingar a minha infância roubada
Matei...
Porque não tive escolha...
Sofri agressões e abusos por parte de familiares... então, era eu ou eles
Menti...
Pois se dissesse a verdade me chamariam de louco
Enganei...
E não me condeno
Fiz o que a maioria das pessoas faz
Escrevi...
Nas paredes de minha cela o que sentia da vida
E aqueles que sabem ler e escrever... Só conseguiram ver rabiscos

UM DIA FOMOS SEIS

Tudo começou com dois e, bem rapidinho, em cinco anos e meio, viraram seis...
Passado um bom tempo, chegaram o sétimo e a oitava
Do enlace da quarta com o sétimo, nasceram a nona e a décima
E do enlace do terceiro com a oitava, nasceram o décimo primeiro e o décimo segundo
Neste intervalo de tempo, chegou a décima terceira, que se enlaçou com o quinto, e aí nasceram a décima quarta e a décima quinta
Bem próximo a este período chegou a décima sexta, que se enlaçou com o sexto

E nasceram a décima sétima e a décima oitava

Os que nasceram desses enlaces cresceram e trouxeram agregados, e acabamos por nos tornarmos 25

Porém, pouco tempo depois, nos tornamos 23, pois o sétimo partiu e dois anos após o número um também nos deixou...

E como lei natural das coisas, os novos enlaces resultaram em nascimentos

Assim...

Do enlace da décima com o décimo nono, nasceram a vigésima quinta e o vigésimo sétimo

Do enlace da nona com o vigésimo primeiro, nasceu a vigésima oitava

Do enlace do décimo primeiro com a vigésima terceira, nasceram o vigésimo sexto e a trigésima segunda

Do enlace do décimo segundo com a vigésima quarta, nasceu a trigésima

E do enlace da décima sétima com o vigésimo nono, nasceu o trigésimo primeiro

Do enlace da décima quarta com o vigésimo segundo ainda não nasceu ninguém

E do enlace da décima quinta com o vigésimo também não nasceu ninguém

Informações extras...

A décima oitava está sozinha...

Há notícias de que do enlace do décimo primeiro com a vigésima terceira tem mais um a caminho, o que será... O trigésimo terceiro (António nasceu dia 02 de fevereiro de 2022)

Dizem também que o número 19 teria uma filha de 20 anos...

Fruto de uma aventura na praia do litoral paulista

E o número cinco também teria um filho de mais ou menos 40 anos...

Fruto de uma paixão antiga numa cidadezinha do interior paulista

Mas, pode ser fake news

UM ATO

Quanto mais me sinto fragilizado
Menos sorrio e mais fico calado
Um ato normal...

Quantos mais os meus sonhos abandono
Menos tenho a ensinar e cada vez mais perco o sono
Um ato involuntário...

Quanto mais procuro não chamar a atenção
Menos reclamo, porém, mais e mais... Sou motivo de preocupação
Um ato sem controle...

O QUARTO

O quarto onde nasci...
É somente um quarto
Nada mais do que um simples quarto
Menor de que quatro por quatro
Um quarto onde minha mãe...
Me deu à luz
Me deu a vida
Me alimentou
Me cuidou
Me tratou
Fez sonhos, sorriu e chorou

Me desejou o mundo
Me amou, desde sempre,
E me abençoou para a vida

TRIUNFO SOBRE A DOR

Quero errar neste certo momento
E me perder no encontro dos nossos desejos
Me libertar neste infinito abraço
Ser uma criança neste adulto sentimento
Sentir este sol, que brilha, na noite do nosso amor
E ver o mundo inteiro debaixo deste branco lençol
Morrer de sede neste mar de delírios
Ser o dono deste incomparável sentimento
Matar o tempo perdido, fazendo nascer só a realidade
Lembrar que vivo, esquecendo que existo
Sentir a dor neste triunfo de amor

MAS

Posso esquecer o quanto bebi...
Mas não o motivo do brinde

Posso não me arrepender do que fiz...
Mas assumo a responsabilidade

Posso ser muitos em vários momentos...
Mas sou um só, quando o assunto sou eu

Posso errar a conta...
Mas não o sinal da operação

Posso não dar o amor que algumas pessoas merecem...
Mas nenhuma delas pode me acusar de omissão em suas vidas

HOJE NÃO ME ACEITO

Sempre conheci os teus caminhos
Sempre apaziguei os teus medos
Sempre busquei os teus sonhos
Sempre norteei os teus horizontes
Sempre acalentei os teus vazios
E hoje...
Não me encontro
Não me basto
Não me realizo
Não me entendo
Não me aceito
E assim... Não preencho mais o teu existir

MISSÃO DE PAZ

Eu não conheço o que está por vir... O desconhecido destino
Mas ele me conhece
Então, assim... de certa forma somos conhecidos
E isso me leva ao entendimento...
De que não existe o desconhecido
E, sim, existe apenas...
O que ainda não me foi acontecido, revelado ou apresentado
Muito prazer...
Estou em suas mãos
Estou sob os seus domínios
E eu não o subestimo, mas também não o temo
Pois existe algo que você não conhece em mim
E que não pode ser por ti controlado
Assim...
Façamos um trato...
Você haja e siga livremente no seu tempo
E eu sigo lutando e me apegando à minha fé
E iremos nos conhecendo melhor, pouco a pouco
De tempos em tempos...
Quando forem chegadas as horas
Pela minha vida afora
Você sempre chegará sem avisar, mudará os meus rumos e partirá sem
se despedir
E eu, todas às vezes, lhe olharei firmemente bem dentro dos seus olhos
Para que tenha a certeza de que chorando ou sorrindo...
Eu irei por muito tempo a suas visitas resistir
E a minha vida seguir...
Até que chegue o nosso último encontro...
Onde, já devidamente apresentados, virá em missão de paz...
Apenas para fechar os meus olhos, cansados de lutar

PANDEMIA

Pior do que ficar isolado...
É se sentir desolado

Pior do que a falta do abraço de um querido ente...
É se desenvolver o medo de gente

Pior do que higienizar tudo e ver o mundo da sacada...
É nunca ter se sentido com a alma lavada

Pior do que usar uma máscara para ir e vir...
É estar perdendo a vontade de sorrir

Pior do que não se encontrar uma vacina que nos dê no final do túnel
uma luz...
É se esquecer de tudo o que nos representa a cruz

Pior do que achar os números de óbitos uma coisa normal...
É, corriqueiramente, desejar ao nosso semelhante o mal

Pior do que o vazio de não se poder sepultar uma pessoa amada, por
causa da contaminação...
É o remorso de quem, durante sua vida, não quis lhe estender a mão

Pior do que nesse caos perder o emprego, falir ou sujar o nome...
É ignorar, que há tempos, muitos estão morrendo de fome

Pior do que se assistir com aflição ao sensacionalismo dos telejornais...
É se perceber que uma multidão não está entendendo os sinais

Pior do que vermos governante, corrupto, cuidando de sua vaidade...
É ser omisso e sempre justificar o voto quando a urna é a fraternidade

Pior do que ouvir muitos dizendo que querem o seu mundo de volta, amém...
É não saber em que planeta eles viviam, onde estava tudo assim tão bem

Pior do que termos de mudar nossas vidas por causa da dor...
É estarmos jogando fora a chance de mudarmos o mundo por falta de amor

Pior do que dia a dia achar que o pior ainda está por acontecer...
É não enxergar que, apesar das lágrimas, ainda existem muitos motivos para se agradecer

AINDA CONSIGO SONHAR

Quando era bebê...
Chorava e mamava...
E não me importava em golfar e dormir fartamente
Quando era criança...
Brincava, corria e crescia
E não me importava com os arranhões de pernas e braços
Quando era jovem...
Estudava, namorava e sonhava muito
E não me importava com as espinhas no rosto
Quando era homem maduro...
Trabalhava e uma família sustentava
E não me importava com a vida simples que levava
Agora que sou um ancião...
Cochilo, acordo e esqueço das coisas, cochilo novamente, acordo e às vezes...

As pessoas não as reconheço

Mas não me importo muito com as minhas limitações...

Porque como um jovem ainda consigo sonhar... só que agora... apenas um pouco

Escrito em 8 de maio de 2021

PEDACINHOS

Um abraço...
Não traz ninguém de volta, mas nos mostra que não estamos sós

Uma palavra...
Não nos devolve nada, mas conforta o momento de aflição

Um afago...
Não nos tira a dor da perda, mas nos acalenta a alma

Um beijo...
Não nos faz parar de chorar, mas ameniza a nossa agonia

O amparo...
São pedacinhos do céu, habitando nos corações humanos

E o tempo...
Lentamente rega com as nossas lágrimas o vazio árido e cheio de estacas encravadas
E o transforma em solo fértil cheio de flores, mudando a dor da tristeza em saudade...

UM PONTO

Um ponto eu concordo
O resto peço acordo
Não aceito esbordo
E nada fora deste bordo
Se sobrar eu mordo
E se faltar eu discordo

O GUERREIRO

Sob as bênçãos de Deus, atravessou o oceano
E com o coração em pedaços, deixou para trás a sua terra querida
Lutou contra a saudade, o preconceito e as peripécias do destino
E venceu na terra escolhida

Homem forte, muitas vezes de frases rudes
Trazia consigo a força de vida de uma criança
Aqueles que com ele conviveram e conheceram o seu legado
Aprenderam, da maneira mais nobre, o verdadeiro sentido do que a vem ser a esperança

Jamais se abateu diante das derrotas
Porque os seus sonhos tinham o valor do ouro
Ensinou a seus filhos e netos
Que a palavra de um homem é o seu maior tesouro

Coragem e honra eram a sua espada
Nada temia, além da morte
Porém, para salvar um ente querido do perigo
Entregava a sua vida à própria sorte

O vinho era um elixir que regava de prazer suas entranhas
Piloto era o seu apelido e Antônio Mendonça o seu nome
O fado era o seu amigo do peito
E o trabalho seu maior aliado contra as lembranças da guerra e da fome

E, agora, o guerreiro descansa em paz
E os seus pequenos olhos verdes são guiados por anjos de cabelos cor de mel
Em seu coração não há mais sinais de luta
E de suas glórias ele desfruta, plantando flores perfumadas nos jardins do céu

Homenagem ao meu querido pai,
Antônio Joaquim de Mendonça (in memoriam)

QUANDO EU VOLTAR

Quando eu voltar...
Vou estar mais forte
Mais confiante
Menos triste...
Ou talvez, quem sabe, mais alegre
Mas vivo...
Ou, simplesmente, me sentindo existir

Quando eu voltar...
Não contarei a ninguém
Porque não sei quem percebeu ou se importou
Com a minha falta...
Mesmo estando comigo, quase todos os dias...

SEMPRE

Ganhar e perder
Que venha o amanhã...

Desejar e faltar as palavras
Que um beijo seja roubado...

Sorrir e chorar
Que não faltem sonhos...

Acreditar e desistir
Que a esperança persevere...

Viver e morrer
Que sempre haja luz...

TERRA FIRME

Esta noite tive um sonho...

Em que eu era um homem do mar

E estava no meio do oceano, envolto em uma terrível tempestade...

Na qual enormes ondas sacudiam e pareciam querer engolir a embarcação

Apesar de muitos anos de experiência, estava eu, apreensivo, diante da pior das batalhas travada com a força da natureza

Assim, agarrado a um móvel no convés, procurei me acalmar...

E, para isso, nada melhor do que me lembrar de minha amada

Esta que provavelmente estaria dormindo como um anjo e sonhando comigo

Me propus, então, sonhar o sonho dela...

Em que nós caminhávamos de mãos dadas por um lindo gramado, este que estava forrado de ipês de cores variadas

E. assim, nossos pés ficaram marcados num tapete florido e nossos corações repletos de amor diante de tanta beleza e paz

Enfim, acordei...

E a Deus agradeci por mais esta oportunidade de viver e ser feliz...

E a meu lado, minha amada, com um dos braços sobre o meu peito, velando o meu sono, me protegendo com o seu amor

Porém, no sonho de minha amada, sonhado por mim...

Ela, ao acordar, só lhe restou de nós a doce lembrança...

De nossas pegadas pelo gramado florido, pois foi esta a minha última vez em terra firme

DIA DOS POETAS

O poeta nada mais é do que um charlatão
Pois ele se apropria das criações divinas
E da emoção de algum distraído coração
Ele diz... Ter pintado o arco-íris
Inventado o doce suspiro da donzela
Extraídos sorrisos com o tombo do palhaço
Dado coragem ao jovem guerreiro
Revestido a lua com a cor prata
Salgado as águas do mar
Ter visto Pedro negar Cristo
Perfumado e encantado as flores
Criado o universo e dado luz às estrelas
Mas na verdade o poeta só possui duas humildes habilidades...
Chorar pelas mãos, ao escrever os seus poemas, mostrando o lado mais verdadeiro e profundo das alegrias e tristezas da vida
E, com isso, ele consegue também extrair dos corações de seus leitores a mais pura e gratuita emoção... Ao terminar o seu poema com um ponto de exclamação!

CAFÉ AÇUCARADO

Tava de ovo virado
Muito encolerizado
Pra lá de irado
Tomei um barril com um líquido atrigueirado
Me vi no meio de um arribanceirado

Me tornei agrosseirado
Perdi um dente dourado
E chegando em casa tomei um café açucarado

NO FINAL DAS CONTAS

Fiz as minhas contas...
Um balanço geral
E no final das contas
Sem nada te cobrar
Vi que não valeu a pena
O tanto que me dei
O tanto que me entreguei
Para este amor dar certo
Fiz as minhas contas...
Um balanço, subtraindo a ilusão
E vi que quem pagou caro
Foi o meu coração

QUERIDAS

O tempo me levou tantas coisas...
Mas sinceramente não me importo...
Porque, de muitas delas, eu mesmo não cuidei
E outras tantas... Com carinho as guardei dentro do peito

A vida me negou muitas felicidades...
E muitas vezes... Acabei por culpar o mundo
Mas não me arrependo de nada...
Porque o único sem pecado... Morreu na cruz
Os sonhos me deram várias rasteiras...
Eles me levavam aos céus... E eu... Acordava na fogueira...
Nada que algumas noites em claro não resolvessem
Coisas do destino... Coisas de quem tem coração
Já as boas lembranças vivem me acariciando...
E a minha doce amada, em momento algum, me faltou...
Estas duas queridas dádivas são cruciais para mim, como o ar
Elas sempre me acompanham e me socorrem... Na hora de sorrir ou de chorar

ALÉM DE VOCÊ

Sou capaz...
De mentir, de iludir
De plantar um álibi
De enganar e de me virar em dois...
Só para passar algumas horas fazendo amor
Mas sou incapaz de dar esperanças...
Sou capaz...
De dizer que amo
Que pertenço
E que não existe mais ninguém
Mas sou incapaz de jurar...
Sou capaz...
De viajar nas fantasias

De viver os sonhos
De fazer feliz...
E, de coração aberto, me sentir realizado
Mas sou incapaz de entregar o meu amor...
A alguém... Além de você!

QUEM

Quem curava agora está morrendo
Quem salvava agora está em perigo
Quem respeitava agora cansou de pedir respeito
Quem governava agora está preso
Quem protestava agora está no poder
Quem orava agora comete crimes
Quem amava agora continua amando...
Só que com medo da pessoa amada

BALA PERDIDA

Hoje...
A noite está tão longa...
O céu está forrado de estrelas
A lua parece tão perto...
Que tenho a impressão de que posso tocá-la
Não sei onde estou

Não sei quem sou
Não sei como aqui cheguei...
Nem por que estou nu
Não sinto frio... não sinto sede, nem fome
Não sei o que é saudade
De nada me lembro...
Apenas tenho uma vaga lembrança...
Era noite...
Estava eu em uma avenida, em um cruzamento
Lembro-me do barulho dos motores, das buzinas e ao longe de uma sirene
Lembro-me também...
De um vulto passar apressado por mim... E logo ouvi um estampido!
Nada mais...
É só!
É só do que me lembro!
Estava só...
Ainda estou só...
Mas não me sinto só!
Não sinto medo... Não me sinto acuado... Nem tampouco assustado!
Apenas... Surpreso!
Diante de tanta imensidão...
Diante de um brilho intenso à minha volta...
Diante de uma energia infinita no ar...
Apenas... Surpreso!
Por presenciar um silêncio profundo...
E por sentir... Uma paz eterna!

BATALHAS SILENCIOSAS

Já desisti de algumas batalhas, antes mesmo de elas se iniciarem
Em outras, me dei por derrotado, antes do seu final
E perigosamente, em outras tantas, me senti vitorioso, sem lutar...
E acabei sendo surpreendido
Em todas essas batalhas...
Sangue e suor foram derramados...
Dor e ódio se fundiram...
Coragem e medo me alimentaram o espírito
Lágrimas e armas brotaram dentro do mesmo peito
E a vida seguiu... Batalha após batalha...
Não existia momento certo para os seus inícios
E muito menos dias exatos para os seus términos
Podia ser uma batalha de alguns minutos, porém, avassaladora
Como também podia ser uma batalha branda... Mas sem fim
Batalhas diárias...
Batalhas... nem sempre necessárias...
Porém... Batalhas
Batalhas temíveis...
Quase todas imprevisíveis...
Mas nem todas deixaram marcas...
Porém, isso não é um sinal de que elas foram menos ou mais dolorosas
Porque existem as batalhas silenciosas... Invisíveis....
Travadas dentro de mim...
Onde o meu ego luta contra os meus princípios
Onde a razão luta contra o meu coração
Onde a minha paz luta contra a paz alheia
Onde o meu instinto de sobrevivência luta contra os meus irmãos
E a pior de todas as batalhas...

Onde a minha fé luta contra as minhas provações
Pois o pecado me oferece uma vida, doce e lúdica, com sabor de vitória...
E a dura realidade do meu dia a dia... Me derrota...
Amargando e ofuscando a verdade e a gratuidade da luz... Que existe na esperança!

CASO URGENTE

Um ser inconsequente...
De mente doente
De corpo carente
É rio sem afluente
É bola de cristal sem vidente
Terra sem semente
Seu coração assusta a gente
Seu olhar é de escuridão reluzente
Sua insensatez é fluente
Sua ira é um impelente
Dos seus erros é um impenitente
É um ser de vida diferente
É conhecido por ser influente
Fruto de sabor ardente
Do bem é uma serpente
Do mal é uma vertente
Sua misericórdia é ausente
Seu sangue é quente
Sua tristeza é evidente
Sua solidão é aparente
A sua boca mente

Seu sorriso é iludente
A discórdia o faz contente
Da palavra é descrente
Desconhece qualquer ser munificente
Se julga onipotente
Seu intelecto é onisciente
Sua fonte de amor secou na nascente
E de Deus é um caso urgente!

CLARIFICAR

Sombras que vivem nas sombras
Sombras que ficam à sombra
Sombras que fogem das sombras... E se alimentam da escuridão
Sombras que cultivam sombras... E morrem de medo do clarão
Sombras que vagam... Que passam...
Sombras que procuram ajuda em suas próprias sombras
Sombras que resplandecem com as sombras
Sombras... Sem alma
Sombras... Sem calma... Sem direção
Sombras... Frias
Sombras... Sombrias... Sem calor
Sombras... Quentes... Que vivem das velas
Sombras que só aparecem nas janelas
Sombras... Solitárias
Sombras... Diárias... Sem sossego
Sombras que surgem em bandos
Sombras que se arrastam pelos cantos

Sombras que cegam os olhos
Sombras que atormentam
Sombras que acalentam... E se vão...
Sombras... Clarificadas
Sombras... Vislumbradas
Sombras... Esquecidas, corrompidas... E amadas
Sombras de seres adormecidos... Que buscam na luz... O perdão do Senhor
Sombras de seres refletidos...
Que buscam nas sombras... Acalento para a sofreguidão do amor...

COM O TEMPO

Com o tempo...
A semente vira alimento
O botão desabrocha em flor
O pequeno corpo cresce e envelhece
As brincadeiras da infância passam a ser doces lembranças
O amor se eterniza com a chegada do respeito mútuo
A felicidade passa a fazer mais sentido no coletivo
As palavras passam a ser medidas
Os pensamentos tendem a ser mais regrados
Os atos passam a ser cobrados
A verdade a ter peso dobrado
A dor alheia passa a doer em nós
A liberdade deixa de ser um símbolo de rebeldia
A consciência sai do plano espiritual e se materializa
O nosso mundo vira mundinho diante do mundo das pessoas amadas
Com o tempo...

A vida... Passa a nos cobrar...
As mentiras
As promessas
Os medos
As covardias
As dúvidas
As vitórias
O tempo que já passou...
E nos encurrala... No tempo, que ainda nos resta!

DITA E OUVIDA

Uma palavra...
Pode destruir... Ao ser dita quando mais tememos
Pode construir... Ao ser dita quando menos esperamos
Uma palavra...
Dita uma única vez, por uma única pessoa...
Com um único ideal...
Pode fazer sorrir
Fazer chorar
Dar ilusões
Invadir vidas...
E arrasar sonhos
Uma palavra...
Pode separar
Dividir
Criar o ódio
Dar esperanças...

E fazer brotar a saudade
Uma palavra...
Pode unir dois corpos
Unir duas almas... Em um só sentimento
Uma palavra...
Jamais deixará de ser... Apenas uma palavra...
Dita e ouvida!
Aceita e ignorada!
Amada e odiada... Por milhões de seres...
Em diferentes momentos...
E diferentes situações...
Vividas por um mesmo coração!

Escrito em 12 de abril de 2004

É ASSIM

De jeitos de menina... À alma de mulher
Dona de um corpo com curvas insinuantes... A senhora de atos relevantes
Capaz de ofertar noites prazerosas... A manhãs esperançosas
De um ser fatal... A um anjo com um amor imortal
Era assim... Que eu te sonhava!
De digna do norte... À devoradora do Sul dos meus desejos
De aprendiz das palavras... À mestra do dizer com o olhar
De rainha dos carinhos... À companheira incansável
De mãe das minhas filhas... À flor da minha inspiração
É assim... Que eu te sinto!
De luz dos meus olhos... A um animal que sangra

De defensora dos corações abertos... À guardiã de segredos
De um presente do destino... A um mistério do criador
De, de... a, à...
É assim... Que você é!
O complemento...
O sentido...
E a razão... Da poesia... Da minha vida!

NO MESMO ATO

Fechar os olhos...
E abrir a boca
Mover o corpo...
E sentir calor
Distribuir felicidades...
E esquecer os infortúnios
Ser vilão, bandido e mocinho... todos no mesmo ato
Mostrando as armas e revelando as suas estratégias...
Para encontrar a paz... Sentindo prazer...

EMARANHADO DE FIOS

Um corpo caído no meio-fio...
Sua vida esgueira-se lentamente por um sinuoso fio vermelho
Isso se deu ... Por amar uma linda dama, com sedosos fios alourados

Foi uma paixão repentina...
Enfeitiçada por coloridos fios da mais pura seda
E regada com vinho servido com requinte... No fio cristalino de majestosas taças
Formou-se um insano triângulo amoroso... Que ouriçou alguns grisalhos fios de barba
Nascendo assim... Um emaranhado de fios, atos e sentimentos...
Que desencadeou o fio cego da justiça, em nome da honra
É mais um caso de amor... Com um triste fim...
Que será descortinado, enfim... Pelo fio lúdico da poesia...
A dama adúltera carregará por todo o sempre...
O peso do julgamento desalmado... Imposto pelo fio apurado da língua do povo
O esposo traído, enclausurado, passa noites a fio em claro, por solidão e arrependimento
O pobre diabo... Que morreu de amor... Pelo afiado fio de uma navalha...
Não passava, apenas e tão somente... De um reles pecador... Fio de Deus!
E, por fim, a sua mãe chora de saudade, intermináveis e inconsoláveis fios de sal ...

CICLO

O tempo se foi...
Os sonhos adormeceram
As lembranças se perderam
As esperanças minguaram
Os olhos se fecharam
O ciclo acabou
A' vida passou...

TRÊS MARIAS

Quando as palavras lhe faltarem...

Saibam que sempre haverá um abraço a lhes ser dado

Que valerá por todas as palavras que, porventura, vocês gostariam de ouvir

Quando a tristeza provocada pela saudade lhes esfriar os corpos e a vontade de viver

Saibam que sempre haverá um doce momento a ser lembrado, que lhes aquecerá os corações e lhes trará um confortante sorriso...

Este que naturalmente tomara o lugar de suas lágrimas

Quando um aperto no peito, após consecutivas noites de desalento e de um vazio inconsolável, se apossar da vontade de vocês viverem...

Saibam que, mesmo assim, nada estará perdido, porque sempre haverá uma força

Invisível pairando sobre os seus ombros e sem que vocês a percebam lhes dará

Forças para continuarem lutando

Quando lembrarem da despedida e um nó na garganta lhes consumirem as alegrias...

Saibam que não importa o tamanho das suas perdas nem o tamanho das suas dores

Mas, sim, a grandiosidade da fé de vocês em acreditarem na eternidade da vida

Minhas queridas e adoradas Três Marias...

Saibam que a sua estrela-guia que partiu está mais viva do que nunca e mais perto

E radiante do que vocês possam imaginar

Vocês nunca estarão sozinhas

Sintam-se abraçadas pelo vento

Deixem o calor do sol e a magia da lua aquecerem as suas almas e vidas

Ergam as suas mãos para o céu e agradeçam aos momentos bons que viveram e sigam sempre em frente e nunca... Jamais...

Deixem que o vazio diante dos seus olhos seja maior do que o amor e a obra deixada pela estrela-guia em seus corações

Três Marias: Ni, Shirley e Bia
Estrela-guia: Cícero

FUGIR

Quem foge...
Foge de algo
De alguém... De alguma coisa...
Foge de tudo, de todos
Foge por fugir
Por precisar fugir...
Foge para não ser incomodado
Porque não quer ser encontrado...
Porque não quer encontrar
E não suporta... Sequer olhar...
Quem foge...
Foge porque deve
Foge porque não quer cobrar
E não aceita ser cobrado
Foge por medo
Por covardia
Porque não quer ver
Porque não tem coragem de rever...
Quem foge...
Foge por ter algo a dizer
Foge por não querer ouvir

E por não estar preparado a relembrar
Foge, pensando em ficar
Foge, querendo sumir
Foge por não assumir
E, por isso, foge... Querendo ser esquecido...
Quem foge...
Foge do que está à sua frente
Do que está por surgir
Foge do que está a seu lado
Do que vem a suas costas
Foge do que está fora de si
E, principalmente, do que está dentro dele mesmo...
Quem foge...
Foge por solução
Por aventura
Por decepção...
Foge do mundo... Querendo se esconder
Mas, na verdade... Muitas vezes...
Foge da vida... Tentando se encontrar...

Escrito em 9 de outubro de 2009

HOMEM SEM SOMBRA

Quando perdi a hora
Me senti... Perdido na vida...
Porque fazia algum tempo que eu não ouvia a sua voz
Quando perdi as chaves
Me senti... Trancado do lado de dentro...
Porque as luzes estavam apagadas
Quando perdi a sua companhia
Me senti... Sem o chão...
Porque as flores do nosso jardim estavam tristes sem o seu perfume
Quando perdi a capacidade de sonhar
Me senti... Vazio por dentro...
Porque nada me fazia sentir felicidade
Quando perdi a razão das coisas
Me senti... Culpado por você não me amar...
Porque eu deveria ter lhe ofertado o céu, além do mundo
Quando perdi a vontade de viver
Me senti... Um ser desprezível, sem sombra...
Porque fui tantas coisas nesta vida, menos... O homem que a fez feliz...

NA HORA CERTA

O tempo passou... Como tinha de passar
As coisas aconteceram... Porque tinham de acontecer
Nada é por acaso... Todos temos a nossa história
A vida não é igual para ninguém... Porque ninguém é igual a ninguém

Se os amores vieram e se foram... Se foram porque não eram amores
Você surgiu em minha vida... Porque tinha de surgir
Não foi durante... Uma tempestade
Não foi antes... De outrem
Não foi depois... De ninguém
Porque foi... Quando tinha de ser
Porque foi... Num belo amanhecer
Porque foi... No momento exato... Na hora certa...
Que eu tinha de renascer!

Escrito em 17 de julho de 2009

TAL QUAL AS FLORES

Quando eu deixar de pensar... As coisas vão melhorar
Quando eu deixar de me preocupar... Os pensamentos irão para o seu lugar
Quando eu deixar de me iludir... Os dias vão fazer sentido
Quando eu deixar de te procurar... As noites vão ser mais curtas
Quando eu deixar de escrever poemas... As flores vão chorar
Quando eu por acaso te encontrar... Os meus olhos, tal qual as flores, vão chorar
Mas o meu coração sorrirá...
E tudo que eu estaria tentando deixar... À flor da pele brotará...

MUITOS E POUCOS

Muitos juram... Poucos são fiéis
Muitos se entregam... Poucos se revelam
Muitos acreditam... Poucos são confiáveis
Muitos sonham... Poucos realizam
Muitos encontram... Poucos dão valor
Muitos recebem flores...
Poucos sabem o que elas representam
Muitos vivem intensamente, dia após dia...
Poucos contemplam o pôr do sol
Muitos se sentem desejados, noites e noites...
Poucos percebem o vazio que os assola ao amanhecer
Muitos se julgam felizes por imaginarem serem únicos...
Poucos enxergam que a verdade é triste
Muitos e poucos, não importa...
Poucos ou muitos, não faz diferença...
Porque...
Ninguém escolhe quem vai amar!
Ninguém escolhe o dia em que será abandonado!
Ninguém escolhe a noite em que vai chorar!

O AMANHÃ

O amanhã...
Ajuda a esquecer as mágoas
A secar as lágrimas
E a perdoar com mais compaixão
O amanhã...

Esconde a dor com um sorriso
Disfarça as cicatrizes com frases feitas
E conduz a aceitação do erro com menos sofrimento
O amanhã...
Retira a poeira com uma chuva repentina
Varre as folhas secas com um vento forte
E enche de esperança o coração ferido
O amanhã...
Ensina o valor da amizade
Mostra as faces da verdade
E nos leva a caminhos pelos quais não esperávamos passar
O amanhã...
Perturba o nosso sono de hoje
Sufoca a nossa falta de escrúpulos acumulada no dia a dia
E nos faz colher o que plantamos ontem
O amanhã...
Vale o dobro da vida que já vivemos
Revela o que escondemos de nós mesmos
E derruba o poderoso com a justiça dos humildes
O amanhã...
É o que fomos ontem e o que seremos hoje
O amanhã...
É a vida que recebemos ontem
E a luta pela sobrevivência de hoje
O amanhã...
É o sonho que tivemos ontem e que realizamos hoje
O amanhã...
Nada mais é...
Do que a vida... Vivida na sua plenitude, a todo instante
Porque o ontem... Poderá ser apenas lembrança
O hoje... Poderá ser tarde
E o amanhã... Talvez não exista, se não vivermos o agora!

O QUE BROTA SEM TER SIDO PLANTADO

Por mais...
Que as lembranças me libertem e me levem em suas asas
A saudade... Me traz de volta e me aprisiona
Por mais...
Que as lembranças acariciem a minha vida com doces momentos
A saudade... Aperta o meu coração e me agoniza o espírito
Por mais...
Que as lembranças sejam como deliciosos frutos que posso colher
A saudade... É uma flor repleta de espinhos, que brota sem ter sido plantada
Por mais...
Que as lembranças sejam lampejos de felicidade e que me ajudem a seguir o caminho
A saudade... É um atalho que me surpreende a cada curva no horizonte
Por mais...
Que as lembranças me afaguem, me socorram e me deem prazer em tê-las vivido
A saudade... Dia a dia, se soma, se multiplica e me divide... Entre o céu e a terra
Por mais...
Que as lembranças me mostrem que a vida é um dom e que devo agradecer
A saudade... Me prova que tudo não passa de uma passagem, e que nada...
Nada, será como antes
Por mais...
Que as lembranças me edifiquem e me encham de orgulho
A saudade... Dói, dói muito... E me faz chorar...

O CULPADO

Perguntei à lua se ela sabia onde estava o meu amor
Ela em silêncio ficou...
E de tão cheia de segredos... Minguou!
Falei a uma estrela cadente
Que se, em suas viagens, encontrasse o meu amor
Lhe dissesse que estou a esperar
Ela muda permaneceu e na vastidão do infinito... Desapareceu!
Supliquei à madrugada
Que me desse uma pista
Que trouxesse esperança ao sonho meu
Mas, sem nada me trazer... Ela amanheceu!
Eu, calado e perdido de solidão...
Em pensamento, acusei o meu coração
De ser o culpado pela dor desta louca paixão
E ele, sem mais aguentar, quebrou o silêncio...
E em forma de lamento... Suspirou...
Bateu forte dentro do meu peito... E parou!

O SEGREDO

Antes de te conhecer...
Eu já te sentia no vento que me tocava
Conhecia o teu cheiro no perfume das flores
A maciez do teu corpo, eu a imaginava na suavidade das maçãs
O sabor do teu beijo, eu conquistava ao saborear as romãs

E o teu nome... Ah! Com o teu nome... Eu sonhava todas as noites...
E na aurora de cada amanhecer...
Sabia que não tardarias a me aparecer...
E eu te chamava, do mesmo jeito que te chamo até hoje... Felicidadeeeeee!
Antes de te conhecer...
Eu tinha certeza de que te encontraria
Sabia que teu coração me pertencia e que serias só minha...
Eu nunca tive dúvidas de que a nossa história seria muito linda
Porque eu sentia a tua felicidade em viver a vida...
E isso me fazia acreditar...
Que me encontrarias... Tempos depois...
E o segredo de tudo... É que enquanto isso... Eu amava por nós dois!

PASSASSE

O que não me falta é tempo...
Porém, eu não vejo esse tempo
Eu não sinto esse tempo
Eu não vivo esse tempo
É como se eu e o tempo...
Não existíssemos no mesmo tempo
É como se eu...
Fosse apenas algo com algum tempo
E o tempo, apenas... Por mim passasse

O TREM

Não deixe a tristeza apagar o seu sorriso
Não permita que a angústia lhe castre as esperanças
Não valorize as derrotas, fugindo dos seus sonhos
O trem da vida pode mudar de trilho, mas não de direção!
Não cultive a dor, renunciando as batalhas
Não adote o mau humor, abortando as fantasias
Não imagine o pior, sem saborear o melhor
O trem da vida pode atrasar, mas não deixará de passar
Não mostre as cicatrizes, escondendo as vitórias
Não some o tempo perdido, diminuindo a vontade de viver
Não acenda uma vela pro passado, apagando a luz do futuro
Não dê boas-vindas à solidão, renegando o amor
O trem da vida já chegou...
Já comprou o seu bilhete?
Já escolheu onde vai se assentar?
Já decidiu quando irá saltar?
Ou vai ficar aí parado na estação da vida? E engolir a fumaça!

O QUE ERA SEU

Os raios de sol que me iluminavam... Agora, mal me aquecem...
Os momentos felizes que me acompanhavam... Agora, são apenas lembranças...
Os sonhos lindos que compartilhávamos... Agora, são esperanças que agonizam dentro de mim...

Os medos que eu não conhecia... Agora, me fazem companhia...

As juras de amor que eram recíprocas.... Agora, naufragam em meu peito...

As verdades em que eu acreditava.... Agora, são mentiras que eu nunca aceitei....

Os erros que eu não enxergava... Agora, se transformaram em sombras que me cegam

O belo amanhã que eu julgava estar muito próximo... Agora, não passa de intermináveis tristes noites...

O que era certo... Agora, virou duvidoso...

O que era palpável... Agora, se transformou em areia, escorrendo por entre os meus dedos...

O que era meu... Agora, declaradamente, ao mundo pertence...

O que era seu.... Ontem, agora e sempre... Nunca a este mundo pertenceu...

O que era uma tranquila e doce vida... Agora, não passa de um inesperado recomeçar

Agora... Que só me restou... O agora...

Agora... Que não há mais nada que eu possa fazer... Além de aceitar o agora...

Agora... Que o agora não é o agora que eu havia construído...

Eu agora... Aceito o fim!

Mas... E agora...

PRAZERES

Querer e esquecer
Sonhar e refugar
Viver e sofrer
Desejar e ignorar
Ter e perder

Amar e desprezar
De que valem os prazeres da vida?
Sem aceitá-los, sem respeitá-los...
E sem termos com quem reparti-los...

SONHOS E SONHOS

Com as bochechas rosadas
Os cabelos de anjos
Mamando fartamente
Dormindo e dormindo
Sonhamos... Sendo embalados

Com acnes diversas
Os cabelos fartos
Comendo a toda hora
Dormindo ao amanhecer
Sonhamos... Contando ao mundo

Com o rosto flácido
Os cabelos brancos
Engolindo uma sopa quentinha
Descansando após tomar os remédios
Sonhamos... Sendo amparados

OBSESSÃO

Tenho ciúmes do sol...
Por tocar o seu corpo
E por ter o poder de mudar a cor de sua pele
Tenho ciúmes do vento...
Por brincar com os seus cabelos
E por dançar com o seu vestido
Tenho ciúmes do tempo...
Por ter lhe visto nascer, crescer
E se tornar uma mulher
Tenho ciúmes do destino...
Por conhecer todos os passos
Os seus, os meus e os do nosso amor
Os que já foram dados e os que ainda virão
Tenho ciúmes do meu coração...
Por nunca a ter deixado triste
Ao dizer o que não sentia
Por nunca a ter feito chorar
Ao ser flagrado olhando outra mulher
E por viver 24 horas por este amor
Tenho ciúmes do ar que você respira...
Por ele lhe dar a vida
E por ser um ultraje à minha obsessão
A de me tornar a sua única fonte de existência e prazer!

DESAPRENDER

Pedir ajuda com os olhos
Gritar por socorro em silêncio
Implorar um abraço com a reclusão
Se sentir morto ao despertar
E desaprender a viver a cada vontade de chorar
Essas são coisas comuns...
Muito mais do que possamos imaginar...

RAJADA DE VENTO

Que o meu nascimento não tenha sido por acaso, por um descuido, conforme o ditado:
"Um é pouco, dois é bom e três é demais"...
Tal qual uma chuva... Uma tempestade... E um furacão... Que chegam sem avisar
Que a minha realidade tenha sido outra, haja vista que me julgo filho do amor...
Uma vez que, um dia, todos os atos serão julgados...
Não acredito... Que será este o pecado que meus pais terão de pagar!
Que a minha amada, a mulher de minha de vida, o meu grande amor...
Me ame, com todo o fervor...
Tal qual a praia e o mar... A lua e o infinito... A saudade e o tempo
Que os nossos desejos, os nossos anseios sejam os mesmos por todo o sempre...
Uma vez que nos transformamos em um só corpo, um só coração...
Fato este ocorrido após um olhar... Num eterno momento!

Que os meus sonhos me alimentem, me carreguem, me conduzam...
E não se apaguem, uma vez que são luzes...
Tal qual as estrelas cadentes, que surgem lindas, resplandecentes...
E quando menos esperamos... Se vão
Que eles sejam a energia dos meus dias, a fantasia da minha realidade
E a felicidade em forma de esperança...
Uma vez que desde as primícias de minha existência
Eles foram carinhosamente germinados em meu coração!
Que seja finita a minha vida, posto que se trata de uma passagem...
Tal qual uma rápida e incontrolável rajada de vento
E que seja infinita a minha estada nos oásis dos céus...
Uma vez que humildemente eu a seja merecedor
Por ter me arrependido de meus maus atos e pensamentos!
Que os meus poemas não se percam e se apaguem sem terem sidos amados...
Tal qual as flores que nascem e são arrastadas pelo vendaval e abandonadas à própria sorte
Que eles sejam lembrados e, até mesmo... Com esmero, guardados...
Uma vez que são frutos de minha alma e brotaram ao longo de minha vida...
E ajudaram a amenizar a espera de minha morte!

PRETÉRITO IMPERFEITO

Somos... Frutos do tesão...
Gozo em formato de gente
A merda que chama tudo que fede de merda insociável
Algo falível, que se sente intocável
Uma sentença de morte, que tem medo de viver...
Somos... Um palhaço sem circo
Um país repleto de políticos

Os sacerdotes do pecado
A visita que chega sem mandar recado
O início e o fim do primeiro capítulo
Somos... A dúvida explícita...
O sentimento reprimido
A razão, sem muita razão
A palavra, seguida de ação
Únicos, dentre tantos eus...
Somos... A indesejada placa de contramão...
Uma reta num circuito oval
O segredo revelado por vaidade
A mentira que virou verdade
Indecentes, por convicção...
Somos... Matéria, espírito e o pretérito imperfeito do subjuntivo...
A vontade de mandar tudo para a PQP
Um complexo agrupamento de átomos, que formam a mesquinhez
Os primeiros e os últimos da vez
Reis na barriga dos miseráveis...
Somos... A parte boa do que já não se aproveita...
Uma mutação em constante decomposição
O argumento que não convenceu
Doidos, loucos pra serem chamados de seu
Franco-atiradores com medo de baratas...
Somos... Uns ervidóquitas...
A palavra que não existe
A farsa travestida de cidadão
A ideia que não saiu do papel por falta de imaginação...
A pegadinha do Malandro
Somos... Estupradores de sarcófagos...
O sinal de interrogação
Os Michaels e os Jacksons também
As velas acessas à espera do amém...

A fé sem devoção
Somos... Um instante no meio do nada...
A ferida aberta
A mais divina das criações
Dos poetas... A última das inspirações...
A montanha e a cruz vazia...

DESTRATO

Não há trato...
Quando um é tratado com pompa e aparato e o outro com desdém e maltrato
Quando um ingrato usa roupas caras de grife e esnoba o outro que se veste com um trapo
Quando um come com talheres de fino trato e ignora o outro que mendiga por um prato
Quando um patronato quebra um trato e causa a outrem um desbarato
Quando um se sente um substrato e trata o outro como uma paisagem num retrato
Quando um poderoso dá um ultimato e ainda obriga o humilde a se sentir grato
Quando um muito farto ludibriar em contrato o outro que da pobreza já está farto
Não há trato...
Ou pelo menos, não deveriam existir tratados
Para nenhum tipo de destrato...

Escrito em 15 de maio de 2021

PROPENSO

Perdido em pensamentos
Envolto em lembranças
Distante deste mundo
Eu estou!
Propenso a perdoar
Aberto ao diálogo
Cheio de esperanças
Eu estou!
Sonhando acordado
Contando as horas
Morto de saudades
Eu estou!
Revendo fotos
Relendo cartas
Apostando em nós
Eu estou!
Ensaiando palavras
Imaginando situações
Fantasiando posições
Eu estou!
Recomeçando a viver
Descobrindo novas emoções
Entregue a outro amor
Você está...

RETRATO ESCONDIDO

Quando a lua perdeu a magia... E as estrelas, o esplendor

As nossas noites se tornaram longas e vazias

E os dias... Repletos de nada...

Quando os carinhos perderam o encanto...

E já não faziam tanta falta... Por terem sidos esfriados no calor de nossas brigas

E quando os nossos sonhos foram abandonados no passado...

As lembranças... Nos trouxeram as lágrimas

E os nossos corpos sentiram um arrepio... E não foi pelo frio...

Quando o nosso abraço foi ocupado por outros braços

Quando outros beijos saciaram os nossos desejos

E quando o nosso suor se misturou em outras peles...

Tudo ficou perdido... Mas não morto e esquecido...

Quando o nosso endereço... Deixou de ser o mesmo...

Quando outros manequins passaram a dividir os nossos guarda-roupas...

No amanhecer, os nossos olhos ao se abrirem... Outros seres nos sorriram...

O nosso retrato ficou escondido no fundo da sua gaveta de lingeries...

Os nossos corações continuaram a bater... Como se ainda existisse graça na vida...

E nós disfarçávamos... Que existia um fim... Com alguns recomeços!

VERBO AMAR

Quando rasgo o verbo...
Não me interessa quem atingirá
Quando solto o verbo...
Não me importo quanto tempo ele ficará solto pelo ar
Mas quando conjugo o verbo...
Preciso de uma pessoa e do tempo
Não que seja para mostrar meus conhecimentos verbais
E, sim, para que saibas que é a ti quem amo, e que esse amor é infinito...

Escrito em 10 de maio de 2021

EU ACHO

Eu acho... Que ainda tenho tempo
De arrumar as gavetas...
Aprender a tocar violão
Fazer as pazes com o meu vizinho
Pagar uma antiga promessa
Escrever mil poemas
Cultivar rosas amarelas
E tomar um vinho do porto
Eu acho... Que conseguirei realizá-los...
Mas tenho que começar imediatamente
Vou buscar o saca-rolhas...

SEM PREÇO

Existe um lugar... Onde...
O tempo não corre ao nosso tempo
Os sonhos não são apenas sonhos
O olhar é a última forma de se olhar
E os caminhos nos levam a um só caminho...
Neste lugar...
A verdade não precisa de nenhuma instância para ser verdade
O perdão é ofertado por perdão
As nações não são divididas em nações
E as palavras são ditas segundo a palavra...
Neste lugar...
As flores enfeitam somente os momentos felizes
Os cantos são ouvidos por todos os cantos
A esperança ressurge a cada batida do coração
E a luz emana de todos...
Neste lugar...
A saudade se perdeu no tempo
O pecado é apenas uma lembrança
A enfermidade é coisa de outro mundo
E o vinho é bebido em sinal de purificação...
Neste lugar...
O homem é realmente a semelhança do Homem
O espírito é um só espírito
A vida vai além da vida
E o rei não precisa usar uma coroa para ser o rei...
Neste lugar... Todos são esperados...
Mas só o encontrarão aqueles que caminharem na sua direção
Todos são bem-vindos...

Mas nele só entrarão aqueles que acreditarem cegamente na sua existência
Todos são muito amados...
Mas somente aqueles que amaram sem se importar com o preço a ser pago
É que viverão eterna e gratuitamente neste quase surreal, porém...
Divino lugar!

SERES MORTAIS

Existem seres... Que aqui estão só de passagem...
Gostam de viajar...
Gostam de conhecer lugares, coisas e pessoas diferentes
E, por isso, não fixam raízes...
Nem para o corpo e, muito menos, para o coração
Amam a vida deles... Amam a vida que levam
Não cultivam o ódio, rancor, inveja ou qualquer outro sentimento pequeno
Levam a vida livres... Como os pássaros...
Que migram, de um lugar para o outro, à procura de algo que lhes dê prazer...
E que possa lhes manter vivos...
E encaram o mundo como algo a ser descoberto
E assim... Alimentam os seus espíritos... Com as aventuras!
Existem seres... Que aqui estão para vencer...
Gostam das vitórias, do status...
Gostam da sensação do poder
E, por isso, abominam a humildade e desejam a perpetuação de sua espécie...
Nem se lembram do seu semelhante e, muito menos, dos mais necessitados
Amam as cifras... Amam os bens materiais

Não cultivam os interesses mútuos, não fazem o bem sem terem algo em troca
Levam a vida à espreita... Como os abutres...
Sobrevivem à custa das derrotas alheias e sentem prazer...
Quando a vida lhes sorri, mesmo que para isso outros tenham chorado
E encaram o mundo como algo a ser conquistado
E assim... Alimentam os seus espíritos... Com a soberba!
Existem seres... Que aqui estão para semear...
Gostam de flores... Do amanhecer...
Gostam das pessoas, com as suas carências e imperfeições
E, por isso, vivem, agradecem e não veem maldade...
Nem no perdoar e, muito menos, no se doar
Amam a vida como ela é... Amam as pessoas como elas são
Não cultivam o ódio, rancor, inveja ou qualquer outro sentimento pequeno
Levam a vida, dia após dia, regando a esperança... Como simples seres mortais...
Que não possuem asas, mas que ao verem o brilho das estrelas no infinito
Sentem uma indescritível paz...
Porque sabem que do pó vieram e que nada... Nada desta terra levarão
E encaram o mundo como algo a ser humanizado
E assim... Alimentam os seus espíritos... Com a fraternidade!

Escrito em 20 de outubro de 2009

SE VOCÊ FOSSE

Se você fosse a lua... Eu seria a noite!
Se você fosse um rio...
Eu seria o mar, incansável, de braços abertos pra te receber!
Se você fosse uma flor... Eu seria a chuva!
Se você fosse a liberdade...
Eu seria a verdade pra contigo sempre lado a lado estar!
Se você fosse o céu...
Eu seria um pássaro pra voar até o seu infinito!
Se você fosse a terra... Eu seria o sol!
Se você fosse uma montanha...
Eu seria a trilha que iria desvendar o seu coração!
Se você fosse a alegria... Eu seria o sorriso!
Se você fosse a esperança... Eu seria uma eterna criança!
Se você fosse um sonho... Eu seria a sua realização!
Se você fosse a luz... Eu seria a vida!
Se você fosse minha...
Eu não precisaria desejar ser tudo...
Eu não precisaria desejar ser o mundo... Porque teria o mundo a meus pés!
Se você fosse qualquer coisa minha... Eu alguma coisa qualquer sua seria!
Até mesmo...
Se você fosse o nada... Mas fosse o meu amor...
Eu feliz... O vazio do nada seria!

UM BREVE ADEUS

Morte...
Lenta, inesperada e voraz
Súbita, esperada e audaz
Um alento, um aviso, uma passagem
Um sonho indesejado, um troféu malfadado
Uma vitória, uma derrota...
Morte...
Sopro final
Chama que se apaga, vela que se acende
Estrela que sobe...
Morte...
Dia certo, hora prevista, minuto de eternidade
Choro de arrependimento
Certeza de firmamento
Pedido de perdão
Alívio na extrema-unção...
Morte...
Olhos que se fecham
Boca que emudece
Porta que se abre...
Morte...
Corpo endurecido, mutilado
Cremado e irreconhecível
Espírito que se levanta
Anjo que se agiganta e sobe aos céus...
Morte...
Dor infinita
Saudade brutal, tempo imortal...

Morte...
Vida encerrada
Fim do início, início do início
Regresso
Uma volta sem volta
Ida, partida
Um breve Adeus...

REAL

Nem tudo que seca minhas lágrimas!
Nem tudo que sacia minha sede!
Nem tudo que alivia minha dor!
É real... É deste mundo...
E possui olhos, corpo e coração...
Nem tudo que acalenta minha alma!
Nem tudo que alimenta os meus sonhos!
Nem tudo que desperta a minha emoção!
É real... É deste mundo...
E possui olhos, corpo e coração...
Porém...
Tudo que meus olhos possam ver quando estão fechados
Tudo que meu corpo possa sentir sem que tenha sido tocado
Tudo de que meu coração possa desfrutar sem que tenha sido criado
É real... É deste e de todos os mundos...
Possui... Mil olhos...
Um corpo do tamanho do meu desejo...
E um coração sem fronteiras... Que vai além da minha imaginação

E que da minha vida... Retira todos os limites
E me mostra... Que nem tudo pode ser real...
Mas que a tudo... Posso dar vida!

DEUS ME FEZ

Mais forte do que eu me acho
Mais feliz do que eu me sinto
Mais santo do que eu mereço
Mais capaz do que eu acredito
Mais perfeito do que eu me enxergo
E mais amado do que qualquer outro ser me amou

O BRILHO DO AMOR

No brilho de um olhar nasce o desejo
E faz florescer a magia da sedução, nascendo uma paixão
A vontade de viver se torna maior do que o medo de sofrer
E a verdade dos sentimentos se estampa no brilho do olhar
Os fantasmas se libertam
O suor nos consome
O lençol nos espreita
E a noite... amanhece
E no brilho do coração...
Uma ingênua vontade de sorrir... ao ver a pessoa amada dormir

Os segredos dos nossos momentos estão no brilho das estrelas
Onde a felicidade nos embala
O carinho nos aproxima
E o amor nos une
E a essência da nossa história... Está no brilho das nossas almas

ACREDITO

Grito... E ninguém se importa
Chamo o seu nome... E você não responde
Choro... E um lenço me socorre
Olho a nossa cama... E não aceito o vazio deitado à minha direita
Penso em nós... E não entendo a vida
Lembro do seu adeus... E não me conformo
Acho que vou desistir... E me flagro beijando o seu retrato
Imagino o fim... Mas não consigo deixar de olhar as estrelas
Então, sonho!... E acredito...
Ouço as batidas do meu coração...
E descubro que te amo... Ainda mais!

CASO PERFEITO

Nós somos um caso perfeito...
De dois seres imperfeitos... Que buscam no amor... A perfeição
O que você acha lindo... Eu adoro te presentear

O que você acha gostoso... Nem precisa me pedir, vivo a lhe proporcionar
O que te dá prazer... Eu não me canso de fazer
Quando você me olha... Eu já sei o que você quer
Quando eu penso em algo diferente... Você sempre me surpreende
Eu não escondo o meu desejo... Você não finge o seu sentimento
Demos certo... Porque nada planejamos
Fazemos bonito... Porque nos entregamos
Somos felizes... Porque nos aceitamos
Temos um caso perfeito...
Porque nunca um ao outro nos tiramos o direito... De sermos imperfeitos!

NÃO TENHO DÚVIDAS

Nos carnavais passados, colocava uma máscara e o pessoal não me reconhecia...
Agora, coloco máscara e o pessoal finge que não me conhece
Algum tempo atrás quando ficava alguns dias em casa me perguntavam...
Se eu estava de férias...
Agora, me veem e ninguém me pergunta nada
Quando não comparecia a algum evento me ligavam dizendo: cadê você?
Agora não compareço e dão graças a Deus
Um tempinho atrás quando me consultava, saía reclamando do médico, porque do meu problema ele parecia distante...
Agora, só me consulto pela internet
Não tenho dúvidas... Algum tempo atrás, não estava bom...
Mas, agora, tenho saudades daquele tempinho meio ruim

FELICIDADE DE SE EXISTIR

Busque a felicidade...
Mas não a todo custo
Porque ela pode valer uma vida
Não de qualquer maneira
Porque ela pode destruir sonhos
Não dependendo de outrem
Porque a felicidade de se existir...
É um estado de espírito gratuito
Seu e de mais ninguém...
Não a negocie...
Jamais a condicione...
E nunca desista dela, nunca...

MEIO-TERMO

Vamos tomar conta da vida...
Antes que o dia anoiteça
Antes que o sonho adormeça
Antes que o fruto apodreça
Antes que o filho ao seu pai não reconheça
Vamos tomar conta da vida...
Antes que a dor amargue a esperança
Antes que a flor nasça apenas na imaginação de uma criança
Antes que a liberdade seja confundida com o direito de vingança
Antes que o antes não exista, nem mesmo na lembrança

Vamos tomar conta da vida...
Antes de a fumaça subir
Antes de o míssil cair
Antes que não exista lugar para se fugir
Antes que o Criador a criatura tenha de reprimir
Vamos tomar conta da vida...
Antes de o pequeno adoecer
Antes de o grande a ninguém mais possa entender
Antes de o meio-termo desaparecer
Antes de nos tornarmos mais ínfimos, ao vermos o milagre da vida perecer
Vamos tomar conta da vida...
Antes...
Antes... E, contudo...
Antes... Durante e sobretudo ...
Antes... Do fim... Do início de tudo!

CHEGA DE CIÚMES

Eu te amo...
E não existe nada que nos separe
Você é linda...
E tem todo o meu amor
Então...
Chega de ciúmes
De brigar e chorar...
E dizer que vai embora...
E não vai voltar
Eu te amo...

E nunca quis ninguém como eu te quero
Separe o sonho da realidade
O medo da fantasia
Porque o meu amor por você...
Não é uma ilusão
Você é a minha vida...
E é seu... Só seu... o meu coração!

SER

Ser justo... Não o impedirá de morrer apunhalado pelas costas
Ser incrédulo... Não evitará que você morra suplicando por misericórdia...
Diante de sua angustiante solidão
Ser forte... Não o livrará de sangrar na ponta afiada de uma espada
Ser fraco... Não o fará imune ao veneno mortal do espinho de uma flor
Ser poeta... Não o tornará imortal por sentir em seus poemas...
Os mistérios da vida e da morte

ÚLTIMAS PALAVRAS

Estou alheio a tudo
Alheio à minha vida
Alheio à vida dos outros
Alheio ao mundo e a todos
Não sei se vou sorrir ou chorar
Não sei se vou ficar parado...
Ou se vou impedir que você vá embora

Ou se apenas lhe digo as minhas últimas palavras...
Que te amo e sempre te amarei...
Assim, se você for embora e um dia quiser voltar
Apenas das minhas últimas palavras você vai se lembrar
E alheio a tudo...
Você não sentirá medo, porque nada terá de explicar e muito menos a me provar
Se você voltar... É porque sentiu saudades...
E porque sabia que eu te amo e estava a te esperar...

ESCREVI CARTAS

Cansei de falar com as paredes... E não ter respostas
Cansei de tentar explicar... O que é inexplicável
Assim decidi... escrever cartas
E destinei ao destino...
Quem sabe ele te encontre
Quem sabe ele me dê uma luz
Quem sabe ele me mande uma resposta...
Quando escrevo as cartas...
Me transformo em alguém mais forte para suportar a angústia da espera
Me divido entre a razão e a dor, entre a ilusão e a esperança
E me multiplico, representando a todos os que amam...
E não sabem o que fazer... para terem de volta os seus amores

SENTIMENTO ADORMECIDO

Eu te amei... E você me amou...
Desde a primeira vez que contigo sonhei
E hoje o universo conspirou a favor e te encontrei...
Trajando um vestido de cetim
Que lhe deixava com as costas nuas
E no reflexo da lua...
Você brilhava mais que as estrelas
Você estava linda... como sempre sonhei
Então me aproximei e lhe falei da beleza da noite
Do encanto do seu sorriso...
E que tinha certeza de que há muito tempo a conhecia...
Falei que não queria conquistá-la... Nem tampouco assustá-la
Me aproximei para nela despertar...
Um sentimento adormecido em seu coração
Lhe falei... que o meu amor...
Não era mais antigo do que o amor dela por mim
Pois há muito tempo ele já existia
Estava escrito nos meus sonhos
Mas eu não a encontrava...
E, por isso, em seu coração ele adormecia

UM SIMPLES ENCONTRO

Um simples encontro... De um com o outro!
Para acertarmos nossas vidas e pronto...
Mas nos olhamos quase nada... E falamos muito pouco!
Você me culpou de tudo... Dizendo que eu só fazia ato torto!
Eu me senti injustiçado... E partindo, sem nada dizer... Nas noitadas lhe dei o troco!
O que poderia ser uma linda história de amor... Agora, não passa de um conto!
O destino... Marcou o nosso orgulho como o crucial ponto!
A felicidade... Ficou perdida, lá atrás... Como se fosse um involuntário aborto!
E a solidão... Fez dos nossos sonhos um eterno desencontro!
Você vive dizendo a todos não sentir a minha falta e o meu troco...
Mas sem mim o seu olhar... É um cais sem porto!
E eu demonstro estar bem, fazendo tudo torto...
Mas sem você o meu coração... Bate quase morto!
Um simples encontro...
Transformou um... em outro!
E fez do outro... Outro... Sem paz... Sem rumo e sem encontro!

CONVIVER DENTRO DE VOCÊ

Não consigo ler o que escrevo
Não entendo mais o que digo
Já não sei no que pensar...
Depois que te conheci

Você é um mistério, eu sou um sonhador
E o meu amor por você é uma doce ilusão
O amor acontece sem a gente perceber
E você surgiu na minha vida
E eu não consigo te esquecer

O meu olhar não te encanta
O meu sorriso não te fascina
O que nasceu dentro de mim não te interessa
Você não me nota... Porém insisto...
Mas você não percebe que eu existo

Mas nada mais vou falar...
Em mais nada vou pensar
Vou ficar parado no tempo
À espera de o tempo passar

Esperando que você um dia me ame
Ou que aconteça com você o que aconteceu comigo...
De amar alguém que você não conhecia
E não mais se reconhecer...
A sorrir desaprender... e a conviver dentro de você com uma doce ilusão

PREGAR PEÇAS

Quando de repente as coisas começam dando certo...
Você diz, ué...
Você pensa, tô sonhando
Você se belisca e grita
Você analisa a sua vida... e desacredita
Até que amanhece... e você evita ousar
Até que os boletos chegam e você não os salda
É comum a vida nos pregar peças...
E mais comum ainda, por medo, deixarmos de atuar...
Para ficarmos na retaguarda, abrindo e fechando as cortinas no final de cada ato...

DONS

Seres perfeitos...
Uns podem contemplar o nascer do sol...
Outros com alegria só podem sentir o seu calor
Uns podem ver as cores das flores...
Outros maravilhados só podem sentir os seus perfumes
Uns podem falar, cantar e recitar poemas...
Outros com dignidade só podem se comunicar com os olhos, as mãos e em silêncio orar
Uns podem esculpir e pintar as belezas do mundo...
Outros podem, apenas, senti-las e admirá-las
Uns envelhecem e dignamente contam com orgulho os seus feitos e malfeitos

Outros os anos passam e permanecem adoráveis crianças, e outros tantos com o tempo esquecem momentaneamente quem são seus parentes e amigos
Uns podem se olhar no espelho e se admirar, se embelezar...
Outros só podem se imaginar e sorrir
Uns podem abraçar os seus entes queridos...
Outros só podem amá-los
Uns podem correr, fazer exercícios e revigorar os seus músculos...
Outros podem, com entusiasmo, se mover em um leito com a ajuda de outros
Uns podem ter qualquer animal de estimação...
Outros só podem ter um amado companheiro cão-guia
Uns podem sair para farrear e se divertir...
Outros podem ser felizes somente com a compaixão que os envolve
Uns são agradecidos por tudo que lutaram e conquistaram...
Outros, mesmo com as limitações de uma cadeira de rodas, são a própria vitória em pessoa
Uns seres perfeitos valorizam as suas vidas, aperfeiçoando os seus dons
Outros seres perfeitos aperfeiçoam o mundo, porque o mais valioso dos dons eles já possuem... As suas vidas!

VIL E SÃ

À noite, ela é uma esposa com pele de avelã
Assim, espreito o amanhã...
E espero o raiar da manhã
Tomando cidreira com hortelã
E me deixo possuir pela anfitriã
Mordo a maçã...
E me entrego num delirante afã

Nossa relação é vil e sã
Sou duque, mas para ela um desejado talismã
Ela é uma linda dama e minha cortesã

NADA PEDEM EM TROCA

Tem pessoas que querem ser diferentes de tudo e de todos
Outras se sentem bem ostentado luxo, pois lhes dá prazer
Outras tantas pessoas querem ser cultas e ocuparem cargos importantes
Muitas gostariam de viver viajando pelo mundo...
Já outras se sentem felizes com a sua vida modesta, tranquila, lá no seu cantinho
Outras pessoas só imaginam suas vidas completas encontrando um amor verdadeiro
E outras... Só querem juntar a família em sua volta para, com muita alegria, lhe dar carinho e atenção
E nada pedem em troca...
Mas sonham serem lembradas em um poema
Não que seja para satisfazer os seus egos, e sim, porque elas gostariam de acarinhar e se sentirem abraçadas em verso e prosa por quem elas costumeiramente já abraçam, admiram e amam em suas vidas...

Bia, sinta-se por mim eternamente abraçada!
Escrito em 25 de novembro de 2021

NUNCA POSSUÍ

O que me incomoda, mais do que as minhas fraquezas,
É a força que imaginam que eu tenho

O que me perturba, mais do que os meus medos,
É a segurança que passo, pois acreditam que a possuo

O que me causa angústia, mais do que as minhas tristezas,
É a tristeza que causo ao mostrar as minhas tristezas

O que me devora, mais do que os apertos que sinto no coração,
É saber que decepcionei muitos ao causar uma expectativa de ser uma espécie de super-herói e me viram ser covardemente derrotado por um inimigo invisível

O que me faz sentir culpado, mais do que os meus próprios pecados,
É que muitos amados viam e se inspiravam em uma santidade, esta que nunca possuí

EU ACHO QUE FOI HOJE

Eu nunca quis ser o centro...
Mas sempre gostei de chamar a atenção
Nunca quis dar motivos...
Mas sempre gostei de dar a minha opinião
Nunca quis ser importante...
Mas sempre gostei de ser respeitado

Nunca quis fazer ninguém chorar...
Mas sempre adorei ver as pessoas enxugando os olhos de tanto rirem de mim
Nunca quis fazer falta para ninguém
Mas sempre tive a curiosidade de saber em qual dia de minha vida...
Eu seria lembrado por todos... Sem lhes fazer falta

Escrito em 26 de agosto de 2021

PLANETA FAZ DE CONTA

O poeta...
Escreve sobre as riquezas e as fortunas
E não é necessariamente porque ele tem algum bem
Mas, sim, por dar muito valor a cada letra, cada palavra
A cada poema escrito e, com isso, se sente um afortunado
O poeta...
Escreve sobre o amor, as paixões e as ilusões
E não é que ele seja um verdadeiro Don Juan
Mas é porque ele ama e tem ciúmes de cada verso
Cada prosa que nasceram do seu coração
O poeta...
Escreve sobre a lua, o sol, a noite, as estrelas e o infinito
Não que ele saiba algo substancial sobre o espaço sideral
É porque ele vive com a cabeça no mundo da lua, no planeta faz de conta
E, assim, fica mais fácil escrever coisas que ele sonha e imagina
O poeta...
Escreve sobre a felicidade, o amor, a saudade, o ódio e a solidão
Talvez em sua vida ele nunca tenha tido nenhuma dessas sensações

Mas ele tem olhos e a sensibilidade para registrar e fantasiar
As emoções vividas por muitos neste mundo
O poeta...
Escreve sobre a vida e a morte
Talvez ele possa já ter vivido um pouco, mas morrer, com certeza, nenhuma vez
Ele escreve porque se encanta com a oportunidade de viver mil vidas diferentes
E por poder revelar os mistérios da morte, como se a cada poema seu terminado
A sua inspiração morresse... E no novo amanhecer ela ressuscitasse...

ESTÁTUA DE OSSOS

Há muito tempo em nossas vidas, a morte já virou um número
Uma estatística, sem volta e sem remorsos...
O estranho agora é sentirmos pouca ou nenhuma saudade
Das funções que exercíamos com esmero
Das coisas que gostávamos e apreciávamos
Das pessoas com quem convivíamos
E principalmente das pessoas amadas
Estamos nos tornando insensíveis
Quase sem coração
Uma máquina no tempo, que vive apenas para passar o tempo
Enquanto há tempo...
Vivemos sem conexão com a amizade e a felicidade
E até mesmo sem uma verdadeira aliança com o amor
Nos tornando injustos com as lembranças e relapsos com as heranças
Assim... Somos uma inerte e intolerante estátua de ossos...

Revestida com uma frieza emocional sem igual
Mas não quero que vivamos chorando de saudades
E, sim, apenas que sintamos mais carinho e gratidão
Por tudo e todos que um dia passaram em nossas vidas e nos trouxeram felicidades

NÃO ME AGUENTO MAIS

Preciso falar
Tenho que externar
É crucial eu gritar
É muito importante desabafar
Quero me aliviar
Não tenho mais como me calar
Cheguei ao limite, vou estourar
Eu mesmo não aguento mais sequer me olhar
Preciso de alguém para me escutar
E de mim, enfim, reclamar...

AMOR, SÓ DE MÃE

O namoro é belo, quando iniciado com carinho... E terminado em paixão
Mas, em certos casos, após o casamento...
O que era um atestado de amor vira um cardápio...
Em que o que foi um dia... Agora é...

Um doce de coco e coisa fofa do pai... virou doce de jaca e coisa gorda do mundo
O que era fofo... virou bucho de porco
A paciência que parecia eterna... agora está torrada
O amor que era imenso... Agora é panela vazia
O prazer que era lindo... Agora é simples tira-gosto
O que era muito gostoso... Agora é puro feijão com arroz
O respeito que era mútuo... Agora é tempero sem sal
O afeto que existia... Agora é quebra-queixo
A casa que era um vistoso lar... Agora é salada de banana com jiló
Os filhos que eram um orgulho... Agora são goiabas amadurecidas
E assim...
Transformaram os seus leitos em balcões...
Pois o que era amavelmente beijado... Agora é subitamente chupado
O que era meigamente abraçado... Agora desleixadamente tocado
O que era particularmente seduzido... Agora é comercialmente comido
E, por fim...
O que era vergonhoso... Agora é café pequeno
O que era um segredo exclusivo do casal... Agora é publicado num cardápio global
E os noivos que se casaram por amor e respeito... Agora se odeiam e se assam no espeto

PORVENTURA

Que ser é este?
Que das estrelas herdou o brilho
Da terra, a fertilidade
Da lua, os mistérios

Da flor, beleza e perfume
Do mar, os segredos
E do infinito, a grandiosidade

Que ser é este?
Que da poesia é a inspiração
Da canção, é a melodia
Da esperança, é a chama
E da verdade, é a semente

Que ser é este?
Que é o último a cruzar os braços
O primeiro a abrir as portas do coração
Que dá dor é o amparo
E da fé é o escolhido

Que ser é este?
Que sangra em sinal de vida
Que é manso como as manhãs da primavera
Mas, se preciso for, é arrebatador como um furacão

Que ser é este?
Que, do início, é a costela
Do homem, a razão
Do mundo, o equilíbrio
E de Deus, a mais pura das criações

Que ser é este?
Que seu sexo é frágil
Que da perfeição é sinônimo
Da imperfeição, é o perdão
Do amor, é a essência

E da vida, é a mãe

Que ser é este?
Que vende o seu corpo
E maltrata a alma para sobreviver
Dando um pouco de atenção e prazer
Aos fracos de espírito

Que ser é este?
Que domina o mundo
Pois sua espécie é maioria
Mas quase nada governa
Pois do poder é escravo da imposição
E da justiça, é filho da desigualdade

Que ser é este?
Que é tido como Maria, Jéssica e Madalena
Silvana, Luiza, Fernanda, Ana, Manuela e Isabella
Filha, irmã, tia, avó e afilhada
Concubina, companheira, esposa e amiga
Menina, mãe, sobrinha e anciã
Doutora, enfermeira, arquiteta, bibliotecária, mestra, ministra, presidenta,
guerreira e do lar
Baronesa e tigresa
Duquesa, assanhada e comportada
Doce de coco e meu bem querer

Que ser é este?
Que recebe tantos títulos, nomes e adjetivos
E mesmo assim...
Seu brilho ainda não foi reconhecido
Sua fertilidade não foi amparada
Seus segredos e mistérios não foram desvendados

Sua beleza e seu perfume não foram devidamente amados
Sua grandiosidade não foi respeitada
Seu valor não foi aclamado
E a sua existência não foi perpetuada

Que ser é este?
Que chorou ao pé da cruz
Que reza pela paz
Que acolhe a dor da vida e da morte em seu peito
E é acusado de ter trazido o pecado ao mundo
Mas se, porventura, alguma culpa este ser tiver...
A única talvez... Seja a de ter nascido mulher

O PRESENTE DE PRESENTE

Tenho pressa de ser feliz...
Quero esquecer o passado
Porque hoje eu sei... Que pouco importa o que passou
Quero o presente de presente para mim
Vou cobrar da vida tudo que ela possa de bom me dar
E do destino, quero tudo que ele traçou, tudo o que ele me reservou
E quero também até o que não estava escrito...
Quero você e o seu amor infinito
Vou apagar as velas do passado
E todos os minutos de minha vida comemorar
Como se não existisse um tempo
Porque hoje eu sei...
Que cada eterno momento, entre mim e você...
É o nosso presente, de presente de Deus...

HOJE NÃO É MAIS

Eu de frente comigo mesmo...
Ou seja, sozinho...
Não sou o mesmo de que quando estou acompanhado
Não sou dois...
Mas estou tendo duas vontades, duas realidades
Não sou uma farsa...
Mas confesso que escondo alguns sentimentos
Não sou um ator...
Pois se o fosse seria daqueles sem alma artística
Sem vocação para satisfazer os outros e a si próprio
Sou alguém que não se encantou com a solidão
Mas que se sente acolhido diante de si mesmo
Por não precisar disfarçar minhas fraquezas e meus medos
Vivendo...
Sem meias palavras
Sem meias culpas
Sem meios sentimentos
Simplesmente porque diante de outras pessoas
Às vezes tenho a impressão de que estou em cárcere privado dentro de mim mesmo
Falando, agindo e sorrindo como se tudo estivesse sob controle
Exatamente como sempre foi...
Mas hoje não é mais...

FUI EU

Encontro marcado...
Não houve nenhuma surpresa
Nada de anormal
Apenas tive um pouco de ansiedade, o que é compreensível
Comemos, bebemos, nos divertimos
Consegui ser o mais natural possível
Como se eu tivesse plantado dentro de mim
Uma sementinha de mim mesmo...
E hoje brotasse e eu me colhi...
E, por fim, fui eu... Simplesmente eu...
Sem pôr, nem tirar
Estive presente, de corpo e alma
O que é uma coisa rara ultimamente...
Pois fazia tempo...
Que eu não me via
Não me escutava
Não me sentia
E, principalmente, não me reconhecia

MELHOR AMIGO

Porque você não me olha... Com os olhos de mulher
E, assim, me ver como um homem
Estou farto de entrar no seu quarto...
Sendo apenas o seu melhor amigo

Estou cansado de ser a sua melhor companhia
Quero ser a sua farra...
Os seus pensamentos sacanas, a sua folia
Estou angustiado de ser o seu camarada mais legal
Quero ser o seu amor, a sua atração fatal
Porque você não me olha com os olhos do coração
E transforma está linda amizade...
Em uma doce paixão

UMA ESCOLHA DO CORAÇÃO

Ter uma esposa...
Foi um encanto
Uma escolha do coração
Um compromisso firmado no altar
Uma companheira para a vida
Ter uma esposa amiga...
Foi uma obra do destino
Um presente dos céus
Uma inabalável aliança
Uma benção de Deus
Obrigado minha amada esposa, amiga...
Por ser incansável na luta contra as minhas tristezas
Por velar as minhas noites de angústias
Por sentir alegria com a minha alegria
E por viver a sua vida em função da minha vida...

BIZARRA OBSESSÃO

Saudade, vá embora...
Você não é bem-vinda
Deixe esta bizarra obsessão pelo meu coração
Ele está bem...
Está repleto de esperanças...
Tenho até feito em minha vida algumas boas mudanças
E não há mais lugar para você
Não pense que o meu olhar tristonho
Seja um motivo risonho para a sua volta
Pois meu coração está se refazendo...
E sem você... a ser feliz está aprendendo

UM VULTO VAZIO

Pensamento vazio
Vida repleta de nada
O olhar vidrado
E o coração quebrado

Noites longas
Repletas de solidão
A sua ausência persiste
E a felicidade, em mim, não mais existe

O meu peito é uma fria lacuna
Porém me recuso a chorar
Sei que sou um vulto na escuridão
Mas ainda me sinto acolhido pela lua no seu solidário clarão

COM CHUVA À TARDE

Você é um anjo... Sem aparente santidade
Uma flor... Sem espinhos
Um paraíso... Sem a maçã
Um vulcão ativo... Sem perigo eminente
Uma canção de amor... Sem o fim triste
Uma majestosa rainha... Sem trono fixo
Um sorriso farto... Sem o exagero
Uma noite fria... Sem os pés gelados
Um lindo dia de sol... Com chuva à tarde...
Mas sem raios e trovões
Uma delicada poesia... Sem um ponto-final

ROTA DA LIBERDADE

Peguei um avião... Com destino, sem ter destino
Para o lugar certo, o mais incerto
Ao chegar...
Acelerei na subida
Pisei fundo na descida
Deixei tudo para trás...
Virei à direita e segui em frente, sempre em frente...
Até chegar sabe lá Deus aonde...
Virei à esquerda e segui pela contramão
E por um momento desacelerei e contemplei um gavião
Entrei na terceira saída da rotatória

E segui em zigue-zague, por horas... Por dias...
E só parei quando tive certeza...
De que ninguém havia me seguido e de que estava perdido
Parei no acostamento...
Desci do carro e me embrenhei no mato, feito um animal acuado
Andei por horas e só parei quando não conseguia mais ficar de pé
Descansei à sombra de um pinheiro
Aproveitei para me despir e rasgar os meus documentos e todo o meu dinheiro
Estava anoitecendo...
Fiz uma fogueira e ali, no meio da nada, fiquei numa completa bobeira
Não estava alucinado nem tampouco desgovernado
Estava em busca de mim, em busca da minha liberdade
Em busca de outra vida...
Agora, só me faltava encontrar uma tribo e fazer amizade
Meus atos não tinham nada a ver com vaidade...
Era a minha remissão por tanta vida de rotina e opressão
E se, algum dia, eu for por um homem branco, avistado...
Nada lhe direi... Vou estar de corpo pelado... E de alma liberta

OS DOIS LADOS

O amor é um sentimento bom, que nos faz bem
E quando nos faz mal, ele não se torna um sentimento do mal
É apenas porque o seu bem encontrou um outro bem
Quem ama sabe...
Que o amor nos dá um atestado de sanidade
Mas nos leva a fazer loucuras
Nos carrega até as nuvens

E muitas vezes nos afoga num copo de amarguras
Quem amou e conheceu os dois lados da moeda
Sabe que os dois lados têm a mesma cara
Têm o mesmo tamanho
Têm o mesmo peso
Mas os valores... São diferentes...

POSSUÍDO

Quando penso em você
Me sinto possuído pela paixão
Minha alma parece sair do corpo
E viajo nesta deslumbrante emoção

Quando penso em você
Me vejo possuído pela força do vento
Que me faz lembrar dos seus beijos
E me aguça os sentimentos

Quando penso em você
Pareço estar possuído pelos mistérios do mar
Vou navegando à procura do seu amor
E deixo as ondas do destino me levar

ASSIM JÁ DIZIA

Jogo de azar vicia
O ódio mata
A cachaça embriaga
Tudo que o mar leva... traz
Assim já dizia minha velha mãezinha

Candidato honesto não se elege
Soldado morto tem medalha de herói
Coração sem amor não sangra... mas dói
Filho que ouve os conselhos...
Nunca se sentirá sozinho
Assim já dizia minha velha mãezinha

A vida é uma poesia...
Que se inicia no nosso nascer...
Ao correr...
Ao brincar...
No descobrir... Ao se aventurar...

E quando pensamos que tudo conhecemos
Por fim, com a dureza da vida, nos esquecemos...
De que o poço sem fundo não é o fim...
Porque já engatinhamos!
Que as derrotas não são para sempre...
Porque já perdemos muitas vezes quando brincamos!
E que o pior não está por vir
Porque dia a dia o melhor da vida...
Nós aprendemos a descobrir!
Assim já dizia...

A VITÓRIA

Lembrando as lutas, vejo meu sangue derramado
Lembrando os desejos, vejo um castelo em ruínas
Lembrando as minhas dores, vejo as cicatrizes
Fui um tirano
Fui um rebelde
Fui um batalhador
Fui aquele que sangrou e fez sangrar
Fui aquele que desejou e não teve a sorte de amar
Mas muito tempo já se passou...
Muito tempo, já me inspirei
E agora só desfruto da minha vitória
Da minha reconciliação com a vida
Pois o sol brilha apenas enquanto é dia
Fui um anjo
Fui um sonhador
Fui aquele que iludiu e fez chorar
Fui aquele que amou e só soube desejar
E agora pouco tempo me resta...
Mas a minha vitória, comigo, por todo o sempre a levarei
E aqueles que perguntarem...
Onde estão as minhas medalhas
Onde estão os louros da minha vitória
A eles nada responderei...
Pois...
São jovens soldados
São aprendizes da vida
Quem sabe até podem ser vitoriosos...
Mas ainda não conhecem todas as verdadeiras batalhas de uma vida...

Não tive descendentes, mas não esqueci as minhas raízes
Não tive um professor, mas mantive a vida com sabedoria e muito suor
Nunca frequentei as igrejas, mas nunca desacreditei no Espírito Santo
Nunca fui amado, mas nunca me neguei ser desejado
Nunca me refugiei nos céus, mas sempre respeitei as lágrimas alheias
Nunca tive um jardim... Mas não deixei de plantar o amor
Enfim...
Meus cabelos brancos e minhas mãos enrugadas...
São minhas medalhas... e toda a minha vitória

NINGUÉM SABE

O melhor de mim eu te dei
O melhor do meu amor eu te dediquei
Eu te entreguei...
O meu beijo mais gostoso
O abraço mais carinhoso
O meu corpo com os desejos mais doces
A palavra mais amiga
O olhar mais sincero
E o meu coração repleto de sonhos
Mas, não sei...
Ninguém sabe...
Se o teu beijo molhado era só meu
Se o teu abraço caloroso somente me pertenceu
Se o teu corpo maravilhoso deseja só a mim
Se as tuas palavras de carinho também são repetidas a outros
Se o teu olhar sedutor tem outro alguém para olhar

E se o teu coração compartilha sonhos diferentes dos meus
Mas, não sei...
Ninguém sabe...
Nem preciso saber...
Porque para todas estas dúvidas eu de olhos fechados sempre vou estar
Para que plenamente me sinta feliz, enquanto o seu amor por mim durar

BATE CORAÇÃO

Não pare agora...
Bata mais algumas vezes
Bata só mais um pouquinho
Bate coração...
Para que meus olhos não se fechem
Sem que eu tenha acesso à luz da verdade
E visto a chama da justiça prevalecer
Bate coração...
Para que minhas mãos não se percam
Sem que eu tenha praticado a bondade
E traçado uma chama divina
Bate coração...
Para que meus braços não se cruzem
Sem que eu tenha abraçado a liberdade
E construído uma chama indestrutível
Bate coração...
Para que meus ouvidos não se neguem
Sem que eu tenha aceitado a palavra
E encontrado uma chama imortal
Bate coração...

Para que minha boca não emudeça
Sem que eu tenha dito uma palavra de amor
E transmitido uma chama de fé
Bate coração...
Para que meus pés não se juntem
Sem que eu tenha afastado o ódio de minha vida
E traçado uma chama de paz
Bate coração...
Para que meu corpo não morra na solidão
Sem que eu tenha tido um amor
E vivido uma chama de prazer

Bate coração...
Bata mais algumas vezes
Bata só mais um pouquinho
Bata forte, bata depressa, bata profundo
Bata agora, bata sem cessar
Bata na imensidão deste mundo...
Bata devagarinho...
Para que eu não perceba a chama se apagar

NÃO TEM JEITO

Ninguém para o tempo...
Não tem jeito...
Talvez em alguns manuscritos
Em um retrato
Em um relógio quebrado
Ou em algumas lembranças

Ninguém segura o coração...
Não tem jeito...
Talvez tendo medo
Uma dúvida de momento
Um antigo sofrimento
Ou por simples timidez

Ninguém segura os sonhos...
Não tem jeito...
Talvez não lhe dando ouvidos
Fazendo tudo ao contrário
Ou engavetando no armário
Ou tentando viver por viver

É ASSIM MESMO

Deixarei você em casa...
Pois...
Chega de disparadas
Chega de estalos
Chega de sofrer
Agora, não vou mais perder o meu tempo
Agora, não vou adoecer mais à toa
Agora, não vou mais sofrer
Chega...
Já me doei demais
Já me ofereci demais

Já sofri bastante
Chega...
Deixarei você em casa
Pois...
Não aguento mais
Não quero mais
Não sofrerei mais
Chega...
Vou te abandonar
Vou parar de te aguentar
Vou parar de sofrer junto a você
Chega...
De deixar você me iludir
De deixar você me acorrentar
Chega... Vou deixar você em casa
Você dispara sempre
Você estala de repente
Você sofre muito
Chega...
Você não sabe fazer outra coisa
Você não gosta de outra coisa
Você não sofre por outra coisa
Chega...
Você só sabe amar...
Chega, meu amigo coração...
Vou te deixar em casa!

A ROSA

Não me toque, se não me quer
Não me beije, se não me deseja
Não me ame, se não for por toda a vida
Não quero chegar ao céu... E conhecer o paraíso
E como se o amor fosse um sonho...
Dele acordar e perceber que perdi tudo isso
Não quero fazer parte dos seus amores
Não me importo com os rumores...
De que você coleciona paixões
Mas eu quero te conquistar...
Quero ser o único a te amar
Ser o último e o primeiro... Que você amou
Se não for assim...
Prefiro a dor amarga da lembrança...
Que eu te amei e não fui amado
Do que a dor... Doce da ilusão...
De saber que você me pertenceu
Feito a rosa do meu jardim... Que eu amei...
E um dia quando acordei...
Haviam te roubado de mim

ASAS

O tempo...
Se esgueira pelos dias...
E nos faz crescer
Serpenteia por entre os meses...
E nos ajuda a entender
Resvala os anos...
E nos leva a sonhar
Se açoita pelas décadas...
E nos obriga a escolher
E em uma fração de segundos...
Finge ser finito... E nos doa as suas asas

ETERNA BUSCA

O tempo entre a cobiça e a conquista...
Pode ser curto ou longo
Calmo ou tenso
Pode vir recheado de pensamentos ou pensamento algum
Pode ser de interesse dos dois ou de apenas um
Tudo depende da hora certa
Do olhar no momento correto
Da conexão dos corações naquele segundo
Da palavra dada no instante crucial
Tudo depende da magia fatal... O tempo...
O tempo entre a cobiça e a conquista

É uma eterna busca...
Busca pelo querer
Busca pelo ter
Busca pelo possuir
Busca pela felicidade
Uma busca que pode se tornar uma realidade
Ou então... ser uma eterna perda de tempo...
Até surgir uma outra busca...

AS MARCAS

O meu sorriso é teatro
A minha alegria é falsa
E os meus romances são para me enganar

Você vive a sua vida...
Tentando decifrar a minha
Dizendo... Que está marcado na minha cara...
Que eu não te esqueci
Porém...
Sofri e nunca neguei
Chorei e não escondi
Mas dei a volta por cima...
Embriaguei a tristeza
Dei rasteira na saudade
Me machuquei... Mas acabei com a solidão

Não sou e nunca fui um derrotado...
Posso ter sido, por você, mal-amado

Mas não diga que o que sinto é recalque...
Pois a únicas marcas que carrego são as do tempo
As marcas do amor saíram do meu peito...
Com o tempo... Feito um decalque

GOSTARIA

Gostaria...
De bater palmas
Para essas boas almas
Que me socorreram dos traumas
Que me trouxeram acalento e palavras calmas
Que preservaram minhas esperanças salvas
E que nada em troca me pediram...
Pois se enobrecem e se fortalecem de luz

O HOMEM

Sabe...
Eu não te esqueço
Eu me lembro de tudo o que se passou
Eu não me arrependo do que fiz
Eu não volto atrás no que falei
Sabe...
Eu fui crucificado

Mas eu estou sempre ao seu lado
Mesmo que você não queira, eu estarei sempre por perto
Sabe...
Eu sou o sol que brilha
O vento que sopra
A chuva que molha
O brilho das estrelas
Eu sou toda a pureza
Eu sou o amor
Sabe...
Mesmo amando, eu fui negado
Eu fui abandonado, mas eu já sabia
Eu tive medo, mas por você eu me sacrifiquei
Sabe...
Eu com esperanças sofri
Eu com alegria fui perfurado
Eu com amor ressuscitei

TEMPO

Tempo de dar tempo ao tempo... e de descobrir que nunca é tarde para recomeçar
Tempo que esfria sentimentos, que destrói emoções e separa corações
Tempo que não para, que sucumbe nas horas e se eterniza
Tempo calculado, programado e num piscar de olhos escorre entre os dedos
Tempo que nos força a ter saudades e nos faz viver de lembranças
Tempo de brincar o tempo todo, de crescer o mais rápido possível e querer voltar e já não ter volta...

Tempo de ganância, de dominar o mundo e descobrir que dele não levará nada

Tempo de olhar pro futuro, de pensar no presente e esquecer o passado

Tempo de cultivar ídolos, de formar opiniões e se esquecer

Tempo de guerra fria, de armas quentes e governantes sem alma

Tempo de arregaçar as mangas, de saber recuar e sobreviver

Tempo de não saber o que fazer e pagar pra ver

Tempo de comer o pão que o diabo amassou e quando tudo passar não ter aprendido nada...

Tempo de plantar uma flor, de ter um filho e não saber o que nos espera

Tempo de desconfiar de todos, desacreditar de tudo e não fazer nada

Tempo de correr atrás do tempo perdido, de dar a volta por cima e deixar de se lamentar...

Tempo de falar daquele tempo, de sonhar por algum tempo e se esquecer do tempo

Tempo de não se ter tempo, de se perder no tempo e não ter valido a pena...

O tempo que se viveu...

UM OUTRO EU

Mudei o meu corte de cabelo

Deixei a barba crescer

Usei outro perfume

Guardei as minhas gravatas italianas

Vesti um jeans desbotado...

Estou cansado de mim... E do meu terno de linho

Mudei o meu visual

Não foi uma mudança casual

Criei um outro eu...

Para que você não me reconheça por fora...
E agora...
Criarei um outro eu... Por dentro
Para quando você por mim passar, eu nada sentir...
Eu não vou reparar no charme do seu andar
E muito menos me render à beleza do seu ser
Quem sabe assim...
O meu coração não te reconheça
E eu... te esqueça!
Mas que tolice!
Criar um outro eu...
E esperar que meu coração te confunda com outra pessoa
Que tolice... Que insensatez...
Porque, até mesmo, se eu perdesse a lucidez...
Dentre um milhão de pessoas
O meu coração te reconheceria...
E ao te olhar... O meu amor... Ele te daria

NOSSO AMOR

Nosso amor...
Começa quando fito em você o meu olhar
Você em incessantes delírios
E eu querendo ao infinito chegar
É estrela a brilhar
O calor se apossa do seu corpo
E eu não me rendo antes de suar
É fúria de enorme vulcão

Se agita e se espalha
Pela sala, no quarto, na cama e no chão
É um voo livre sobre o mar
Abre as asas dos nossos sonhos
E só termina quando a fadiga em nós aterrissar
É contos de fadas, quase uma ilusão
Difícil acreditar que é verdadeiro
Pois nos envenenamos num simples toque de mão
É canto puro, cantado ao luar
São minutos de extrema pureza
Quando os meus ouvidos escutam o seu murmurar
Não há maior delícia
De que em seus lábios iniciar uma noite de amor
É madrugada, o sereno a cair e o vento a zunir
Nas noites de frio...
Começo pelos pés e você reza pra eu logo subir

O REI, A FLOR E A ESTRELA

Eu vi o sol surgir no horizonte...
No nascer dos seus olhos
E senti o real valor da vida no seu choro de amor
Descobri a eternidade dos meus sonhos
No nascer de sua frágil e doce criatura
E neste momento me senti um menino
E abracei o mundo como se ele fosse um carrossel
Chorei, sorri...
Gritei ao mundo que eu era um rei, pois havia conquistado o universo

Porque tinha em meus braços uma estrela
Uma estrela de luz brilhante
Com um calor que irradiava esperança
Uma estrela vinda da mais linda das flores
E do mais verdadeiro dos amores
Uma estrela em forma de criança
Uma luz num corpo de mulher

Homenagem ao nascimento de minha amada filha, Helena!
Escrito em 7 de janeiro de 1989

ALGUMA COISA

Existem horas...
Em que me esqueço da vida, mas não me lembro da morte
Em que me vejo rodeado e me sinto sozinho
Em que penso em desistir de tudo...
E quando me vejo já estou lutando

Existem horas...
Em que a verdade e a mentira me assombram
Porque não sei qual delas é a pior de se saber

Existem horas...
Em que quero que o mundo se acabe e que tudo se dane
Mas existem horas...
Em que ao olhar uma flor
Alguma coisa dentro de mim ainda acredita no amor

Existem horas...
Em que ouço vozes, mas não respondo

Existem horas...
Em que não escuto nada e sinto vontade de gritar

Existem horas...
Em que a dor me consome e resisto
Em que os problemas me aprisionam e insisto
Mas, existem horas...
Em que está tudo bem... E choro

Existem horas...
Em que não vejo a noite passar
Em que sinto vontade de dançar
E quando olho à minha volta você não está
Existem horas...
Em que parece que os minutos vão me consumir
Em que o tempo vai me engolir
Em que a vida não vai terminar
E em que os meus sonhos ao meio vão me rasgar

Existem horas...
Como está agora...
Em que não sei o que está acontecendo...
Parece que estou possuído por um ser desconhecido
Que tenta, através dos tempos, me dizer alguma coisa
Que tenta, por meio da poesia...
Me completar e me fazer feliz...

NAVEGANTES

O sol já se pôs... a noite chegou
Uma luz queima dentro de nós...
E o meu corpo invadiu o seu corpo
Desvendando os seus mistérios e segredos
O desejo nos uniu...
E fez de nós animais... seres canibais, sedentos de desejos
Arrepiou nossas peles com o toque das mãos
Misturou o sal dos nossos corpos, nos levando à exaustão
Fez o nosso respirar se tornar ofegante
E nos tornou do amor vorazes navegantes
O desejo nos uniu...
Fez de nós seres amantes da escuridão
Presas fáceis de um incessante querer...
Viajando num mar de delírios
Nos afogando de tanto prazer

O ÚLTIMO E O ÚNICO

A solidão...
Desperta... Quando nos entregamos a alguém
Começa... Quando perdemos o amor-próprio
Machuca... Quando somos obrigados a aceitarmos a realidade
E desaparece...
Quando temos uma nova oportunidade de cometermos os mesmos erros

A solidão...
É o fruto do dia a dia
É a consequência da inconsequência
É algo que acompanha os outros... Até que nos descubra
É algo que preenche as nossas vidas... Deixando-as... Cada vez mais vazias

A solidão...
Não é uma dor... Porque não há um corpo
Não é um mal... Porque não tem raízes
Não é nada... Além... De uma companhia indesejada
Porém... É o último e único consolo para quem ficou sozinho...

A solidão...
É a verdade de quem viveu na mentira
É o vômito de quem teve fome de cumplicidade
Faz parte de uma história... Que só é contada quando ela termina
E muitos... Acham-na, a consideram... Coisa do diabo!
Porém... Não enxergam que quem os deixou sozinhos....
Foram os seus amados... filhos de Deus!

OBJETO USADO

Estive pensando na vida...
E cheguei à conclusão de que a melhor solução
Seria terminar os meus dias maluco...
Para que o meu corpo não saiba o que é a dor
Para que a minha cabeça não pare para pensar
E o meu coração do meu amor não consiga se lembrar

Quero terminar os meus dias maluco...
Daquele tipo que os outros olham e têm dó
Porque não entendo...
Como um amor tão lindo...
Cheio de planos, cheio de vida ...
Pode ter terminado, ter sido jogado...
Num canto qualquer, feito um objeto usado...
Esquecido... E cheio de pó
Quero terminar os meus dias maluco...
Por não aceitar que um amor sincero, fiel e dedicado...
Pode ter sido abandonado à própria sorte....
E se hoje não peço a morte...
É porque me falta coragem
Por isso, quero terminar os meus dias maluco...
Doido varrido
Sem nada sentir
Sem nada lembrar
Esquecer de mim... Esquecer da vida
Terminar os meus dias como der, como for...
Doido da vida...
E maluco de amor

VEM

Vem...
Escutar as batidas do meu coração
E ver como descompassadas estão

Vem...
Me aquecer
Me enlouquecer...
Com o seu abraço, com o seu beijo, cheio de desejo
Faz o meu corpo levitar
E o meu coração feliz

Vem...
Sentir o perfume das flores
Que no nosso quarto estão a enfeitar
E com o cheiro do nosso desejo... Vamos os lençóis marcar

Vem...
Inventar o elixir da felicidade
Misturando o nosso cheiro
Com o perfume das flores

Vem... Amor...
Termine com a saudade...
Que eu sinto de você, meu bem
E que eu disfarcei que não sentia...
Quando dizia a palavra vem...
Vem amor...
Vem...

SEGREDOS

Segredos...
Assombram os sonhos
Machucam o coração
E na calada da noite
Fazem os olhos sangrarem

Segredos...
Pertencem a quem os viu
A quem os viveu... os escondeu...
E a mais ninguém

Segredos...
São caprichos do destino
Desassossego da alma
E, às vezes, uma doce ilusão do coração
Que com o tempo...
Se torna um fardo pesado
A ser carregado... Por um só e simples mortal

Um segredo... No meu coração viveu
E eu o escondi
De tudo e de todos
Por ter medo...
De nele até mesmo pensar
Porque alguém poderia o descobrir
Ao ler o que estava escrito no meu olhar

Meu segredo me pertence...
Por crescer dentro do meu peito

Mas de direito, ele não é meu
Porque ele só nasceu...
Depois que te conheci

A BUSCA

Rainha, maravilhosa, estrela e divina
Vivo a buscar uma linda palavra
Que represente todo o seu valor
Porque as que já existem...
Nem todas juntas chegam perto do seu esplendor

Rubis, esmeraldas, opalas e turmalinas...
Não chegam aos seus pés
Vivo uma busca incessante e ansiosa
Para lhe dar algo lindo, algo além...
Da mais cobiçada das pedras preciosas

Mas só encontrei... Um beijo...
Que possa valer mais que todas as mais lindas palavras
E um amor...
Que a faça se sentir valorizada, além da maior e mais linda das belezas deste mundo

POBRE DE MIM

Brigas constantes
Palavras ditas, naqueles instantes
Quem diria!
Pobre do meu amor...

Perdi a razão
Por não escutar o seu coração
Foram dias de tormento
E noites de lamento
Pobre do meu amor...

Perdi você
Por causa de mim
Falei sem pensar
Desacreditei por não saber te amar
Quem diria!
Pobre do meu amor...

Perdi a noção... Confundi liberdade com felicidade
E minha rebeldia teve um preço
Hoje tenho o que mereço
O seu adeus...
Quem diria!
Pobre do meu amor...

Quem diria!
Pobre de mim...
Que agora os olhos molhados são os meus...
Pobre do meu coração...

UM GRITO PELA PAZ

Ninguém conquista a paz com a derrota do inimigo...

Porque a paz não é um instante de sossego ao ver o inimigo cair ao chão.

Ninguém pinta a paz com o sangue dos inocentes...

Porque a paz não é uma bandeira branca, hasteada no mastro da intolerância

Ninguém busca a paz cultivando a morte...

Porque a paz não é um minuto de silêncio, feito no momento do funeral

Ninguém quer a paz fazendo a guerra...

Porque a guerra tem inúmeras faces e quando uma delas é derrotada, deixa um

Rastro de destruição, fome, mortos, viúvas, guerreiros mutilados que lutaram cumprindo ordens e um outro tanto de órfãos

Estes que sobreviveram, por sua vez, se transformarão em novos guerreiros e também buscarão a paz, fazendo outra guerra

E novamente quem pagará o preço da vida serão outros inocentes, e estes só Deus

Sabe quando e de que forma buscarão e encontrarão a sua paz...

Assim, a verdade é que não colheremos a paz semeando a dor e a destruição

Porque a paz não é medida por quantas medalhas brilham no peito de um guerreiro

E, muito menos, por quantas bandeiras envolvem as frias lápides dos heróis mortos

Porque a paz é um sentimento caloroso, que pulsa nas veias daqueles que clamam por liberdade e felicidade e, assim, lutam diplomaticamente com unhas e dentes pela

Conservação da vida

Pois é por meio desses ideais que saberemos o quanto de paz buscamos para as nossas vidas

E também quantas vezes diremos não à guerra e sim ao diálogo, e quantas vezes apertaremos as mãos de nossos inimigos, nos dando mutuamente a chance de buscarmos a paz

E, a partir desse gesto, saberemos dar o devido valor à paz e às coisas que preservam a vida...

Nesta direção, encontraremos o sorriso de uma criança e o olhar feliz de uma mãe, ao ver o seu filho livre, tendo deveres e direitos iguais a todos

Enxergaremos o sono dos justos no coração de um pai que, ao amanhecer, despertará com a certeza de ver a sua família, tendo a possibilidade de um futuro melhor

Tudo isso... porque a paz não é justificada com a guerra

Porque se não for assim... talvez não adiante replantar um jardim onde a bomba explodiu, porque poderá não existir mais ninguém para regá-lo

Tudo isso... Porque a justificativa de uma guerra jamais será a paz

Porque talvez não adiante mais reconstruir casas, castelos, vilarejos e cidades, porque a liberdade e a soberania de um povo poderão estar soterradas sob os escombros e por isso, talvez, não exista mais ninguém que queira viver em comunidade

Porque a paz conquistada com a guerra durará apenas até quando o espírito de um ditador, ganancioso e desumano, for açoitado com outro ideal individualista e intolerante

E, assim, uma falsa paz será novamente conquistada com uma demonstração de forças bélicas

E, provavelmente, o vencedor se vangloriará com discursos inflamados, em que chamará os pacíficos de falsos moralistas por acreditarem na paz sem ser conquistada com a guerra

E chamará de loucos os poetas, por enxergarem a paz caindo do céu e brotando na terra

E, por fim, chamará de fracos e covardes todos que não lutaram até a morte pelos seus ideais

Mas em sã consciência, elejo os verdadeiros vitoriosos e os saúdo...

Viva a paz dos humildes, porque ela é verdadeira

Viva a paz dos fracos, porque ela é invencível

Viva a paz dos inocentes, porque ela é imortal

Pois o tamanho da guerra não simboliza a grandeza da paz a ser conquistada

Mas a grandeza da sua paz representa o tamanho da guerra que você pode evitar

E assim, com esse gesto, deixar marcado em todas as consciências humanas que

A paz está dentro de cada um de nós

E ela só se tornará verdadeira, invencível e imortal se todos nós doarmos a nossa parcela de tolerância e de amor

Para que a paz possa reinar absoluta e brotar em nossos corações, feito o trigo no campo, e alimente o nosso espírito com o bem

Pois caso contrário, se nos omitirmos e não nos doarmos a cada impasse e a cada dificuldade de nossas vidas, a guerra se instalará sorrateiramente entre nós, feito erva daninha no solo fértil

E assim nos tornará escravos da omissão e vítimas do mal

Porque somos sim... Pacíficos, pois preferimos a vida à morte

Porque somos sim... Poetas, pois tudo que enxergamos no mundo é um motivo para celebrarmos a paz e até mesmo no que não podemos ver, como um embrião no ventre de uma mulher

Porque somos sim... Loucos, mas loucos pela paz e essa loucura é tamanha, pois passamos a vida toda lutando por ela, só porque acreditamos que ao morrermos seremos dignos da vitória da guerra de nossas vidas e conquistaremos a paz eterna

Mas enquanto estivermos vivos, iremos continuar neste mundo a lutar e a buscar uma paz duradoura e tolerante por meio de uma guerra santa, conquistada pelos corações que buscam justiça, liberdade e igualdade, com a maior e a mais poderosa arma que existe: o amor

E para finalizar... antes que as bombas caiam novamente, encerrarei este manifesto pela paz fazendo uma homenagem...

E me ajoelharei, pois talvez seja este o último gesto digno que farei...

Em memória de todos os inocentes que morreram injustamente, a todos que morreram lutando pacificamente pelos seus ideais de paz e, também, por todos que deixaram de ser omissos e doaram a sua parcela de luta e amor, em nome da paz, mesmo que essa doação tenha sido apenas um lamento, um grito silencioso, vindo do fundo dos seus corações e que ecoou pelos quatro cantos deste mundo, até alcançar os céus...

Em forma de uma oração!

AS CONTAS

Fazer amor é bom... E faz bem...
Quantas vezes mais e melhor...
Tudo depende da satisfação e prazer que sentem em fazê-lo
Mas quando demora vários dias para acontecer...
Algo pode não estar bem
Alguma coisa pode não estar certa
E quando o período se prolonga por muitos e muitos dias...
É certeza de que tem alguma coisa errada
A cumplicidade e o desejo...
São como uma flor que precisa...
De abrigo, cuidados, calor e água para sobreviver... E não definhar
E assim é com o amor...
Que necessita de abraço, afago, prazer e compreensão para se manter...
E nunca precisar fazer as contas dos dias...

SOLITÁRIO POR OPÇÃO

Era uma vez...
Um homem solitário por opção
Que acabou por se encantar por um par de olhos castanhos
E desde então...
De rude, passou a idolatrar as flores
De crítico ferrenho das coisas do coração, passou a viver de uma doce emoção
De fanfarrão, tipo cachorro sem dono, descobriu o prazer em passear de mãos dadas

De arrogante e inconsequente... de outro ser se sentiu dependente
E assim...
Era uma vez...
Um alguém que acreditava que a felicidade tinha hora para terminar
Que sonhar não valia a pena
E que as lágrimas eram só de tristeza

CINCO MINUTOS

Cego de verdades...
Ou talvez encorajado pelas mentiras... surtei!
Desafiando a lei do silêncio
Quebrando as cadeiras
Insultando os seus ouvidos
Relembrando atritos antigos
Relatando confissões íntimas
E enxergando uma única fonte de direito... a minha
Pois estou apenas dentro de mim
Entrando para fora de uma realidade
Não dou a palavra...
Pois nem sequer pedi o direito à minha
Sou o juiz... Sou o soberano, o dono da verdade
Mas me sentindo um réu... E assim...
Defendo-me como próprio advogado
Podendo até fazer papel de criança
Mas a situação me leva aos cabelos brancos
Assim, você se tornou o muro das minhas pedradas
O megafone da minha oposição
E o motivo do meu arrependimento

Porém, o certo logo será descoberto
Somente porque a mentira e o errado
Não terão mais lugar... Em nossas vidas...
Até o momento de outros prováveis... cinco minutos

MINHA FÚRIA

Pai...
Abaixe o dólar... Salve o arroz e o feijão
Evapore o ouro negro... Transborde o riacho límpido
Rasgue as normas e as leis... Reine os mandamentos
Amordace os subversivos... Grite aos fiéis
Extermine as armas de fogo... Manifeste a flecha do cupido
Suma com os larápios políticos... Emane a liberdade do povo
Descosture os altos edifícios... Remende as casas de palha
Embalsame Jaqueline... Adore Santa Maria
Descarrile os automóveis... Aperte o pé na estrada
Destrone reis e rainhas... Impere o Mestre dos Mestres
Boicote os grandes coquetéis... Louve a Santa Ceia
Retire-me o medo e a angústia... Brote-me a verdade e a felicidade
Retire-me a inveja e o comodismo... Sacie-me de vitalidade e santidade
Pai... Perdoe-me...
Só assim... conseguirei ter forças para saciar a minha fúria
Só assim... conseguirei agradecer mais e pedir menos

Escrito em 19 de agosto de 1980

O ADEUS

Escuro... tudo escuro...
As paredes
A cortina
O chão
O silêncio
O teu olhar...

O rosto
O corpo
As vestes
A mente
O teu sorriso...

Os sonhos
Os pensamentos
O humor
Os motivos
As tuas palavras...

A noite
O amanhecer
A lágrima
O adeus
As tuas costas...

O tempo
A dor
O vazio
E a solidão...

UMA LUZ

Não deixe que os meus fantasmas a assustem
Nem assombrem os seus sentimentos
Não me julgue por causa de um instante
Foi apenas um rompante
Não me culpe...
Não me condene...
Me liberte com o seu amor
A nossa história está além dos erros...
Porque existe a compreensão
Esta que nos leva a um lugar só nosso...
Repleto de respeito, magia e fantasia
D'onde emana uma luz...
Que transforma os gestos que assustaram em um abraço
E que transforma as palavras que feriram em um beijo de perdão

SERÁ O FIM

Às vezes...
Tentamos
Insistimos
Lutamos
Insistimos de novo e de novo...
Fazemos tudo para sermos felizes
Mas nos esquecemos de conversar e de encantar
Todos os dias a pessoa amada...

O resultado de tudo isso até pode demorar um pouco
Nos dando uma falsa impressão de estabilidade e felicidade...
Porém, quando chegar a hora... Será o fim!

CONTO DE FADAS

Meu amor...
O nosso amor parece um conto de fadas...
Você é minha Maria Bonita...
Deixe-me ser seu Lampião
Com você quero dançar xaxado, forró e baião
Entre mitos e lendas
Vencemos muitas guerras
Mas de verdadeiro, mesmo, o que existiu foi a nossa paixão

Você é a minha Monalisa...
Deixe-me ser o seu Da Vinci
Quero fazê-la sorrir
E seus segredos nos lençóis macios descobrir
E assim pintá-la
Eternamente em meu coração

Você é a minha Colombina...
Deixe-me ser o seu Pierrot
Fazer de nossas vidas um eterno carnaval
Vamos pular, amar, cantar e sermos felizes
E dos meus braços
Nunca mais deixar você sair

Não quero mais chorar...
Nem a ver partir

Você é a minha Julieta...
Deixe-me ser o seu Romeu
Entre os castelos, desavenças e guerras
Para sempre com você quero viver
Mas, se preciso for... Eu lhe provar o meu amor
Por você sou capaz de morrer

CABEÇA FEITA

Feliz por existir...
Com corpo de menina
Tinha sonhos de mulher
Com a cabeça feita
Era dona do seu nariz
E me dizia que queria viver e ser feliz
Era tímida e faceira
Comportada e aventureira
Enfeitava os cabelos com uma flor
E curtia a natureza
O seu corpo era bronzeado pelo sol
Tinha um sorriso sempre presente
Não tinha tempo ruim
Vivia a vida como se deve viver
Foi o meu primeiro amor
Me fez feliz...
E seguiu a sua vida... Feito um beija-flor

IGUAIS E DIFERENTES

Pessoas e pessoas...
Palavras e palavras...
Sentimentos e sentimentos...
Tudo parece igual... Mas são diferentes
Pessoas são pessoas e todo mundo é igual...
Até que um dia apareçam as diferenças
Palavras e palavras, ditas ou escritas, são iguais...
Até que surjam os motivos e os momentos que as tornem diferentes
Sentimentos são sentimentos e todos nós os temos iguais
Até que as razões e as ações os tornem diferentes

POR FAVOR

Eu não choro as minhas derrotas...
Apenas lamento não ter comemorado mais as minhas vitórias
Eu não me arrependo das brigas que tive...
Só me envergonho de não ter pedido perdão
Eu nunca tive a pretensão de ser o dono da verdade...
Mas sempre fiz questão de me afastar dos proprietários da mentira
Eu não invejo aqueles que puderam conhecer o mundo...
Mas me envergonho de não ter permitido que muitas pessoas...
Pudessem ter me mostrado o seu coração
Eu nunca gostei de comemorar aniversários...
Mas sempre adorei pirraçar os mais jovens
Eu não culpo o tempo por estar envelhecendo...

Mas não me conformo de esquecer alguns momentos felizes de minha juventude
Eu não tenho medo de morrer...
Só não suporto a ideia de deixar um vazio em alguns corações
Eu não mudaria nada em minha vida...
Só gostaria de ter sido um pouco mais gentil...
Por favor, acreditem...

CADA UM POR SI

Um erro pode manchar o passado
A mentira pode ser doce, mas amarga
A verdade só não é mais importante do que a verdade
A justiça balança para o lado mais forte
O ódio só é pequeno na quantidade de letras
Uma palavra pode salvar uma alma
Um olhar pode cegar um coração
Um erro pode marcar o presente
O tempo não caminha, não voa, mas não para
O sonho alimenta o espírito
A dor é passageira
A fome é sinal de ingratidão
O pecado abre as portas do perdão
Um erro pode manchar o presente
O mar pode engolir uma cidade
Um tremor pode abalar um país
Um dedo pode destruir o mundo
A mulher gera a vida
O homem tenta ser imortal

A vida é uma benção gratuita
A morte é uma benção necessária
O amor é tudo e está em tudo
Um erro pode valer o futuro!

O FRUTO

Fruto verde, amarelo e vermelho
Fruto de todas as cores
Fruto que causa desejo
Fruto que aguça os amores

Fruto grande de caroço pequeno
Fruto pequeno de caroço grande
Fruto com mil caroços
Fruto sem caroço, com rama que se expande

Fruto doce, amargo e sem gosto
Fruto de chupar e cozinhar
Fruto que é remédio
Fruto bom pra decorar

Fruto pego aos montes
Fruto difícil de encontrar
Fruto que mata a sede
Fruto ruim de descascar

Fruto tirado antes do tempo
Fruto colhido no chão

Fruto que amadurece rápido
Fruto que zanga no aperto da mão

Fruto consumido murcho
Fruto que apodrece no pé
Fruto degustado ainda verde
Fruto de crença e fé

Fruto de época
Fruto que dá o ano inteiro
Fruto estranho e desconhecido
Fruto cheiroso e corriqueiro

Fruto vendido a bacia, cacho e penca
Fruto que só dá lá além
Fruto que dá aqui e acolá
Fruto que só vinga em terra de ninguém

Fruto da árvore, da rama e do pé
Fruto que a geada queimou
Fruto que o bicho comeu
Fruto que não vingou

Fruto que a árvore não deu
Fruto que a mão não colheu
Fruto que a vida não conheceu
Fruto que no ventre da mãe morreu...

DE TRÁS PARA A FRENTE

Os ventos que me levaram... não me trouxeram
Os sonhos que me embalaram... me derrubaram...
E se tornaram punhais dentro de mim
E, assim, deparei-me com um precipício de desilusões
Até alimentei algumas esperanças...
Mas quase morri de fome diante da minha falta de coragem em recomeçar
Eu estava indo por um caminho sem volta...
E quando pensei que tudo parecia perdido
Me vi voltando para a vida...
Por um caminho desconhecido, pelo qual nunca havia passado
E que me fazia sentir vivo...
E sem perceber, estava eu a minha vida recomeçar...
Os punhais ainda continuavam dentro de mim...
Só que agora com as pontas viradas para fora
E os sonhos da minha vida... também estavam vivos...
Só que de trás para a frente... Ou seja...
Vivia esperando os sonhos acontecerem... Agora...
Eu sonho e deixo a vida acontecer...

ME FALTA

O que me falta...
Está solto no ar
Se reflete no olhar
Vive a nos sondar

É mais leve que o pensar
Existe para nos guiar
E oro para a reencontrar...

PEDAÇO DE PAPEL

Me lancei no tempo, ao vento...
Feito um pedaço de papel
Jogado de um lado para o outro
À procura de um canto
Carente de encanto
Em busca de um olhar
Que possa me abrigar...
Até que meu coração encontre a paz
E esqueça aquele trágico bilhete
Que envolvia um lindo bracelete
Onde nele consta o meu nome e o dela
Mas rasguei a mensagem...
Antes de ler tudo que constava nela
Que os bons ventos acolham os meus sentimentos...
E o pedaço de papel que voou siga para bem longe e encontre quem me magoou...
Na esperança de ela se arrepender... E voltar para rasgar o pedaço que me fez sofrer
O bracelete está guardado...
Mas com uma modificação...
Entre os nossos nomes, gravei um coração!

ESCULPIDA DE PEDRA

O abraço não dado
A palavra não dita
O beijo que ficou para depois
O desejo não desejado
O amor não sentido
Quem nunca...
Que atire a primeira flor esculpida de pedra

O PACTO

Dor...
És insensível e desumana
Calhorda, irresponsável e incompreensível
Não devias existir
Não devias fazer parte de nossas vidas
Ainda hei de te derrotar
E quando isso acontecer, saborearei a vida como ela deve ser saboreada
Não te aceito
Não te compreendo
Te renego em qualquer circunstância
Te estudo e te analiso, não meço esforços contra ti
Tens milhares de formas e intensidades e me enganas e me surpreendes sempre
Às vezes te fazes de derrotada e voltas ainda mais forte
És desprezível

Não respeitas crianças e idosos
Não escolhes ricos, pobres ou animais
Não tens datas e horários para chegar
Não evitas fortes, fracos ou desamparados
Te alimentas do sofrimento
És repugnante
Às vezes, és tão insuportável que desejamos a morte
Quem te criou?
Qual a tua finalidade?
Qual o teu ciclo?
Sabes bem que és a bandeira do cristianismo
Pois em ti o mestre dos mestres entregou a sua vida para nos salvar
Então, por que não partiste?
Por que ficaste e o que queres de nós?
Será que não foi o suficiente consumires o único ser que não te merecia?
Onde te escondes?
Será que estás dividida em pedacinhos dentro de cada um de nós?
Será que te proteges dentro de quem faz a guerra?
Será que te fortaleces dentro daqueles que glorificam a discórdia?
Será que te refugias dentro daqueles que cultivam a ganância e a inveja?
Será que moras dentro dos corações daqueles que não acreditam que possam te vencer?
Será que reinas dentro dos corações daqueles que, mesmo após mais de dois mil anos passados, não compreenderam o pacto feito entre o Criador, a cruz e o seu filho?
Será que és um castigo?
Será que és a nascente da esperança?
Será que és o elo entre a vida e a fé?
Ou será que és o caminho mais curto para a salvação?
Me diz quem és...
E por que ainda existes...

ESCREVER

O meu desejo de escrever...
Não é compulsivo...
E muito menos impulsivo
Ele é algo que normalmente nasce...
Sem ter sido plantado ou planejado
É algo que vem sem avisar
Mas não posso negar que ele às vezes passeia pelas minhas entranhas, até finalmente me possuir de alguma forma e se revelar...
Ele vem com uma palavra e vira uma ideia
Vem apenas com o título e se desenrola até nascer o poema
Muitas vezes surge com a frase final e me faz escrever de trás para frente
Ele não respeita dias, horários e lugares...
Me acorrentando e me açoitando em suas masmorras das inspirações
E só me liberta quando se vê dissertado e feliz, ao se sentir pertencente às minhas criações...

BALEIAS

As profundezas eu conheço
A fúria dos ventos eu aguento
As grandes ondas eu enfrento
Não há mistérios... Nasci sabendo o meu destino
A jangada perigosa, espreito de pé
As grandes embarcações, enfrento com fé
Já vi milhões de irmãos nelas embarcarem
Deixando os seus parentes

Sem se despedir e muito menos retornarem
Assim, em meu berço aquático, me aprisiono
Escapando dos anzóis da fome
Das iscas da morte
Dos arpões sangrentos
E das redes da prisão
E sem chapéu na cabeça
E, muito menos, sem faca na cintura
Vendo aquele pescador... gostaria de lhe perguntar...
O que ele deixou em terra firme?
O que ele amou na vida?
O que ele carrega em sua consciência?
O que ele gostaria de levar para casa...
Sem ser a minha existência?

Escrito em 9 de fevereiro de 1981

COISA ESTRANHA

Neste tempo atual...
Falar dos sentimentos virou coisa banal
Marcar um encontro se tornou coisa estranha
Afinal de contas, pra que serve a chamada de vídeo?
Como posso dizer o que sinto?
Sem olhar no teu olhar
Sem a tua mão tocar
Sem o teu cheiro sentir
E o pior de tudo...

Quando me rendo e no celular te ligo...
Recebo a mensagem pra te deixar recado
Isso é cruel...
Quase um pecado...
Uma coisa estranha

APRENDI A SER FELIZ

Me acostumei a você
A satisfazer os seus desejos
A viver a sua vida
Tudo feito sempre com o seu aval...
E eu achava tudo isso normal

Mas me encontrei quando te perdi
Me descobri quando me aceitei
Aprendi a viver sem me renegar
E com os meus olhos aprendi a caminhar

E hoje...
Se me vir chorar
Não precisa me amparar
Eu tenho um alguém...
Esse meu choro é de felicidade

PILOTO AUTOMÁTICO

Sou feliz... Porém...
Tenho saúde... Todavia
Sou amado... Pelo menos, eu acho
Possuo bens... Menos do que mereço
Tenho amigos... Contudo, preciso de mais
Minha vida é farta... mas podia ser melhor
Existem pessoas que parecem viver as suas vidas no piloto automático...
Sem emoção
Sem sentir o coração
Sem sangue nas veias
Sem à felicidade agradecer
E sem a essência de suas vidas enaltecer...

IMPOSTO DE VIDA

Nas correntes da vida
Empreguei-me no destino
Desafiando os maus dias
E sonhando como um cretino

Pobre por imposição
E ranheta por devoção
Nunca chorei de saudades
Pois desconheço a razão

Moralista por herança
Enfeito o barraco com ilusões
A lua me ilumina lá fora
Mas conheço o escuro das decepções

Não nasci para me abater
Pois aprendi a lutar
E enquanto não precisam de mim lá em cima
Me aguento por aqui a suar

Os juros da dor
Vieram no capital da felicidade
A renda da fadiga
Desconhece o carinho de minha mocidade

E assim, mais tarde, em algum dia
Ainda sonhando como um cretino
Nas correntes da vida
Me aposentarei no destino...

Escrito em 3 de fevereiro de 1981

JÁ ME CONFORTA

Ao ser perguntado...
Sempre lhes digo que estou bem
Não há outra resposta
Nem tem como eu lhes dizer a verdade
Não seria justo
Não seria correto aborrecê-los
O carinho deles ao me perguntarem como estou já me conforta
Ninguém precisa saber o que passo
Pois os meus passos são do mundo
Mas as minhas tristezas são minhas...
Só minhas...

DESISTIR

Não quero desistir...
De mim
De você
Da nossa história
Das nossas vidas
E do nosso amor
Só preciso que o silêncio me responda
Espero que a solidão me acolha
Que o destino me mostre o caminho
E que o tempo feche as feridas...

O POÇO

Poço dos miseráveis
Que vem me acolher
Fuja para bem longe
Não se aproxime
Pois esta vida pode engolir você

Poço da escuridão
Pare e volte de onde veio
Não teime comigo
Pois esta vida pode infernizá-lo

Poço das decepções
Que vem me consolar
Desista, aqui é horrível
Não adianta insistir
Pois esta vida pode esmagá-lo

Poço das lágrimas
Que vem me alegrar
Emudeça e sinta as dificuldades
Não fique triste
Pois esta vida pode abandoná-lo

Poço das lembranças
Que vem me reviver
Esqueça e esconda-se nas nuvens
Não permaneça aqui
Pois esta vida pode acorrentá-lo

Poço dos desejos
Que vem me alimentar
Encolha e resida longe dos olhos
Pois esta vida pode marginalizá-lo

Poço da felicidade
Que vem me amar
Fique aí onde está
Não venha me procurar
Pois nas giradas do mundo
Um dia em você hei de me afogar

Escrito em 11 de janeiro de 1982

O OUTRO

Não tenho mais caminhos para seguir
Nem pensamentos para pensar...
Você foge de mim como a sombra do corpo
Você me ignora como a vitória nas mãos do perdedor
Você se esconde de mim como o sol do anoitecer
Não sei mais o que fazer...
E não vejo outro jeito... Se você tem outro alguém, bom proveito
Vou tentar esquecer você...
Porém você jamais conhecerá um amor de verdade
Porque só o meu lhe trará a felicidade
O outro pode lhe dar o céu... mas eu realizaria todos os seus sonhos

O outro pode lhe dar a terra... mas eu lhe daria as flores
O outro pode lhe dar status... mas eu lhe daria o meu coração
O outro pode lhe dar o corpo... mas eu lhe daria prazer
O outro pode lhe dar tudo deste mundo... mas eu lhe daria a minha vida

SEM RAÍZES

Quando alguém ferir você
Não adianta deixar pra lá...
E disfarçar as cicatrizes...
Arrancando os espinhos do corpo...
E, assim, tentar esquecer...
Porque... você não vai esquecer...
É preciso arrancar os espinhos do coração
E, com isso, você poderá tentar esquecer...
Porém, é improvável que isso aconteça
Mas, com certeza, você se sentirá mais leve
E nos momentos em que se lembrar do ocorrido...
Ele não o afetará mais...
Pois os espinhos...
Foram arrancados com as raízes

Escrito em 11 de maio de 2021

NA HORA DE DORMIR

Minha cama quebrou
O dinheiro acabou
O sono foi embora
Os sonhos desapareceram
E a vida rola lá fora...
Me sinto como se fosse pó, um vento...
Mais um, entre tantos, nada...
O mundo não distingue quem é o rato e quem vive como rato...
A vida continua...
Vou arrumar a minha cama

O REI DOS REIS

Vida sombria...
De família humilde
Seus pés não atravessaram longínquas fronteiras
E renegou as riquezas deste mundo

Vida doada...
Acolheu os doentes
Proferiu palavras de amor
E seus gestos foram de caridade

Vida de sacrifícios...
Resistiu às tentações

Amou os seus opressores
E disse sim à vontade de seu pai

Vida marcada...
Não conspirou contra reis e rainhas
Perdoou o seu traidor
E enfrentou a sua sentença

Vida de luz...
Provou da morte
Salvou os seus semelhantes
Ressuscitou e jamais será vencido

COISAS DA VIDA

Quem nunca teve um dia ruim?
Um dia pra esquecer?
Um dia sem glória...
Um dia pra apagar da memória
Quem nunca?
Quem nunca...
Falou e escutou?
Bateu e levou?
Mas são coisas da vida...
Quem nunca teve dias pra se arrepender?
Dias de se perder o juízo...
Quem nunca fez tolices?
Quem nunca cometeu sandices?

Quem nunca?
Quem nunca...
Rezou e pecou?
Amou e chorou?
Mas não há o que se fazer...
São coisas da vida...

AUSÊNCIA

Cadê os seus olhos
Onde está o seu abraço
Não sinto o seu cheiro
Não escuto a sua voz
Tenho a impressão de que te perdi...
Mas me enganei
É só a sua ausência...
Me lembrando do quanto te amo

COMPANHEIRA DA SOLIDÃO

Nas noites frias...
A mulher que me aquece
Não evita que procure o travesseiro...
Que quando só me adorna o coração
Nas noites quentes...

A mulher que me lambuza
Não evita que procure o retrato...
Que quando só me atormenta de saudades
Nas noites de festa...
A mulher que me enfeitiça
Não evita que procure a garrafa...
Que quando só me apossa de coragem
Nas noites de solidão...
A mulher que amo
Não me evita as nossas lembranças...
Que quando só sobrevive a um mar de lágrimas

Escrito em 8 de janeiro de 1982

CHUVA

A chuva não cai...
O rio agoniza
A gota de orvalho o lírio suaviza
A lei a urgência ironiza
O calor exacerbado profetiza
O frio congelante nos avisa
O poeta a natureza imortaliza
O homem a vida banaliza
A terra rachada o fim sinaliza
O tempo urge e não se reprisa...

SÃO LAMENTOS

Pouco tempo atrás...
Eu contava boas histórias
Muitas delas com mais de uma página
E a maioria com finais surpreendentes
O desenrolar das histórias prendia os leitores
Fazendo-os viajar e sonhar
Era como se elas tivessem vida própria
Agora, são curtas... muito curtas
E não podem ser chamadas de histórias
Pois são lamentos, desabafos...
E não prendem ninguém
Apenas levam os leitores as lerem...

Escrito em 24 de janeiro de 1989

SERIA TÃO BOM

Queria que o tempo voasse
Não muito...
Só um pouco...
Tempo apenas para adormecer...
Até esta tormenta passar
Até as coisas irem para o seu lugar
Até que tudo esteja sob controle
É um sonho... Sim, eu sei que é

É impossível... Não, eu tenho esperanças
É um milagre... Sim
E seria tão bom...
Se eu dele fosse merecedor...

MEU VELHO AMIGO

Meu velho amigo...
Quantos caminhos
Quantas jornadas
E você sempre comigo
Nas alegrias, nas tristezas
Nas dores, nas emoções
Nossas vidas não têm sido fáceis
Entre derrotas e topetadas
Sempre nos refazemos, nos reconstruímos
E até tivemos algumas vitórias
Que nos empurraram pra vida
Você me ouve, me entende
E muitas vezes me carrega
É um verdadeiro amigo...
Às vezes até o chuto nos momentos de ira
E você me perdoa e me encaminha pra frente
Somos dois bons amigos confidentes
Mas, na verdade, só me ouve e me permite calçá-lo
E me apoia, carregando esse seu velho amigo
E esses cansados e calejados pés...

Escrito em 21 de agosto de 2000

SEM REVANCHE

Olhe para mim...
Olhe para dentro e fora de você
Veja que o seu olhar perdeu brilho
O seu coração está triste
O céu perdeu o azul-celeste
E a sua vida está sem rumo, sem norte, sem leste
Você se olha no espelho e não enxerga o próprio rosto
Por capricho ou próprio gosto
Você quer se enganar...
E não admite ainda me amar
Olhe para mim...
Me aceite de volta...
Sem revanche...
Me dê uma chance
Sei que tenho os meus defeitos
Mas o meu amor é a minha maior virtude
Não permita que o seu orgulho o nosso amor perturbe

VOCÊ PODE

Você pode...
Duvidar do que vê
Desacreditar do que ouve
Perder a confiança em alguém
Ignorar a ignorância alheia

Deixar de amar quem te ama
Mas, nunca...
Perder a fé na vida

AINDA NÃO PEDI A DEUS

Minha vida ficou sem graça
Caí em desgraça
Sem a graça do seu olhar
E se a escuridão ainda não se apossou do meu coração
É porque sigo uma fresta de luz
Que me arrasta a sonhar pela vida afora e me conduz
Meu mundo virou um mundinho
E sem você se tornou tão pequenino
Que cabe na palma de minha mão
E se resumiu a um lenço que enxuga as lágrimas, vindas da minha solidão
E se meu mundo por pouco não se tornou mais ínfimo
É porque ainda suspira a esperança, no mais profundo de meu íntimo
O meu sorriso ficou triste
A minha alegria inexiste
A felicidade o meu peito abandonou
A saudade às lembranças me acorrentou
E se as coisas ainda não tiveram um trágico fim
É porque ainda me restam forças para regar as flores do meu jardim

A PROMESSA

Como o sol encontra o horizonte
Como a gota de orvalho encontra o chão
Eu te encontrei...
Como o vento se embrenha por entre as árvores
Como o rio se funde com o mar
E como a vida precisa da luz
Eu te amei...
A boca beijou a boca
O silêncio marcou o momento
O corpo encontrou o desejo
A paixão inundou a alma
O pecado nos possuiu
E a felicidade irrigou os meus sonhos
Mas como o tempo escorrega por entre as mãos
Como a sorte foge em uma jogada
E como o olhar se perde na escuridão
O encanto teve fim no seu coração
Você me prometeu... E eu sonhei
Mas com o tempo, você me deu o que eu não acreditava
Eu lhe dei... tudo que o amor precisa para existir
E recebi... O que nenhum coração está preparado para sentir...

ESTRELA CADENTE

O vento soprou nas montanhas
Trazendo as delícias da brisa do mar
O som ecoou nas entranhas
Daquele que possui a gula de amar

Nada concreto
Apenas real
Nada mais que fatias mágicas
De uma força quase espiritual

E com o silêncio da noite
Voa o vaga-lume a se iluminar
E só os olhos dos que acreditam
Veem a doce melodia de se amar

Nada anormal
Apenas nobreza
Nada mais que uma estrela cadente
Chorando pelo céu toda a sua imensa e solitária beleza

Escrito em 24 de janeiro de 1981

CONTO

Eu conto e ponto...
Conto sem ser um conto
Conto um real conto
Conto ponto a ponto
Conto com e sem ponto
Conto o trivial e o crucial ponto
E conto o ponto, que gerou este conto...

OS MEUS VERSOS

Os meus versos não têm dono, nem endereço
São feitos apenas da emoção...
De ver a lua, as crianças brincando na rua
As flores e o amanhecer
Os meus versos...
São tolos, meio loucos
Sem pé, nem cabeça... Sem direção
São coisas que vêm do meu coração
Que me levam a todos os lugares, a lugar nenhum
E me tornam um poeta, um homem comum...
Que faz versos pro infinito, pra um olhar bonito
Para uma linda mulher
Pra chuva que cai de mansinho
Pro vento que sopra forte
Pra esperança que vigora e pra saudade que aflora

Os meus versos são escritos de azul
Da esquerda pra direita e vice-versa
De cima para baixo, ao contrário
Na ordem que todos possam ler...
Os meus versos têm estrofes que só os corações podem entender
Os meus versos não têm dono, nem endereço
Muito menos valem algum preço
São simples, quem sabe, até vulgares
Mal-entendidos, bem interpretados... verdadeiros
São os versos de um homem que teve um passado...
Assim... Não os julgue... se nunca tiver amado

Escrito em 17 de fevereiro de 2001

PEDRAS

Queime...
Queimem as ilusões...
Que ardam em lágrimas as pedras dos meus caminhos
Que reluzam em chamas os pecados de que não me arrependi
Senhor...
Como se vão os anéis dos dedos
E como sopram os ventos nas ruínas
Abra os quatro cantos dos céus
Para que eu possa neles entrar...
Pois entendo que as pedras dos meus caminhos
Foram como as ondas do mar...
E erradamente nelas naveguei, sem saber onde iria ancorar

E hoje entregue de corpo e alma...
Sei que não me deixará naufragar
Senhor...
Lembre-se das noites em que orei
Lembre-se dos dias em que sofri
E até mesmo das vezes em que o mundo amei...
Queime...
Queimem as chamas das loucuras que cometi
Pois é chegada a hora, e como filho, fraco e desalmado
Lhe suplico...
Perdoe-me pelas pedras que cravei em seu coração
E que pela vida afora montanhas de ilusões me levaram a sonhar
E, no entanto... Nos fins dos meus dias...
Apenas ruínas me fizeram semear

Escrito em 24 de abril de 1986

PORTA DE ENTRADA

Não me lembro quando foi que recebi o seu último carinho
Nem tampouco o último beijo...
Não me lembro quando foi a nossa última conversa amigável...
Nem tampouco quando foi a nossa última noite de amor
Nunca parei para pensar...
Quantos dias fazem que você foi embora...
E nunca contei quantos passos existem
Entre o nosso quarto e a porta de entrada

Para não saber ao certo o quanto de você...
Restou em minha vida
Não é fácil conviver com a distância
Com a sua ausência...
Com a falta de boas lembranças
Não que elas não existam
E, sim, porque estão sufocadas...
Perdidas e angustiadas num mar de solidão
Meus vizinhos devem achar que estou ficando maluco
E não aposto que não...
Ao me verem sentado do lado de fora de casa, de olhos fechados...
Eles devem pensar que estou a te esperar
E, talvez, eles tenham razão...
Mas, decerto, tudo isso... É apenas a emoção...
De eu imaginar que está perto de mim
Porque aqui na porta de entrada...
Eu ainda sinto o seu perfume de jasmim

VOCÊ

Você que não me viu... Não me procure
Pois não tenho nada a lhe oferecer
Você que não me entendeu... Não se desculpe...
Pois não me interessa
Você que não acreditou em mim... Não sabe o que vem a ser a minha verdade
Pois a minha vida tem as suas próprias leis
Você que não me conhece... Não tente me desvendar
Pois não irá me compreender

Você que não conhece os meus sonhos... Não perca o seu tempo
Pois o tempo e os meus sonhos não são deste mundo
Você que não escutou o meu coração... Não sabe nada de mim
Pois não tenho coração, tenho uma outra vida pulsando dentro de mim...

UM SOPRO

Na minha vida as coisas sempre foram acontecendo de um momento para o outro... Tudo muito rápido e imprevisível
No ano anterior não consegui realizar quase nada... Por muitos imprevistos
O mês passado foi produtivo...
Porque as coisas fluíram bem
Anteontem comecei a criar algo...
Devo concluir em breve, estou feliz...
Ontem terminei algo atrasado...
E afinei as cordas da minha viola
Hoje, neste momento, estou viva...
Vivendo a vida, voando como um passarinho...
Já no próximo segundo...
Não sei o que farei e o que serei...
Pois a vida é um sopro...
Quem sabe, cantarei...

Escrito em 5 de novembro de 2021

A DISTÂNCIA

De que me vale ter olhos
E poder contemplar a sua beleza...
Se você não me enxerga

De que me adianta ter uma boca
Para o seu nome chamar e os seus beijos desejar...
Se você não percebe que eu existo

De que me resolve sonhar
Se ao acordar...
Você ao meu lado não vai estar
De que me interessa ter um coração
Batendo forte dentro do peito...
Se, ao menos, não tenho o direito de me revelar

De que me importa ter uma vida para viver
Se os nossos sentimentos...
Vivem em mundos diferentes

De que me serve ter um amor assim
Tão grande... Imenso... Do tamanho do mundo...
Se a distância entre nós e a felicidade... É infinita!

SEGUIR A VIDA

Quantas vezes não nos pegamos sozinhos...
Fazendo perguntas a nós mesmos
Buscando explicações...
Tentando entender a situação...
Inventando desculpas e buscando culpas
Estas que, muitas vezes, acabam caindo sobre os outros
E, por fim, chegamos à conclusão de que tudo está errado...
Mas, na verdade, as coisas só não estão muito certas
E isso faz parte da vida...
Faz parte da natureza humana questionar e achar culpados
É uma defesa, é uma fuga...
É o nosso racional tentando não ser irracional
Mas a solução é sempre a mesma...
Se ocupar, orar, perdoar...
E seguir a vida...

DESENCONTROS

Partir e voltar
Desistir e ficar
Ir e regressar
Despedir e reencontrar
Sumir e assombrar
Fugir e vagar
Surgir e desencontrar
A vida é feita de intermináveis encontros e desencontros...

UM INCÔMODO

É muito bom ser desejado
É um privilégio ser amado
É importante ser respeitado
É maravilhoso ser acolhido
É divino ser lembrado nas orações
Mas quando não estamos com a mente e o coração neste mundo
Nos sentimos um incômodo
E aí... Gostaríamos de ser esquecidos...
Até que as flores voltem a nos encantar
Até que a nossa vida faça sentido
E até que o mundo deixe de ser um labirinto...

METADE DE UMA CHANCE

As dúvidas existiram
Os erros aconteceram
Os dias passaram...
E as afinidades se foram
Depois de tudo...
O todo-poderoso não era tão poderoso assim
E as metades se separaram...
O tudo... Foi tudo...
E hoje é nada sem você

Viveria uma nova vida...
Viveria o presente, se o passado fosse passado

Tentaria tentar...
Se houvesse uma fresta no passado
Faria tudo outra vez...
Começaria tudo de novo...
Precisaria de metade de uma chance...
Para ser feliz
Porém...
Desisti de tentar, porque me acostumei a sonhar
Desisti de fugir, porque não me encontrei na hora de sair

E hoje...
Sem a sua presença
Perdi a noção do que vem a ser a razão
E perdi a vida...
Por não ter volta a sua partida

ACORDADO

Sonhar é...
Se desvencilhar
Desencarnar
Conhecer o outro lado
Acreditar no infundado
Apostar no inimaginável
Brincar de ser Deus
Reescrever o passado
Ignorar o presente
E inventar o futuro...

Sonhar nada mais é...
Do que dar vida às emoções
E assim... descobrir que viver é aceitar as nossas ilusões

FIO DE ESPERANÇA

Se eu tivesse um fio de esperança...
Me agarraria a ele até o último momento de minha vida... A te esperar
Se eu tivesse um sopro a mais de vida...
O respiraria bem devagar para que durasse até o derradeiro segundo...
Para sentir o gosto do nosso último beijo
Se eu tivesse um instante de eternidade...
O entregaria a você, à espera de nos amarmos e os meus olhos se fechassem de felicidade
Mas vivo no fio da navalha...
Entre a cruz e a espada...
E à mercê das lembranças...
Acariciado pela esperança... de ter de volta o seu amor

TODOS

Em que horas o tempo começou?
Quando foi que a vida surgiu?
Em que momento o seu amor despertou?

O que o sol não revela durante o dia?
Que parte do universo não reluz?
Qual foi a noite em que você me amou?

Há quanto tempo a Via Láctea brilha?
Onde repousa o arco-íris?
Que palavra eu te falei e não devia?

Será que Marte é uma terra abandonada?
Por que algumas estrelas são cadentes?
Quem sabe como será o nosso futuro?

Quando o céu cairá sobre as nossas cabeças?
É verdade que a lua sabe guardar segredo?
Por que as rosas têm espinhos?

Será que os astros sabem que nós existimos?
Quem chamou de terra a moradia dos rios, lagos e oceanos?
O que nasceu primeiro, o amor ou o pecado?

Há quanto tempo o mar conhece o infinito?
Desde quando acreditamos no que não vimos?
Por que os seus olhos deixaram de encarar os meus?

A vida e o tempo...
Você e o amor... Todos existem, mas insistem...
Em me deixar sozinho e sem respostas...

SERÁ FÁCIL

Sabe...
O mundo é belo!
A vida é maravilhosa!
A felicidade existe!
A saudade dói, mas é uma benção... E devemos aprender a aceitá-la!
A fraternidade é algo raro!
E sonhar acordado... É bom demais!
Sabe...
As pessoas são diferentemente iguais...
Julgam e não suportam serem julgadas
Se irritam diante do erro alheio e vivem se perdoando em suas faltas graves
Cobiçam e não aceitam ser cobiçadas
Todas choram... E juram inocência
Tudo isso... Você vai conhecer e aprender a lidar... Com o tempo!
Mas, primeiramente, para que tudo isso se torne uma realidade....
Você precisará nascer!
Então... Venha!
Venha logo!
Venha a seu tempo...
Venha quando tiver de vir...
Venha... Para ser dona deste mundo... Sem dono...
Venha para conhecer tudo e todos...
Discernir o bem do mal... E se apaixonar pela vida a cada manhã...
Venha para ser o que tiver de ser... E não para satisfazer os egos...
Venha para fazer amizades...
Venha para semear o seu sorriso mais espontâneo...
Venha para nos presentear com o seu choro...
Sempre o mais sincero... Seja de tristeza ou de alegria...

O MEL DAS MINHAS LÁGRIMAS

Mas principalmente...

Venha para conhecer, mais ou menos...

Uma meia dúzia de pessoas que serão loucas por você!

Essas pessoas terão nomes... Mas não se anunciarão

Farão de você... A razão de suas existências

Serão mortais... Mas seus sentimentos transcenderão os limites humanos

E elas nada lhe cobrarão... A não ser... A sua doce presença em suas vidas!

Porque você lhes trouxe a esperança... Que outrora adormecia em seus corações!

Como identificá-las? Será fácil...

Basta que você enxergue a importância e a pureza... Nos mais singelos atos...

Pois algumas delas... Não terão instrução para orientá-la em todas as suas tribulações, mas orarão todos os dias por você...

Outras... Poderão não ter um vintém no bolso... Mas não medirão esforços para fazê-la feliz...

E outras, talvez... Nunca lhe digam o que sintam por você...

Mas pelos seus olhos... Você sentirá o bem que elas lhe desejam...

Essas pessoas não farão mágicas...

Não serão milagrosas... Não lhe prometerão o que não podem fazer...

E não lhe darão tudo o que quiser...

Mas nunca... Nunca mesmo.... Lhe negarão o apoio e o amor de que precisar!

Assim... Venha... Venha, estamos lhe esperando!!!

Diante da ansiedade geral da família,
escrevi estes versos a Maria Fernanda!

A primeira bisneta de minha mãe...
Ela poucos dias após este escrito nasceu!

Escrito em 15 de setembro de 2010

CÓDIGO GENÉTICO DA HUMANIDADE

1 DEUS

6 DIAS CRIANDO

1 ESPÍRITO SANTO ENVIADO

1 SER FOI ESCOLHIDO

1 AVISO NOS CÉUS

3 REIS MAGOS

1 NASCIMENTO

1 MANDOU CAÇÁ-LO

1 BATISMO

40 DIAS NO DESERTO

3 TENTAÇÕES

33 ANOS COMO SANTIDADE HUMANA

35 MILAGRES

4 PEREGRINAÇÕES

12 SEGUIDORES

7 PECADOS CAPITAIS

1 TRAIDOR

10 MOEDAS DE OURO

2 FORAM JULGADOS

1 LAVOU AS SUAS MÂOS

1 FOI SOLTO

1 CRUCIFICADO

3 DIAS APÓS RESSUSCITOU

5 CHAGAS

10 MANDAMENTOS

1 FILHO MORTO PELA HUMANIDADE

2022 ANOS SE PASSARAM

1 ÚNICO SALVADOR

1 BILHÃO DE DESCRENTES

1 DIA ELE VOLTARÁ...
    7 . . . .
          5 . . . .   2 . . . . 1 DIA...

RECOMEÇAR

Quando o sol se esconde, a noite vem...
Quando o amor desperta, um minuto de espera é uma eternidade
O nosso primeiro encontro foi inesquecível
E a lembrança daquela fria despedida foi horrível
Mas com o coração cheio de esperanças, luto contra a solidão
E pergunto ao destino:
Onde está a minha paz?
Para terminar com este vazio voraz...
Pergunto ao tempo:
Até quando o meu corpo irá suportar esta dor?
Até quando o meu coração viverá sem o seu amor?
E assim... Todos os dias...
Recebo da realidade a mesma dura resposta...
Mas insisto na felicidade e mantenho aberta a nossa porta...
Até mesmo quando o tempo deixar de ser tempo
E nós deixarmos de sermos nós
E tudo virar um imenso espaço...
Sem medida, sem tempo e sem fim
Mesmo assim...
O meu amor estará vivo, solto pelo ar
E com a esperança de nossa história recomeçar...
Em algum canto deste imenso vazio...
Talvez eu em forma de chuva e você na forma de um rio

JOÃO 3:17

Ao ver os pequeninos brincando, pulando e crescendo com o tempo...
Descobri... Por que os anjos precisam de asas

Ao receber um beijo de despedida de minha querida mãezinha...
Descobri... Por que as lágrimas não podem ser doces

Ao presenciar o meu pai chorar ao ler as cartas vindas de além-mar...
Descobri... Quem eu era

Ao jurar amor eterno à minha companheira...
Descobri... Uma das razões pelas quais vim a este mundo

Ao sentir o meu peito doer de saudades...
Descobri... Por que as rosas têm espinhos

Ao implorar por um milagre, num momento de angústia...
Descobri... Por que as noites, por mais longas que sejam, terminam

Ao ser julgado por algo que não cometi...
Descobri... Por que os dedos de minhas próprias mãos não são iguais

Ao constatar mentiras e injustiças por parte de ilustres pensantes...
Descobri... Por que os tatus vivem em tocas e os camaleões se camuflam

Ao ver as guerras e a fome explodirem mundo afora...
Descobri... Por que alguns seres iluminados abandonam tudo

Ao ouvir em uma missa dominical João 3:17 e olhar fixamente a Cruz,
no centro do altar...

Descobri...
Que os pagãos executaram, intitularam e deram vida à mais divina das poesias!

Salmo 3:17:
"Porquanto Deus enviou o seu Filho ao mundo não para que julgasse o mundo, mas para que o mundo fosse salvo por ele".

VIDAS PASSADAS

Passeando pelo campo...
O vento brinca em seus cabelos
E balança o seu vestido de cetim
Mostrando para mim as suas lindas formas de mulher
Uma cena de rara beleza...
Parece pertencer à natureza
O vento parece existir só para exibi-la...
Seus olhos castanhos brilham na luz do sol
Sua pele alva como a neve...
Realça ainda mais o rubor de suas faces
O toque de suas mãos é delicado como um véu
E me faz imaginar...
Pétalas caindo do céu...
E acariciando o meu corpo e afagando a minha alma
Que maravilha viver a seu lado...
E poder contemplar todo o seu esplendor
O seu corpo exala um perfume que a todos encanta...
E à minha vida deu sentido e cor
Sua presença irradia alegria

Sua existência está acima do bem e do mal
E se existiram vidas passadas...
A sua, para descobri-la, não preciso de uma bola de cristal
Na essência da sua existência... Nada mudou
Apenas foram modificados alguns detalhes...
Nas suas formas, pelas mãos do criador...
Você foi uma linda flor!

NÃO ENCONTREI NINGUÉM

Deixei de falar em nós...
Mas não esqueci você

Deixei os nossos momentos adormecerem no passado...
Mas não permiti a dor esfriar os meus sentimentos

Deixei as lágrimas me confortarem...
Mas não perdi a esperança

Deixei de ver poesia na lua cheia...
Mas não fiquei cego diante da solidão

Deixei de ter o seu corpo em meus braços...
Mas não deixei de sentir o seu perfume

Deixei o tempo acalentar a saudade...
Mas não me acostumei com a realidade

Deixei de ser feliz...
Mas não parei de sonhar

Deixei as sombras me acompanharem...
Mas não encontrei ninguém para te substituir

Deixei de viver...
Mas não deixei de te amar...

MÃOS DA VIDA

Mãos hábeis...
Que sentem o coração
Que contam a respiração
Mãos que medicam... Que curam...
Mãos firmes...
Mãos profissionais...
Onde o imprevisto é encarado como um trabalho a ser realizado, sem erros
Onde a emergência é vista como como uma meta a ser alcançada...
Sem ter uma segunda chance
Mãos do amor...
Pois a vida do paciente está em primeiro lugar
Mãos onde a pressa... É sinal de perfeição
Mãos onde a dor alheia é sinal de dedicação
Mãos...
Onde por mais trágica que seja a fatalidade...
Se houver o menor sopro de vida...
Este será o sinal de sua maior motivação

Por maiores que sejam as dificuldades...
Por maior que tenha sido o tempo perdido
Mãos...
Que fecham as feridas e abrem um sorriso
Mãos...
Que se sujam do vermelho da dor
E limpam a vida do risco de morte
Com isso, dignificam a cor de suas vestes
E levantam uma bandeira com os seus atos de amor
Mãos...
Que não aceitam falhas
Que não aceitam perdas
Mãos...
Que correm contra o tempo
Que desafiam o destino
E respiram vida
Mãos de luz...
Abençoadas, que respeitam a morte...
Mas que por terem sido treinados a lutarem até o fim
Até mesmo nos casos em que nada mais há o que se fazer
Estas mãos não desistem... Elas largam o estetoscópio...
E seguram nas mãos de Deus... E acreditam na vida!

Homenagem a todos os profissionais da saúde!

NEGANDO A REALIDADE

Enquanto eu...
De sonho em sonho alimentava as esperanças...
Que de erro em erro íamos dar certo

Você...
De pecado em pecado alimentava o remorso...
E de mentira em mentira revelava as verdades

Assim...
Eu de quase em quase e de sempre, em sempre
Escondia a minha tristeza e negava a realidade

DEGRAUS

Rolam as minhas lágrimas...
Você que não se importou...
Quem sabe não é a sua falta de atenção que me faz chorar
Você que não viu...
Quem sabe não é o escuro de seus olhos que me faz agoniar
Você que reparou e sorriu...
Quem sabe não é o seu humor egoísta que me faz desabafar
Você que olhou e parou...
Quem sabe não são as suas ideias retidas que me fazem vagar
Você que me deu as costas...
Quem sabe não é o seu orgulho que me faz acorrentar

Você que de passagem comentou...
Quem sabe não é o seu conhecimento astucioso que me faz subjugar
Você que comigo sofreu...
Quem sabe não é o seu sorriso escondido que me faz chorar...

PERGUNTAS

O aço e o estanho... O fidalgo e o estranho
A dúvida e a fé... O homem e a ralé
O dom e a avareza... O pastor e a baronesa
A verdade e a conquista... O sonhador e o altruísta
A luz e a dor... A mãe e o pecador
A vida e a canção... O rei e o ancião
O menino e o pop star... A lua e o mar
A inveja e o pavor... A ninfeta e o senhor
O luxo e a ira... A dama e o caipira
A fome e a guerra... O meu semelhante e o indigente debaixo da terra
A montanha e a descida... O idealizador e o suicida
O sorriso e o impensado... O sábio e o injustiçado
A chuva e a oração... O mendigo e a nação
A merda e o ouro... Eu e o dono do tesouro
Quem é o quê? O que é de quem?

Escrito em 2 de outubro de 2007

SEM ASSUNTO

Se deitar e fechar os olhos...
Abri-los e não ter o que dizer
Não ter nada para pensar
E não saber como agir
Isso é ócio
É preguiça mental
É um efeito colateral...
De uma vida sem assunto
Sem diálogos naturais
Por viver diante de um celular e nada mais

UNHAS E CARNES

Flores...
Por que me abandonaram
Por que me desprezam
Por que fogem de mim
Sem vocês, meus versos são tristes...
Sem vida
Sem beleza
E sem encanto
Voltem e cessem o meu pranto
Juntos éramos inspiração e emoção
Verdade e saudade
Unhas e carnes
E com as suas ausências nos tornamos solitárias partes

DIVINA OBRA

Gratidão...
É uma forma de amor... Mas não tem paixão
É um sentimento... Mas mão tem desejo
É uma necessidade... Mas não tem a obrigação
É um caloroso abraço... Mas não tem corpo
É uma palavra... Mas não tem em todos os dicionários
É um agradecimento... Mas não tem endereço
É um acometimento... Mas não tem cura
É um pedaço do coração... Mas não tem como se doar
É um respeitoso beijo... Mas não tem direção
É uma dívida... Mas não tem como ser paga neste mundo
É uma divina obra do homem... Mas não tem explicação

Escrito em 28 de maio de 2021

CHAMA, DOM E LUZ

Escuto passos na escuridão
Ouço vozes distorcidas
Me sinto em outro mundo
Com se o além...
Fosse além da minha porta...

Céu, por que te abres a todas as orações?
Por que aceitas todas as lamentações?

Se em ti poucos entrarão!

Vida, como te quero!
Vida, até quando te chamarei de minha vida?
Quanto ainda tenho de ti, viva, dentro de mim?

Vida, te sinto no ar
No frio que invade o meu corpo
E no calor da esperança de um moribundo

Vida... Chama que aquece os sonhos!
E nos ajuda a entender a escuridão

Vida... Dom que floreia o chão!
E nos ajuda a seguir pelos caminhos...

Vida... Luz que ilumina o vão!
Que fica entre... O que ouvimos e não vimos
Que fica entre... O que existe e o que cremos

PINTANDO A VIDA

Às vezes a vida é representada em uma pintura...
Talvez...
Em um quadro, no qual o menino bem agasalhado, com cachecol e roupas escuras, está com as canelas de fora...
Correndo atrás dos pombos, em uma praça repleta de árvores com galhos enormes, tendo ao seu redor canteiros de flores amarelas

Ou, outro, com uma jovem senhora, sentada em um banco, com um dos seios à mostra, amamentando seu robusto bebê, de olhos grandes e cabelos alourados

Talvez...

Quem sabe, ao centro de uma tela, um pequeno barco, mal tracejado, em meio a um mar em fúria pela tempestade que o assola

Ou, simplesmente, um cesto de vime com frutas tropicais,

Em cima de uma velha mesa de madeira rústica

Quem sabe, então, uma estreita e sinuosa estrada, que termina à frente de um casebre com a porta entreaberta e uma vasta fumaça negra, saindo de sua chaminé...

Que se confunde e se mistura com o azul do céu e, ao fundo, um enorme e avermelhado sol, dando sinais de um fim de tarde

Ou, ainda, uma adolescente de faces rubras, passeando em uma estrada de terra vermelha, vestida à moda dos anos 40, com seu vestido longo, todo rendado e segurando com uma das mãos o seu chapéu branco

Suas expressões são de espanto, pois sua sombrinha foi arrastada pelo vento forte, este que, por sua vez, levanta também a poeira ao seu redor

Quem nunca se imaginou pintando um quadro?

Talvez um em que um homem magro, calvo, de feições sombrias, está sentado diante de uma escrivaninha preta, com duas gavetas de puxadores dourados

Ele se encontra com uma caneta na mão direita e, a seus pés, uma folha branca de papel supostamente escrita com alguma coisa, que leve a imaginação de quem a ler a pintar em sua mente... As cenas que ele descreveu...

LÁGRIMAS

Lágrimas...
Que comovem
Que denunciam o culpado
Que sensibilizam o jurado
Mostram o gosto da liberdade... Por meio de emoções reais
São lágrimas molhadas que fazem de todos nós... Simples mortais

Lágrimas...
Da mãe, dando à luz a sua cria
Do pai, quase morto de emoção
Do filho, em busca de alimento e proteção
Dádivas do destino, que dão às vidas... O gosto do mel
São lágrimas doces... Que nos levam ao céu

Lágrimas...
Do artista
Do vistoso amante
Do indomável farsante
Que deixam na boca o gosto de quero mais... E no peito a dor
São lágrimas suspeitas, que fazem do outro... Um mero espectador

Lágrimas...
Silenciosas
Anônimas e frias
Machucam nas madrugadas e retiram a luz dos dias
Têm o gosto do sangue... E brotam com a solidão
São lágrimas secas, feito espinhos... Que jorram do coração

PRECISO

Preciso entender...
Como tanto carinho...
Se evaporou como gotas de orvalho em contato com o sol
Preciso aceitar...
Que depois de tantas juras de amor...
Hoje me encontro sozinho
Preciso esquecer...
Que gravei o seu nome em cima da palavra solidão
Que confundi o seu cheiro com o perfume das flores
E que te amei gratuitamente...
Porque quis que você merecesse a grandeza do meu amor
Preciso entender...
Preciso esquecer...
Preciso aceitar...
Preciso de mim... Forte, para não chorar
Preciso de mim... Corajoso, para jamais desistir
Preciso de mim... Vivo, para quando quiseres voltar...
Quando quiseres...
Quando quiseres voltar!
Preciso te esperar...

REFLEXÃO

Chorando, a distância nos afasta, mas é sorrindo que a proximidade nos separa

Os erros nos condenam, mas são os nossos julgamentos que nos aprisionam

Os sonhos não envelhecem, mas são as atitudes que nos eternizam

A fama é o fruto sazonal dos primeiros, mas a esperança é a semente eterna dos últimos

As palavras nos levam a conquistar fortunas, mas é o silêncio que nos traz as riquezas

O dia em que nascemos tem início e fim, mas o dia em que morremos só tem início...

CAMINHO PARA A MORTE

Que vida é essa?
Que quanto mais eu dou os meus pulos... Mais me vejo no fundo do buraco
Que quanto mais eu agilizo de lá pra cá e de cá pra lá...
Mais eu percebo que a solução só virá na encruzilhada
Que quanto mais eu sonho... Mais pesadelos eu tenho
Que quanto mais eu acredito... Cada vez mais me dizem não
Que vida é essa?
Que quanto mais eu luto... Cada vez mais, parece que as derrotas ficam mais fortes
Que quanto mais eu tento entender o meu destino... Menos eu o aceito
Que quantos dias mais se passarem assim...
Eu sei que tenho menos dias de vida
Que quanto mais riquezas são descobertas... Mais pobreza aparece no mundo

Que vida é essa?
Que quanto mais longe eu olhar... Cada vez menos enxergo o meu nariz
Que quanto mais flores eu planto... Mais bombas são fabricadas
Que quanto mais eu cultivo a esperança no meu coração...
Cada vez mais lágrimas transbordam de meus olhos
Que quanto mais eu tento somar... Cada vez tenho menos
Que vida é essa?
Que eu não consigo sorrir... Do sorriso alheio
Que eu não consigo sentir prazer... Do prazer alheio
Que eu não consigo ficar feliz... Vendo a felicidade alheia
Que vida é essa que eu levo?
Que vida é essa que eu carrego dentro de mim?
Que vida é essa que eu dou para a minha própria vida?
Que vida é essa?
Que a dor parece não ter fim... Porque a fé parece não existir
Que vida é essa?
Que parece ser mais um caminho para a morte...
Do que uma passagem para a eternidade

O ANTES E O DEPOIS

Depois que...

O universo se encantou com a vida
O dia conquistou a noite
E o só encontrou a sua alma gêmea

Tudo ficou assim...

O Senhor morreu de amor pela humanidade
O erro vive junto à divina misericórdia
O sol se apaixonou pela praia
O mar tem um caso mal resolvido com a ecologia
O pássaro adora a linda liberdade
O solo suspira pela flor
O desejo se entregou à paixão
O prazer namora a sedução
O vinho desvirginou a boca
O vento vive se enroscando com a chuva
O frio se casou com a blusa
O saber persegue a tímida inteligência
O direito não larga do pé da justiça
O tempo acaricia a senhora saudade
O espírito vive atrás da recatada verdade
O branco se separou da negra
O progresso traiu a natureza
O triunfo vive fugindo da ciumenta derrota
O olhar se enfeitiçou pela beleza
O segredo seduziu a palavra
O sonho dorme com a descarada realidade
O amanhã ficou louco pela jovem esperança
E por fim...
O eu não vivo... Sem Ela...

PERDIDO

E de repente...
Não mais que de repente
O mundo caiu à minha frente
Perdi o rumo
Não sei quem sou
E por que estou sozinho

E de repente...
Tudo ficou diferente
Os meus sonhos minguaram
A lua perdeu o clarão
E minha vida ficou sem razão
Quando você foi embora

Volta amor...
Estou perdido de saudade
Juntando os pedaços
Que de mim restaram
Pois sem você nada tem graça
Meu mundo acabou

Poeira na estrada levantei...
Mentiras contei
Para enganar o meu coração
Sofri calado
E com a morte fiquei lado a lado...
Perdido de amor... fugindo da solidão

O SUJEITO E O TEMPO DO VERBO

Para tudo se dá um jeito...
E em cada caso há um sujeito
Este, que conforme o momento,
Pode estar com ou sem predicado
Conforme a história...
Pode ser um sujeito simples e querido
Ou oculto e esquecido
Toda a história...
Tem o seu lado bom e o ruim
Por isso não me importo
De ser colocado por você no passado
Porque sei que no presente... ainda sou amado
Toda a história...
Tem o seu início e fim
Por isso me rendo ao tempo
E me apego às lembranças...
Conjugando o nosso amor no futuro
Você pode exclamar e reclamar
E com frases afirmativas...
Tentar me convencer
De que é a voz do seu coração...
Que diz não me querer
Mas no final de cada frase
Eu vejo um ponto de interrogação
Você pode me negar e tentar de mim se afastar
Me tornando um sujeito inexistente...
Colocando o meu nome entre parênteses
Mas tenho certeza de que sem mim...

A sua vida vai virar uma metáfora
Eu aposto...
Que na nossa história...
Você não consegue pôr um ponto-final

SÓ UM IDIOTA

Quero escrever... e não consigo pensar em nada
Pois o silêncio profundo me perturba
Me incomoda...
Me deixa aflito, agitado...
Como se algo pairasse no ar, que eu não identifico
É estranho escutar o silêncio
E esse silêncio tocar fundo dentro dos meus ouvidos
Como se fosse uma sinfonia sem acordes...
E essa sinfonia invadir e levar a minha mente à plenitude do descanso
Isso é no mínimo... Uma sensação diferente, que me deixa confuso
Então, deixo propositadamente cair ao chão algumas canetas...
E descubro...
Que só um idiota não sabe identificar e aproveitar...
Quando a felicidade de um minuto eterno de paz visita a sua vida...

TUDO COMBINADO

Quando estou com você...
Tudo parece estar certo
Tudo vai para o seu devido lugar
O ar se torna puro
Os diagramas do destino parecem simples
E a vida fica mais leve
Quando estou com você...
Mesmo sem nada dizermos
Sem nos tocarmos
Apenas com o olhar no olhar
E os nossos sentimentos em sintonia
Tudo já está combinado...
Vamos ser felizes!

SEM SE DESPEDIR

Estou, mas não estou...
Sou eu, mas não sou exatamente eu
Entendo, mas não compreendo
Esse que você vê não é bem quem você se acostumou a ver, mas acredite, sou eu...
Por isso, não adianta marcar hora ou compromisso comigo, pois há muito tempo estou sem tempo de ser eu mesmo
E por favor, não me visite, pois você até poderá me encontrar, mas será apenas o meu corpo à sua frente
A minha mente não está, ela viajou com aquele eu que um dia você conheceu

Em algumas ocasiões, você poderá encontrá-lo e ele brincará, sorrirá, mas logo ele ficará sem jeito, sem saber ao certo o que fazer e falar...
E com os olhos tristonhos, ele acabará se escondendo dentro de si mesmo
Outras vezes, quando estou só...
Aquele verdadeiro eu dou uma passadinha por aqui, conversa comigo, meia dúzia
De palavras sobre a vida e o passado, mas aos poucos se entristece e acaba indo embora...
Sem se despedir...

VELHO AMIGO

Todos os dias...
O amor bate à minha porta
Ele chega como um velho amigo
Que nada me pede
Nada me promete
Apenas me olha
Dá um largo sorriso
Me abraça com uma rajada de vento
Me deseja felicidades com um lindo raio de sol
E me presenteia com um novo amanhecer...

UMA VISITA

Acreditar em anjos...
Às vezes o seu mundo está em frangalhos
A sua cabeça não sabe mais o que pensar
Os caminhos parecem não ter saídas
A vida é um tormento só...
E de repente nos aparece alguém...
E nos dá uma palavra e nos acalma
Nos dá um abraço e nos reconstrói
Nos olha nos olhos e nos mostra oportunidades
E às vezes até tem a solução para o nosso problema
E a nossa vida, que estava um desespero, uma agonia sem fim...
Volta aos eixos...
E nos sentimos confiantes, esperançosos e com vontade de viver
A maioria de nós... Chama isso de coincidência...
Por uma visita aparecer naquele exato momento
E chegar sem avisar...
Chegar na hora certa...
E transformar as nossas vidas...
Mas coincidência são duas moedas caírem ao chão e ambas pararem de pé...
O resto... São as forças do bem agindo em nossas vidas...

SELECIONADOS GRÃOS

O presente nunca será demais
O passado um dia foi jamais
O futuro um dia será apenas as digitais
O tempo é semente ao vento que não volta mais
E a vida passa e escoa, seus selecionados grãos de esperança...
Pelos nossos pontos lacrimais

QUERO UM

Era fim de tarde...
Uma tempestade dava sinais de que iria desabar
Subitamente o dia virou noite
O vento batia portas e janelas
As cortinas brancas fervorosamente se digladiavam, feito duas almas penadas, que disputavam quem iria me devorar
O assoalho rangia a cada passo meu
Os quadros caíam e vinham em minha direção, como se quisessem me atingir
Barulhos estranhos, como gemidos, vinham do interior dos quartos
Raios e trovões ensurdecedores abalavam as paredes e invadiam a minha mente
Me lembrei então de tocar o interruptor de energia
Mas para meu espanto a luz não se acendeu
O vento uivava pelo telhado
A lua estava cheia e o seu clarão invadia o meu lar...
Trazendo sombras, que mais pareciam vultos a me rodearem

Calafrios me consumiam, pois por algumas vezes, me senti tocarem as costas
Realidade e mistérios se fundiam
Perplexidade e desespero me invadiam
O mundo parecia estar próximo do fim...
E como por instinto de sobrevivência, me socorri...
Fechando os olhos e estático, abracei o abajur
Respirei fundo e por um instante me acalmei
E, assim, pude ouvir um barulho diferente, porém familiar, vindo da rua
Então, agachado, lentamente me aproximei de uma das janelas
E claramente ouvi...
Olha o gás... olha o gás...
Desesperado corri até a porta e gritei...
Moço, pelo amor de Deus... Quero um... e desfaleci...

PORÉM

Quando descobri a vida...
Já haviam inventado o Antônio e a Silvana

Quando descobri a fome...
Já haviam inventado a indiferença

Quando descobri as lágrimas...
Já haviam inventado a saudade

Quando descobri o engatinhar...
Já haviam inventado o Anjo da Guarda

Quando descobri a dor...
Já haviam inventado a Cruz

Quando descobri a escuridão...
Já haviam inventado o amanhecer

Quando descobri o Osvaldo...
Já haviam inventado o João Manuel e a Luzinete

Quando descobri a família...
Já haviam inventado o amor

Quando descobri o beijo...
Já haviam inventado a traição

Quando descobri a palavra...
Já haviam inventado a mentira

Quando descobri as Escrituras...
Já haviam inventado Pilatos e Barrabás
Quando descobri as orações...
Já haviam inventado a descrença

Quando descobri a infância...
Já haviam inventado as doces lembranças

Quando descobri a poesia...
Já haviam inventado as flores

Quando descobri os sonhos...
Já haviam inventado a desilusão

O MEL DAS MINHAS LÁGRIMAS

Quando descobri a amizade...
Já haviam inventado o abraço

Quando descobri os sentimentos...
Já haviam inventado o pecado

Quando descobri a garra...
Já haviam inventado o Corinthians

Quando descobri a perseverança...
Já haviam inventado a esperança

Quando descobri os caminhos...
Já haviam inventado o livre-arbítrio

Quando descobri as profundezas...
Já haviam inventado o firmamento

Quando descobri o impossível...
Já haviam inventado o milagre

Quando descobri o mundo...
Já haviam inventado o homem à sua semelhança

Quando descobri o primeiro dia de labuta...
Já haviam inventado o descanso no sétimo dia

Quando descobri a guerra...
Já haviam inventado a intolerância

Quando descobri a paixão...
Já haviam inventado o desejo

Quando descobri a solidão...
Já haviam inventado o vinho tinto

Quando descobri a maturidade...
Já haviam inventado o passado

Quando descobri o futuro...
Já haviam inventado o abandono

Quando descobri a Marlene...
Já haviam inventado a felicidade, porém, a mim ela a dignificou

Quando descobri a Helena e a Raquel...
Já haviam inventado a Shirley, a Bia, o Júnior e o André

Quando descobri que todos podiam descobrir tudo...
Já haviam inventado tudo e todos... Antes de tudo

Quando descobri a morte...
Já haviam inventado a ressurreição

E quando descobri a ressurreição...
Já haviam inventado o perdão

Escrito em 24 de junho de 2012

MINHA VEZ

Me surpreendi ao ter uma dúvida...
De como ficará o mundo quando eu partir
Então, parei, pensei...
E me envergonhei
Ao notar o meu apego pelo mundo...
Como se o mundo girasse à minha volta
Que dúvida patética...
Porque é óbvio que o mundo ficará do mesmo jeito...
Se renovando e sendo desigual
Acolhendo e se destruindo
Se modernizando e discriminando
Nascendo e morrendo pessoas todos os dias...
Hoje uns e, amanhã, outros uns...
Até chegar a minha vez de perder o apego
E fazer falta a alguns, poucos uns...

VIDA SIMPLES

Cedo acordei...
E mais um dia de labuta enfrentei
Vitórias e derrotas colecionei
E no meu amor, por várias vezes, pensei

Vida dura é a minha, eu sei...
Nem todos os meus sonhos realizei

Mas sou grato pelo que conquistei
E pra casa feliz, no trem lotado, voltei

Ao chegar, abri a porta e entrei
E, como sempre, com o sorriso da minha amada me deparei
Fui ao seu encontro e com ternura a abracei
E a frase eu te amo escutei...

Vida simples é a minha, eu sei...
Mas a verdadeira riqueza da simplicidade eu amei
E a minha vida... não trocaria por nenhuma que neste mundo já encontrei
E, ao me deitar, graças pela minha felicidade ao Senhor Bom Deus... eu dei!

UM NÃO

Um não...
Pode magoar... Mas não impede ninguém de sorrir depois
Pode machucar... Mas não nos tira o poder de nos recuperar
Pode derrubar... Mas não evita que nos levantemos
Um não...
É triste, porém muitas vezes necessário
É desolador... Porém dificilmente é traiçoeiro
É implacável... Mas não castra os nossos sonhos
Um não...
Pode parecer uma derrota... Mas é apenas uma batalha perdida
Pode significar a perda de anos de empenho... Mas não nos tira o direito de recomeçar
Pode ser dito facilmente... porém, muitas vezes, é mais cruel e pesado
Para quem o falou do que para quem o ouviu

Aceite um não...
Esteja com o seu coração aberto para recebê-lo, porque ele faz parte de nossas vidas
Pois, muitas vezes, recebemos um sim... Que nos trouxe a felicidade, porém, foi dito
Por acaso, por interesse, por dó...
Por pura simpatia, por mera ironia
Por falta de coragem de nos dizerem não
Ou por falta de outra opção
Assim...
Mais vale um não...
Sincero e transparente e que pode nos tirar os pés do chão, porém, no amanhecer, ele se torna um caminho que se abre à nossa frente e nos encoraja a pularmos mais uma barreira de nossas vidas
Mas vale um não...
Do que recebermos um sim falso e articulador, que nos tira o chão com uma inesperada rasteira, que nos varre dos trilhos e nos tira o rumo e acabamos por não saber que caminhos seguir em nossas vidas...

SOMBRIOS

Eram verdes...
Eram verdes os seus lindos olhos
Eram pretos...
Eram pretos os seus cacheados cabelos
Eram vermelhos...
Eram vermelhos os seus lábios carnudos
Era alva...

Era alva como a neve a sua pele macia
Eram rosas...
Eram rosas as maçãs de seu angelical rosto
Eram iluminados...
Eram iluminados e agora são sombrios...
Os meus dias e as minhas noites de frio... Sem o seu amor
As suas cores foram em minha vida como as flores
Que embelezavam e davam vida à minha vida, feito um jardim...
Até que veio um forte e inesperado vendaval e tudo teve fim

O BEM E O AMOR

O bem que se diz
O bem que se quis
É o bem que nos torna felizes

O amor que nos conduz
O amor que o bem produz
É o amor que nos leva à luz

O bem e o amor que buscamos
O bem e o amor que praticamos
É o bem e o amor que encontramos

TARDE DEMAIS

Plano A...
Querer ser feliz
Desejar o bem
Lutar pelos nossos ideais
Compartilhar a sabedoria
Dividir os ganhos
Respeitar todos
E amar sem rotular
Os caminhos existem... E a vida segue conforme os nossos sentimentos
Plano B...
Ser feliz a todo custo
Querer o bem, mas olhando a quem
Derrotar os que pensam diferentemente de nós
Estar sempre ocupado e não ter tempo para ensinar
Esnobar os menos privilegiados
Se bastar e não precisar de ninguém
E amar somente os seus iguais
Os caminhos são muitos... E o tempo segue com as nossas escolhas
Plano C...
Simular remorso
Fingir arrependimento
Se aliar por medo de represálias
Implorar atenção
Mendigar um abraço
Suplicar por ajuda
E pedir perdão da boca para fora
Os caminhos são finitos e nos levam a um só lugar...
E quando lá chegarmos, será tarde demais para mudarmos de plano

VALE A PENA TENTAR

Se unirmos as nossas forças...
É óbvio que sempre haverá um mais forte que o outro
Porém, com a nossa união, os fracos deixarão de ser fracos

Vamos unir os nossos corações...
E é claro que cada um continuará batendo dentro do seu próprio peito
Porém, o compasso das batidas será todo ao mesmo tempo, em comunhão
Como se fosse uma oração, dando acalento, amparo e amor àqueles que
estão aflitos

Vamos unir a nossa paz...
E é quase certo que ainda haverá algumas guerras
Porém, o mundo estará em outra sintonia, será visto por todos nós com
outros olhos
E, assim, a grande maioria das pessoas lutará pelo bem comum

Vamos unir as nossas energias...
Eu sei que, infelizmente, jamais deixarão de existir as pessoas negativistas...
Mas só o fato de darmos as mãos e acreditarmos que o melhor ainda
está por vir
Com certeza salvaremos vidas que estão sem apoio, sozinhas, em depressão

Vamos unir as nossas saudades...
E será evidente que não teremos como conter as lágrimas...
Mas ao abrirmos as portas de nossas almas e dividirmos as nossas
dores e perdas
O mundo se tornará mais leve e, assim, transformaremos as nossas angús-
tias em gratidão...

Por todos que conhecemos e por tudo que já vivemos...

Vamos unir as nossas opiniões...
Não será uma lavagem cerebral com todo mundo pensando igual...
Será um exercício de cidadania e respeito, em que todos primeiro ouvirão e, assim, pensarão e por último falarão
Isso não evitará o conflito de ideias, mas dará voz a todos, principalmente aos excluídos...
E, assim, talvez cheguemos à conclusão de que nem tudo que ouvimos estava errado nem tudo que pensamos está certo, nem tudo que falamos estava certo ou errado, porém, era um direito de todos se expressarem...

Eu acho... que vale a pena tentar!

ENXERGAR

Quero enxergar além...
Enxergar vida, mesmo sem ver ninguém
Quero ver o que não sinto
Enxergar em todas as criaturas a hóstia e o vinho tinto
Ver o coração alheio batendo dentro de mim
E enxergar o seu melhor, sentindo em cada um a energia vinda do carmim

PAR PERFEITO

A conheci... Debruçada na janela
E entre as meninas de minha infância, era a mais bela
Passava mil vezes por dia em frente ao seu lar...
E você timidamente me sorria e esse era o nosso jeito de namorar
Mas o destino nos separou...
E crescemos longe um do outro
A vida seguiu e aquela paixão de criança resistiu ao tempo
E, em momento algum, ela foi em nós um sentimento só de momento
E agora que voltei... para minha felicidade a reencontrei
Eu, homem feito...
E você com o mesmo rostinho de criança, num lindo corpo de mulher
Nossas vidas são um sonho encantado
E nós somos um par perfeito
E agora, no altar... um juramento
E o nosso amor confirmamos em um eterno momento
É minha menina...
Meu primeiro afeto
Meu primeiro beijo
Minha flor
Minha mulher
Meu único amor

UM ABRAÇO

Nunca procurei a felicidade... Ela sempre me encontrou...
No amanhecer que me enche de esperança
No vento e na chuva que me pegam de surpresa
No sol que queima a minha pele
No prazer da labuta do dia a dia
Nas conquistas suadas e nas boas notícias inesperadas
No tempo que me mostra os pequeninos crescendo
Na inspiração que tive para escrever um poema
Na raiva que senti e virou um pedido de perdão
E na saudade que me apertou o coração
Nunca procurei a felicidade...
E, até mesmo, quando a tristeza e a dor me invadiram o existir...
Ela veio até mim...
E me encontrou e me amparou em forma de um abraço...

SE CONHECER

É muito importante nos conhecermos e nos entendermos...
É um tempo precioso que devemos reservar a nós mesmos
Pois, nos conhecendo bem, entendemos e aceitamos melhor as outras pessoas
Mas, passar anos ou às vezes décadas tentando se entender, se conhecer e se aceitar...
Isso não é viver saudavelmente...
Pois neste período deixamos de conhecer, entender e admirar as diferenças alheias, estas que com certeza enriqueceriam a nossa existência

Assim...

Precisamos parar de olhar para o nosso próprio umbigo, pois além de ser um gesto egoísta, faz mal à nossa coluna...

E precisamos também olhar menos no nosso espelho e mais nos olhos das pessoas à nossa volta...

Isso é um ganho inestimável, é uma terapia, é quase um doutorado em si mesmo, feito a distância e refletido prazerosamente dentro de cada um de nós...

FICHA TÉCNICA

Sinopse: Luzinete Mendonça Lima interpreta Niné, uma moça simples, que se casou muito jovem com Cícero e teve duas filhas, Shirley e Elisabete, ficou viúva prematuramente e, após dois anos, perde também o seu pai, que era o seu herói.

A partir desses acontecimentos, torna-se uma mulher obcecada em zelar pela sua família e, assim, tenta a todo custo fazê-la feliz.

Anos mais tarde, em 2010, as coisas se complicaram ainda mais, quando a sua primeira netinha nasceu, Maria Fernanda, porque ela decide ser filha, irmã, mãe e avó, tudo ao mesmo tempo...

Doando-se, amando e cuidando de todos, sem ter tempo para si mesma.

Autor: Ela mesma

Direção: Deus

Título original: MINHA FAMÍLIA - MINHA VIDA

Gênero: Drama/Comédia

Elenco: Família Lima, Família Mendonça e agregados

Duração: 53 anos

Ano de lançamento: 2011

Estúdio: Teruya

Distribuidora: Filmes da Vida

Roteiro: Aparecida, Conceição e Sônia Maria
Produção: Vila Carrão
Música: "Detalhes", de Roberto Carlos
Fotografia: Sua família na Praça Prestes Maia – Centro – SP (1969)
Direção de arte: Cláudio J. de Mendonça
Figurino: Jéssica Z. de Mendonça
Edição: Jacqueline Z. de Mendonça
Efeitos especiais: Gerson e Grilo
Elenco de apoio: Senhor Euclides e Sra. Luiza Lima
Classificação: Livre (não cardíacos)

Homenagem à minha querida irmã, Ni!

RETRATOS DA NOITE

Afoitos na noite
Suspira o pecado
Culpando a alma
Despertado por uma canção
Caminha nas nuvens
Estaciona no peito
Estoura o pecado
Cativando a presa
Contando as estrelas
Retirando as cobertas
Acasalando-se os desejos
São os retratos da noite...
Euforia de quem peca
Delírio de quem ama

Culpando a alma
Não aspirando ao céu
O fogo da vida o dominou
As asas da felicidade
No abraço do corpo encontrou
O pecado penetra
O suor se alastra
Os lábios murmuram
O coração bate forte
E o céu se fechou
E o fogo queimou
Pecado...Verdade de uma noite
Dos peregrinos do desejo
Retratando...
A euforia de quem peca
Pois navegaram no fogo
E naufragaram nas orações

Escrito em 30 de dezembro de 1980

PERMITA

Não se preocupe... Nem se julgue
Não precisa nada me dizer, com medo de se comprometer
Fui eu que te amei...
Desde a primeira vez em que te vi e fiquei diante de ti
Eu me vi encantado com a doçura do seu olhar... E me permiti te amar
Assim...
Se eu lhe disser olhe...

Não precisa me olhar, apenas me ouça
Se eu lhe disser venha...
Não precisa vir, apenas não me ignore
E se eu disser amor...
Não precisa me amar, apenas permita que eu te ame...
E se me vir chorar... Não se culpe
Eu me sinto muito feliz... Em poder te amar

DIA A DIA

A flor desabrocha...
A terra necessita de carinho
O sol ilumina a vida
A lua embala os corações
Quantas pétalas cairão?
Onde as feridas aparecerão?
Só o tempo poderá responder
Por muito tempo os olhos negarão
Mas o coração será dia a dia minado de incertezas
Quando o amor chegar, a flor ainda estará viva?
Quem poderá nos responder?
Perdoar é o caminho...
Entender a vida é a solução
Respeitar o destino é importante
Amar é imprescindível
E sorrir sempre...
Chorar?
Sim, podemos chorar... quando o coração se apertar...

Escrito em 17 de fevereiro de 1996

RE-PROGREDIR

Germina e floresce o progresso...
No desmatar dos pensamentos
No derrubar dos ideais
No queimar das ações
No findar das trilhas
No começar das estradas
Na ganância do homem
No desbotar do verde
No imperar do cinza
No chorar da floresta
No desfrutar dos poluidores
No planejamento cruel e devastador
No castigar deste pobre-rico chão
E no lamento deste rico-pobre povo em vão...

DOIS MUNDOS

Parece que estou vivendo em dois mundos...
Um mundo onde as pessoas só pensam em ganhar, lucrar, conquistar e não se importam com a verdade
E um outro onde as pessoas querem amar, ser amadas e vivem uma busca incessante por felicidade
Parece que estou vivendo entre dois sentimentos...
Porque o mal açoita o bem
Porque a dor é parasita do amor

Porque existem seres felizes que até sentem prazer ao ver conflitos

E existem seres tristes que sem querer cultivam o ódio ao verem os seus sonhos destruídos

Eles pensam estar sozinhos, se sentem sem esperanças e se tornam seres aflitos

Parece que existem duas vidas e dois sentimentos dentro de cada coração

Mas, que bom seria...

Se em todos os mundos, em todas as galáxias, os bebês, ao crescerem e se sentirem donos de si, se tornassem adultos crianças

E continuassem puros e alegres a viver nos diversos e diferentes mundos que sonham...

Para que ao conhecerem a dor, a derrota, a desilusão e a traição, continuassem em seus corações a germinar o mesmo, único e absoluto e inabalável sentimento dos inocentes

O adulto criança perceberia no ar a maldade e a combateria lhe dando asas, para que ela voasse ao encontro da luz

O adulto criança choraria de dor, mas a combateria com a esperança

O adulto criança sofreria com a traição, mas a combateria com o perdão

O adulto criança poderia não ter o dom de arrastar multidões, mas possuiria a força para remover montanhas...

O MUNDO É MESMO ASSIM

Pensei ter conquistado um alguém...
Que fosse só meu e de mais ninguém
Imaginei ter encontrado a felicidade
E ter visto em seu olhar a verdade
Acreditei que em seus braços estaria protegido do mundo
Como um passarinho em seu ninho...
Como um menino e seus sonhos

E como um rei em seu castelo rodeado pelas muralhas
Mas as mãos do destino... Me acordaram para a vida
Cortaram as minhas asas...
Roubaram os meus sonhos...
E me retiraram do trono...
E assim... Não resisti e joguei a toalha...
É, o mundo é mesmo assim...
Ele transforma as pessoas
Modifica os sentimentos
Destrói vidas
Transforma sonhos em pesadelos
Faz as promessas virarem palavras vazias
Os momentos felizes se tornarem passado
E apenas as flores, mesmo que mortas, continuam sendo flores
É, o mundo é mesmo assim...
Mas apesar das tristezas...
Permite que o amor e a esperança continuem brotando em nós...
Feito as flores em um jardim

O PLANO

O que eu disser e o que eu fizer... Poderão ser usados contra mim
Se os meus pensamentos alucinados... E os meus sonhos proibidos forem revelados...
Também poderão ser usados como prova
Se o meu passado for revirado... Terei poucas chances de não ser descoberto
Mas se o meu coração por você for aberto... Com certeza serei condenado
Porque você descobriria os meus sentimentos...
E que há muito tempo tenho um plano com você...

E que eu só estava esperando o momento certo para praticá-lo
Eu quero te matar...
Matar...
De tanto abraçar... de tanto acariciar
De tanto morder... E te apertar
E com a minha boca te sufocar, te deixar sem ar de tanto beijar
Sussurrar em seus ouvidos e ouvir os seus gemidos
Fazer o seu corpo suar de prazer... E a eternidade dos meus sentimentos te prometer
E, por fim... Quando as suas forças terminassem e você se entregasse
Eu, na calada da noite...
Sorrateiramente... o seu coração iria roubar!

UM PREGO

Cultivei sonhos e colhi derrotas
Preguei a paz e conheci a ira
Plantei rosas e nasceram cactos
Dei amor e colecionei desculpas
Perdoei traições e ganhei as costas
Lutei por felicidade e brindei sozinho
Porém, estou pintando um quadro com as boas lembranças de minha vida
E recebi do destino um prego na parede...
Mas, enquanto houver esperanças, me recusarei a pendurá-lo...

MENINO SONHADOR

Um nó em meu peito
Um ardor em meus olhos... que explode em lágrimas
E faz transbordar a tristeza que ora se apossa de mim
Sou menino crescido
Sou mais que tudo... um menino sonhador
Tenho ciúmes do que gosto
Levo a vida como um carrossel
Não suporto a dor do desengano
Pois não aguento o peso do céu
Meu mundo...
Que por ora caberia em uma estrela que deixou de brilhar
Faz-me sentir como um fruto da terra
Que fora arrancado antes de brotar
E criou-se um nó em meu coração...

Escrito em 16 de abril de 1985

CORAÇÃO SOFREDOR

A dor da carne...
Está neste coração empobrecido pelas incertezas
A dor da ingratidão...
Está neste coração mal compreendido
A dor do desamor...
Está neste coração mal-amado

As dores do mundo...
Estão neste coração abandonado
As dores dos meus sonhos...
Estão neste corpo feito um cativeiro, que esconde um coração

Escrito em 2 de julho de 1987

SOMENTE

Você me esqueceu... E o culpado fui eu
Por não ter enfeitado os seus cabelos com uma estrela do céu
Por não ter te levado a um oásis na lua
E por não ter banhado o seu lindo corpo...
Na praia dos amantes, que fica onde nasce o infinito,
Você me esqueceu... E o culpado fui eu
Por não ter afagado você com a rosa que nasce no Everest
Por não ter coberto você com diamantes, todos os dias, em todos os momentos
E por não ter lhe proporcionado mil e uma noites de fantasias...
Viajando num tapete mágico voador
Você me esqueceu... E o culpado fui eu
Por ter lhe entregue somente os meus sonhos, o meu amor e a minha vida
E ter deixado de cumprir o prometido...
E, com isso, sem querer, ter desiludido você
Quando disse... Que te amava e que com esse amor eu seria capaz de tudo...
Pois para o meu coração... Nada era impossível de fazer ou ter para vê-la feliz...

Escrito em 5 de junho de 2005

NUVENS NEGRAS

Deixei de compactuar com a razão...
Desencarnei das coisas mundanas e como um anjo, sem asas, voei...
E me permiti sonhar...
Me deixei levar pela mais linda e doce fascinação... E amei...
Me entreguei de corpo e alma
Mas como tudo neste mundo tem o seu preço...
Recebi como pagamento pela minha dedicação
O frio e o gosto amargo da solidão
O amor surgiu em mim como uma rajada de vento...
Chegou sem avisar, sem mandar recado...
E sem eu perceber escreveu em meu coração uma história de luz
E a felicidade chegou sem nada dizer...
E me possuiu com ares de eternidade
Porém, partiu sem avisar, como faz o sol quando surgem as nuvens negras
Mas o tempo passou... E com ele levou algumas lembranças
Mas não conseguiu apagar da minha memória o nosso passado
Os ventos trouxeram esperanças...
Mas não tiveram forças para varrer do meu peito a dor
As lágrimas desafogaram mágoas...
Mas não retiraram do fundo de minha alma a tristeza
Contudo... O sol, depois de tudo...
Surgiu muitas... Tantas outras vezes ...
Porém, nunca mais trouxe de volta para a minha vida... A luz

Escrito em 27 de maio de 2005

SEMPRE SEGUIU

Estou cansado de ouvir dizerem
Que a vida...
Me levou a isso
Me levou àquilo
Me fez isso
E me fez aquilo
Me transformou nisso...
E naquilo
E eu também algum tempo atrás já disse essas coisas...
Porém, agora entendo que a vida não fez absolutamente nada disso
Ela apenas seguiu... Somente, sempre seguiu...
Os caminhos que nós escolhemos e percorremos, voluntariamente ou não...

A VIDA NÃO TERMINA AQUI

Tenho sede e preciso de pão
As forças me esvaem
Ajude-me, estenda a sua mão

Tenho sede e preciso de pão
As preces me dizem que a vida não termina aqui
Temos algo em comum, uma sublime aliança
Onde nela me apoio de todo o coração

Tenho sede e preciso de pão

Ajude-me, pois sou seu irmão
As preces me dizem que a vida não termina aqui
Quero viver, amar e ser feliz

Tenho sede e preciso de pão
Você pode me salvar
Sinto que entre nós ainda há um caminho
Deixe-me viver, reparta o pão

Tenho sede e preciso de pão
As preces me dizem que a vida não termina aqui
Sei que somos todos filhos e que ainda seremos uma só nação
E que juntos subiremos o monte
E cantaremos em uma só voz a mesma canção
Cristo é vida, amor e o pão...
As preces me dizem que a vida não termina aqui

Escrito em 17 de abril 1985

MINHA VIDA

Perdi a minha vida sem perceber...
Ela ainda está em mim, mas não vive comigo
Ela se esconde dos meus pensamentos
Se disfarça junto aos meus sentimentos
E se apossa de meu corpo, desatinando as minhas emoções
E assim...
Vivo, sem vida

Vivo, vivendo por viver
Uma vida que existe, sem me pertencer...
Uma vida que não bate dentro do meu coração
E que se refugia...
Onde a felicidade um dia, sem eu perceber... virou ilusão

SE SOLTAR

Não é voar
Não é se libertar
Não é se desamarrar
Não é fugir
Não é gritar
Não é ir para longe
Se soltar é...
Abraçar os nossos desejos e ideais
Acreditar nas nossas convicções
E com isso... Nos sentirmos acolhidos por nós mesmos

APRENDIZES

Sei que existem casais... bons amantes
Mas do amor são iniciantes...
Confundem...
Olhar com desejar

Prazer com querer
Gostar com amar
Pois da vida são aprendizes...
Podem até se sentirem felizes...
Mas ainda não conhecem o verdadeiro amor
Não conhecem...
O verdadeiro desejar...
Que não precisa do olhar para saber o que outro está sentindo
Não conhecem...
O verdadeiro querer...
Que não precisa em tudo sentir prazer para fazer o outro feliz
E não conhecem...
O verdadeiro amar...
Que não precisa de tudo igual gostar para haver cumplicidade

UMA COISA QUALQUER

Onde está a razão?
Onde se esconde a verdade?
Onde agoniza a fraternidade?
Onde dorme a compaixão?
Onde germina o ódio?
Onde triunfa a dor?
Por que se rebelam os filhos?
Por que o mundo se perdeu?
Tantas perguntas...
Tantas coisas sem respostas
Tantos problemas encarados como coisas

Uma a mais... Ou umas a menos...
É somente mais uma coisa
Enquanto não enxergarmos a vida...
Como um livre patrimônio particular
Dentro do coração de cada um
Jamais saberemos o valor do amor...
Pois ele será apenas mais uma pergunta... Sem resposta...
E sendo encarado como uma coisa qualquer...

Escrito em 30 de março de 1996

MEU MEDO

Tenho medo de ter medo...
Medo do medo que posso ter
Medo do meu medo
Medo de sentir medo e esse medo se apossar de mim
Tenho medo de enfrentar o medo e esse medo me derrotar
Medo de o medo não me deixar lutar
Medo de ficar frente a frente com o medo e esse medo me vencer pelo medo
Medo de fugir...
E esse medo me encontrar e ainda descobrir que tenho medo de vencê-lo
Tenho medo de derrotar o medo e não saber viver sem medo
Tenho medo de viver sem o medo de errar...
E achar que não me faz falta o medo de não acertar
Tenho medo de pensar se acertarei ou não...
Por causa do medo que tenho do meu medo de ter medo do medo...

ACALMA

Pai...
Acalma o meu coração
Acalma a minha alma
Acalma a minha mente
Acalma a minha vida
Retira as tormentas que invadem o meu ser
Apazigua o meu peito e o inunda de glórias...
Abençoa a minha boca e os meus olhos
Para que eles sejam justos e tolerantes
E, acima de tudo, repletos de esperanças e de amor
Amém!

BIZÔIANDO

Ôiando...
Daqui... Parece bem pértim
Da li... Parece meio que longe
De ladinho... Até que num é tão longinho, não
Tapando um zóio... Num é pértim, mas tumem não é longe
Daqui de cima... Acho que com dois ou três trupico, nóis tamo lá
Nessa reta aqui ó... Parece um pouquim menos longinho
E de ânssim... É longe toda vida, sô... Até parece num ter fim
Qué sabê, uai?
Eu vô... É não...

Escrito em 13 de maio de 2021

RETORNO SEM PARTIDA

Não olhou as horas...
Não mediu as consequências
A decisão estava tomada
Queria liberdade, queria o mundo
Queria viver a sua vida...
O sol seria o seu norte
E a lua, a sua companheira
As lágrimas que por ele derramaram
E a tristeza no peito alheio ficaram para trás
Elas não o fariam ficar... Pois não o comoviam mais
E assim, partiu...
E o desconhecido, ele fatalmente conheceu
O indesejável, ele certamente enfrentou
O não previsto, friamente lhe aconteceu
O sol não tinha rumado e aprumado a sua vida, como ele pensava
E a lua, sua companheira... Abandonou-o por diversas vezes
Assim...
Não olhou as horas... E a decisão estava tomada...
Ele acabara por se aceitar... E retornaria ao lugar onde sempre foi aceito
Retornaria ao lugar onde as portas nunca se fecharam
Retornaria ao lugar que sempre foi e sempre será o seu ponto de equilíbrio
E neste momento de lucidez, retornou... Abriu a porta e entrou...
E deparou-se com o rosto triste, que nunca lhe negou a alegria de viver
E de tamanha emoção...
Beijou aquele rosto em lágrimas, com sentimento em seu coração
E com humildade reconheceu...
Que aquela que um dia em seu ventre o concebeu, com devoção...
Nem de noite nem de dia... nem nunca... Jamais lhe negaria o coração
Agora ele sabia que poderia ir para o mundo...
Mas, nunca mais, deixaria de olhar as horas...

QUASE INSANO

No amor...
O encontro por acaso deixa um "quê" de quero mais
Já o combinado sempre termina melhor que o esperado
E o sem juízo, quase insano, é do que mais nos orgulhamos
No amor...
O perfeito nem sempre é o normal
O errado nem sempre é passível de castigo
E o animal vem sempre acompanhado com um lado docemente humano
No amor...
O rapidinho pode causar longos e demorados suspiros
O caprichoso de tanto esmero pode levar as coisas ao desleixo
E o incansável pensa em tudo, menos na fadiga da rotina
No amor...
A dor se funde com o prazer
A distância não faz a menor diferença
E a nossa existência fica na dependência de outro ser
No amor...
Dois corpos são sinônimo de um só coração
A "segunda" raramente é lembrada como aquela que veio depois da primeira
Mas, sim, é lembrada como aquela que confirmou o caminho da felicidade
E se o fogo da paixão ainda estiver acesso, que venham outros tantos
No amor...
A mais completa escuridão tem um brilho que ilumina as almas
As estrelas por mais longínquas são as primeiras onde pisamos
E o céu passa a ser tão venerado, que cai na terra e passa a ter dois olhos
Dois braços, enfim... Um corpo celestial
No amor...
O dia é um frenético sonhar acordado, até que a noite chegue

A noite quase sempre é pequena diante da tanta eternidade
E a eternidade... Às vezes, é encontrada e eternizada em uma única palavra
Em um encantador e único gesto
E em um único, porém, inesquecível olhar...

VIDA, PAIXÃO E MORTE DE UM POETA

Assim nasci...
Mimado, num berço de rendas brancas
Com o amor de mãe e o orgulho do pai
Sei que não fui o primeiro nem o último do consagrado enlace
Herdei o amor pela vida...
Assim cresci...
Desejado, na certeza do momento, a variedades de lugares
Amei muitas mulheres
Mas no orgulho do coração, um pedido de perdão
A carne é fraca, sei que não fui o primeiro
Contudo, o último e eterno amor
Herdei a mulher da minha vida...
Assim envelheci...
Esquecido na cadeira de balanço do terraço
Com lindos filhos e pequenos netos
Nos poemas de outrora...
Sobrevivia, esperando morrer
Nas rugas de hoje
Morro, para realmente viver
Sei que não fui o primeiro...
Mas lamento o fato de não ser o último a esquecerem

Herdei tristeza e abandono...
Assim morri...

Escrito em 10 de fevereiro de 1981

COPIASSEM

Se a natureza e os animais copiassem os homens, seria mais ou menos assim...
As flores fumariam e as bitucas iriam ao chão
As árvores fariam xixi nos parques e ruas
Os cachorros xingariam os pedestres e ainda chutariam os seus traseiros
Os pássaros se juntariam e formariam quadrilhas, que roubariam pessoas nas saídas dos bancos
As alfaces se drogariam e contaminariam quem as acompanhasse
As preguiças fariam suas atividades bem rápidas e praticariam bullying com as pessoas mais lentas
Os gatos teriam apenas uma vida e seriam boêmios e, ao chegarem ao seu portão, acordariam a vizinhança, de tanto chorarem as suas mágoas
As maçãs se prostituiriam e ficariam famosas ao fazerem filmes adultos
As cobras se candidatariam a cargos políticos e iludiriam o povo, com o seu jeito suave e escorregadio de ser
E prometeriam saciar os problemas das suas vidas árduas, mas ao ser eleitas mostrariam o seu lado traiçoeiro, e dariam o bote e fugiriam
Não tenho mais condições de continuar...
Não por falta de assunto ou inspiração
É que me lembrei de que os macacos são nossos parentes distantes...
Assim, me recuso a escrever o que me veio à mente!

TUDO ERRADO

Se as pessoas te conhecerem melhor do que você mesmo
Se as pessoas te entenderem melhor do que você mesmo
Se as pessoas te valorizam mais do que você mesmo
Não acredite se te disserem que alguma coisa está errada
Isso não é verdade...
Pois está tudo errado!

OBRA DO ACASO

O nosso amor começou em um olhar...
Daqueles que olhamos por olhar
Nossas diferenças...
Não faziam a menor diferença
Nosso desejo, naquele momento...
Era um só desejo...
O de ficarmos juntos, em todos os momentos
Tudo em nós era perfeito...
Se é que existe algum amor imperfeito!
Em nós...
A obra do acaso...
Construiu um lindo caso de amor
Em nós...
Um simples toque provoca arrepio
Um carinho desperta o desejo
Um beijo nos consome a noite

Somos um casal... de um encontro casual
Um caso raro
Uma joia rara do destino
Um sonho de muitos corações...
Que espalhados pelas multidões vagam solitários...
Na esperança de encontrar... Em um olhar...
Por obra do acaso... a sua alma gêmea

DUAS REALIDADES

Nos filmes... Um anel... Abre um portal e nos leva a outra dimensão
Nos mostrando mundos jamais sonhados. Um escudo... nos protege de bombas e tiros
Além de nos dar forças sobrenaturais. Uma espada... pode cortar o aço, lançar raios
E destruir qualquer monstro à sua frente. Uma capa... nos permite voar
Podemos até tocar as estrelas e a lua
Uma porção mágica nos transforma no que quisermos ser
Podemos ler pensamentos e falar todas as línguas
Na realidade visível... de quem vê a vida como um filme...
E vive à espera dos seus super-heróis para solucionar os seus problemas
Um mísero espirro... poderá deixar várias pessoas doentes
E essas pessoas poderão contaminar outras tantas, até virar uma pandemia mortal
Seria cômico, se não fosse trágico...
Na realidade invisível... de quem vive a vida como uma passagem...
E busca o Salvador para remissão de suas fraquezas
Uma pequena oração... poderá curar todas as enfermidades, do corpo e da alma

Acalentar espíritos, apaziguar os corações, abrir as portas do céu e o tornar imortal
Seria maravilhoso, se não fosse divino!

LEMBRANÇAS

É melhor viver morrendo de amor... Mesmo que ausente
Do que viver vivendo por viver um lúdico presente
Difícil explicar...
Complicado de entender
Como esse amor ainda me consome
Me fascina... Me tira o sono
Vivo de lembranças...
Do tempo em que... Nas nossas vidas
O sol era um detalhe
A lua mera espectadora
E as madrugadas inspiradoras
A vida era gostosa de viver
Difícil explicar...
Complicada de entender, mas...
É melhor viver morrendo de amor, lembrando do passado
Do que sobreviver ao presente... sem nunca ter sido amado

AGRADECIDO

Se estou melhor...
É porque sempre procuram me dar o seu melhor
Se estou bem...
É porque sempre me desejam o bem
Se estou feliz...
É porque sempre procuram me fazer feliz
Se estou me sentindo acolhido...
É porque sempre tenho um abraço para ser recebido
Se estou seguindo com coragem a minha vida...
É porque nunca me senti sozinho
Se estou agradecido...
É por Deus, por Ele ter colocado as pessoas certas no meu caminho

PLANTAR FLORES

Plantar flores...
Encanta, em qualquer canto
Anima a alma sem ânimo
Dá vida à vida que está necessitando de vida
Enriquece os sonhos daqueles que carecem de sonhos
Dá cor aos pensamentos obscuros
Rega o amanhecer dos sedentos de esperanças
E nos ensina a perseverar...
Pois, mesmo com algumas pétalas caídas, à beira do caminho
Ela nos convida a sentirmos o seu perfume...
A sorrirmos e seguirmos em frente

TOMARA

Tomara...

Que o tempo passe e eu o sinta passar e, se a dor surgir, que eu a possa suportar

Que o luxo e a riqueza me fascinem, mas que nunca me rejam

Que o orgulho e a minha vaidade não ultrapassem os limites

Para que, ao me deitar, eu durma o sono dos justos

Que me seja de direito a liberdade, e que eu possa a cada palavra dita e a cada gesto poder doá-la

Que as sombras do invisível possam até me assustar, mas que nunca me consigam cegar

Que as amizades existam e, se me forem poucas, que eu as saiba o carinho retribuir

E, assim, mantê-las fiéis e duradouras

Se o destino me privar do convívio de alguns entes queridos, que eu saiba dizer...

Deus seja louvado e reze, para que a eternidade seja o caminho do nosso reencontro

Que a fé me acompanhe e mantenha os meus pés no chão, para que eu nunca escorregue e possa um dia ter asas e aprender a voar

Tomara que a causa da minha morte seja o amor, por acreditar que esta maneira seja

A melhor que fará jus à minha incansável busca pela felicidade

E quando a primavera chegar ou, mais precisamente, dia 11 de novembro de cada ano por mim vivido chegar, eu possa feliz apagar algumas velinhas e com o coração

Repleto de luz a minha humilde existência eu saiba a tudo e a todos agradecer!

AVISO AOS AMANTES

Se rasgar minhas cartas... Lembrará
Se jogar minhas roupas... Tocará
Se quebrar meus discos... Ouvirá
Se fizer novas juras de amor... Mentirá
Se me esquecer... Fingirá
Se me tirar da sua vida... Sofrerá
Se chorar sem querer... Sonhará
Se sonhar acordada... Vibrará
Se tremer só de pensar... Viverá
Se viver alguma paixão... Voltará para mim...

NENHUMA

Sabe...
Quantas vezes me aconselharam a colocar alguém no seu lugar?
Quantas vezes entreguei o meu corpo pensado em você?
Quantos erros cometi em nome desse amor?
Quantas loucuras eu fiz para te encontrar?
Quanta vida deixei de viver sem você?
Você sabe?
Porque eu perdi as contas...
Sabe...
Quantas vezes resolvi desistir de nós dois?
Quantas vezes fiquei tentado entregar a alguém o meu coração?
Quantas vezes pensei em deixar de te amar?
Você sabe?
Porque eu sei... Nenhuma!

JOGO DURO

Bola pra frente Brasil...
O dia vai raiar
As esperanças ressurgirão
O menino já nasceu...
E te conhecerá como grande nação
Bola pra frente Brasil...
O sol está a pique
O seu povo luta bravamente
O menino já cresceu...
E te ama cegamente
Bola pra frente Brasil...
A linha do horizonte está iluminada
Corpos e mentes fraquejam, mas não desistem
O menino já envelheceu...
E por onde passou suas obras deixou
Bola pra frente Brasil...
A lua resplandece no céu
E no morro, um choro tímido a ecoar
O menino já morreu...
E este seu pobre filho...
Que a Pátria amou, dela quase nada recebeu
Bola pra frente povão...

Escrito em 30 de junho de 1987

O DIA

Sempre pensei...
Que um dia chegaria o dia
Mas nunca imaginei que seria tão já
Me assustei
Relutei
Me perdi
E me convenci...
De que nunca estaria preparado
Porque nunca venci o pecado...

DUAS FLORES

Minha mãe todos os dias conversa com as suas plantas...
Ela cuida, regando, podando e pedindo que lhe deem flores
E que nasçam frutos e que estes amadureçam vigorosos
Porém, nunca escutei nenhuma delas lhe responder...
Mas, já vi, por diversas vezes, ela chorar e reclamar ao destino por algumas delas secarem e morrerem
Pois ela nunca deixou de lhes dar carinho e ter os devidos cuidados
Eu nunca entendi como alguém pode conversar com quem não pode lhe responder
Até que presenciei, em certa manhã, minha mãe conversando com alguém e aos céus agradecendo... Por ter nascido uma linda flor em um dos seus vasos
E assim...
Felizes lágrimas explodiam de seus olhos, estas que acarinhavam as pétalas da frágil flor

Me emocionei, mas nada disse e apenas fiquei observando
Pois não quis atrapalhar o diálogo das duas flores...

Homenagem à minha querida mãe "Silvana de Gouveia"
(88 anos em abril de 2022)

ALEGRIA

Alegria...
Eu sinto que estás comigo...
Que jamais me abandonarás
Que frequentas o meu coração
Que fortaleces os meus caminhos
Que me abres as melhores portas
Que reges o meu existir
E que acima de tudo...
Mesmo não estando diante do meu espelho...
Tu secas as minhas lágrimas
E me sustentas em suas asas vindouras...
Até que um novo sorriso brote em meu rosto
Aprumando, assim, a minha vida...

MUNDO POSSÍVEL

Além do horizonte, por trás do arco-íris

Existe um mundo novo...

Onde o sol brilha todos os dias

A chuva tem sabor de anis

Os ventos são brandos, com odor de framboesa

Os pássaros são livres e, em cada voo, deixam um rastro no céu com as suas cores

Os rios possuem águas límpidas e transparentes

O mar, apesar do sal, tem um gosto bom de se beber

Todos os animais vivem soltos em seus hábitats naturais

A lua está sempre resplandecente e existe uma lenda que diz que quem fizer amor

Com a pessoa amada sob a sua luz, ouve uma linda sinfonia, vinda do infinito

As estrelas parecem pedacinhos do arco-íris, pois são multicoloridas

As abelhas lambuzam os morangos com o seu mel

As matas são abundantes

O progresso é pujante

E as formigas falam a língua dos homens, e os ensinam a trabalhar em união e a construírem um mundo igual para todos

Além da linha da sua visão...

Por trás da sua imaginação...

Existe um mundo novo...

Talvez ele não tenha tantas cores e tantos sabores

Talvez ele não tenha tanta magia e tanta fantasia

Porém, é um mundo possível...

Basta você acreditar

Basta você querer...

Basta que você aja como os animais...

Deixando aflorar os seus instintos humanos e vivendo de coração aberto...

ATIRE A PRIMEIRA PEDRA

Se eu falar de saudade...
Poucos me ouvirão
Se eu falar de fraternidade...
Poucos entenderão
Se eu falar de sonhos...
Poucos não sorrirão
Se eu falar de justiça...
Poucos aceitarão
Se eu falar de guerras...
Poucos ainda se emocionarão
Mas...
Se eu falar de amor verdadeiro...
Muitos, muitos mesmos... Mentirão!

TODOS OS DIAS

Todos os dias...
Saio cedo e mal te vejo
Chego tarde... dormes como um anjo
Que saudades do nosso amor
Que saudades dos tempos...
Em que todo dia era dia... De te amar
A rotina, nem pensar... Ela não existia
Mas agora tens muitos afazeres
E não sobra tempo para os prazeres

Mas, ainda te amo... Ainda te quero
E te desejo como sempre desejei
E ainda sinto na boca o gosto do último beijo que te dei...
Na semana passada...

INFINITA PUREZA

Quando você dorme, adoro ficar te olhando
Te acarinhando
E fico tentando os seus sonhos ler
E ao seu lado acabo por adormecer

E quando amanhece
Adoro te dar um beijo
E receber um sorriso gostoso
E termino abraçando o seu corpo dengoso

Você é puro delírio
Alma de majestosa ternura
Um cristal de rara beleza
Uma mulher de infinita pureza

IGUAL A MIM

Para que nem tudo seja igual
Para que nem tudo termine igual
Para que nem todos sejam iguais
Para que nem todos terminem iguais
Para que nem tudo seja para todos igual
Para que nem tudo termine para todos igual
Para que nem tudo seja diferente
Para que nem tudo termine diferente
Para que nem todos sejam diferentes
Para que nem todos terminem diferentes
Para que nem tudo seja para todos diferente
Para que nem tudo termine para todos diferente
Basta...
Que todos que sejam... terminem iguais
E que tudo que termine... Seja diferente

DESÍGNIOS

Não há nada mais angustiante...
Do que ver uma pessoa querida sofrendo e nada podermos fazer...
A impotência nos mata por dentro
A dor no coração parece não ter fim
E acabamos muitas vezes por questionarmos os poderes e as ações de Deus
E este é o nosso maior defeito...
E é um grande pecado, que só um pai bondoso pode perdoar

Pois ele está sempre nos escutando...
Ele está sempre nos confortando...
Ele sempre estará em nossas vidas agindo...
Mesmo que seja, apenas, nos dando um novo amanhecer
Mas se o sofrimento não melhorar...
Dele pensaremos coisas piores do que no dia anterior
E ele novamente nos perdoará e já agirá...
Às vezes, sendo com mais um simples outro amanhecer
Mas se infelizmente as coisas tomarem um rumo irreversível...
Pensaremos que estávamos certos em questioná-lo
Porém, ele novamente com sua divina misericórdia nos acolherá e já agirá... Nos dando mais um simples e rotineiro outro novo amanhecer
E este não será para que tenhamos a chance de nos redimirmos de nossos pensamentos e sentimentos... Sobre os seus desígnios...
E, sim, para que tenhamos mais uma maravilhosa chance de encontrarmos a sua paz, e nos sentirmos acolhidos e felizes

Escrito em 18 de abril de 2021

ATEMPORAIS

Tudo acabou rápido demais
E poderia ter durado um pouco mais
Porém, quase não restaram sinais
Parece que nossas emoções eram irreais
E que nossos carinhos fossem ilegais
Hoje fiquei sabendo que você encontrou alguém com intenções leais
Eu continuo aqui, com os meus charutos e lendo meus jornais

E se um dia nos encontrarmos, não serei deselegante contigo, jamais
Mas uma pergunta lhe farei... Por meio de discretos sinais
Estou curioso para saber se este seu novo companheiro consegue te fazer levitar e transformar seus negros olhos em dois brilhantes e alucinados cristais
Caso diga que sim... Desculpe, mas acredito que minta
Caso não... Volte e se permita externar os seus desejos mais carnais
E o tempo que iremos ficar juntos, pouco importa, não vamos nos preocupar...
Existem amantes de todos os tipos, nós somos atemporais!

NÃO ME ARREPENDO DE NADA

Na aurora de minha vida...
Por diversas vezes espiei garotas pelo buraco das fechaduras
Observei moçoilas se trocando pelas frestas das portas
Me escondi atrás de moitas para ver lindas jovens desnudas se banhando nas cachoeiras
Me tranquei no toalete feminino para escutar o que diziam
Observava as roupas íntimas de minhas vizinhas penduradas nos varais
Propositadamente marcava encontro com alguns amigos, em suas casas, pois achava lindas as suas mães, mas a eles nada dizia, para não perder a amizade
Juntava moedas e comprava pequenos livros com desenhos de mulheres nuas e os escondia debaixo do meu colchão
Assim procedi por alguns saudosos anos...
Até que o juízo, o bom senso e o respeito se apossassem de meu caráter
Mas, não me arrependo de nada...
Mesmo sabendo que algumas dessas atitudes não foram corretas...
Pois o universo feminino me fascinava e ainda hoje me fascina...

Só que agora tenho fantasias apenas com uma mulher...
Que me faz sentir desejado e, até mesmo sem querer, provoca os meus instintos mais juvenis
Com ela e por ela faria e faço tudo novamente...
Menos esconder algo debaixo do colchão...
E quanto às mães de meus amigos...
Viraram avós e, por isso, não me fascinam mais tanto assim...

O SINAL

Certa noite...
Meus dedos levados pela inspiração dedilharam o violão
E com carinho iniciei a escrever uma canção para o meu amor
A canção dizia...
Meu amor, você é mais que sonhei
É minha luz, meu chão
Meu amor e minha paixão
Tudo na minha vida
Talvez algo que eu não merecia
Alguém que veio do céu pra me levar ao paraíso
Mas para meu espanto...
Notei que faltava a frase final
E não compreendi por que a inspiração cessou
E a melodia em meu peito se calou...
Até que meus olhos notaram...
Uma pequena mancha que do papel tirou a cor
E que caprichosamente parecia uma flor
Percebi então que era a lágrima dos meus olhos...

Que o papel mancharia e a minha inspiração de volta traria
Meus dedos então... Tocaram as cordas do violão
E deram vida àquele pequeno sinal
E extasiado cantei a frase final...
Alguém que veio do céu pra me levar ao paraíso...
É um anjo que me dá amor e me trouxe a paz de que eu preciso

ARANDO A HUMILDADE

Cocó, reco,
Cocó, reco,
Assim cantou o galo às cinco da manhã...
E com o corpo ainda cansado, o homem da sua cama se levantou
A camisa surrada, a calça remendada ele vestiu
E as velhas botas calçou
Mais um dia havia nascido...
E assim o homem com o seu chapéu na cabeça o seu destino tomou
Deixando pelo chão algumas migalhas de pão
Em cima da mesa um resto de café no copo
E na cama a sua mulher amada a repousar
O sol não ardia as suas costas quando ele já estava a suar
Nas mãos calejadas a enxada a cavar e, no coração, a sua amada a lembrar
Por alguns minutos, sentou-se num velho tronco de coqueiro
Para as suas pernas descansar e pôs-se a fumar um cigarro de palha
Assim trabalhou o dia inteirinho, até o sol se pôr no horizonte
O homem sabia que arando a sua terra o pão de cada dia não lhe faltaria
E para casa voltou...
Sua alma estava a cantar
Em seu rosto um tímido sorriso a esboçar

E o seu coração feliz ao ver a sua amada o jantar no fogão a lenha preparar
E assim mais um dia se foi...
E mais uma noite a sua amada amou...
Até que um novo...
Cocó, reco
Cocó, reco
O acorde...
E a vida continua...
Simples, dura, suada e feliz!

OS DEZ PEDIDOS

1 – Do tempo... Desejo o controle
2 – Do meu semelhante... Careço de transparência
3 – Do amor... Necessito de cumplicidade
4 – Do pecado... Me basta o perdão
5 – Da justiça... Me alegraria se ela apenas não tardasse
6 – Da esperança... Aspiro a um pouco mais de luz
7 – Dos sonhos... Peço apenas que me embalem
8 – De Deus... Preciso da sua benção
9 – Da vida... Espero a morte
10 – E do fim... Me contento com a eternidade

ÚLTIMO POEMA

Quando eu escrever o meu último poema

Não quero que ele seja por acaso...

E do destino ser só mais um caso

Quero algo marcante...

Algo que programarei, sonhando adiante

E dos meus escritos, ele não precisará ser o mais lindo, o maior, o mais lúdico ou o mais inteligente...

Basta que eu saiba que ele será o último, vindo do meu coração e de minha mente

O título e o seu teor também pouco me importam...

Preciso apenas que ele alimente o meu espírito e ajude a amparar a minha inspiração a aceitar que ele será o nosso último poema, pois, entre nós, irá se fechar uma porta...